HF304538

Sebastian Thiel ist Schriftsteller mit Leib und Seele. Vom idyllischen Niederrhein aus schreibt er seine Romane und Kurzgeschichten. Seit mehreren Jahren ist er freiberuflicher Autor und widmet sich komplett dem Schreiben.

SEBASTIAN THIEL

DUNKLES SCHWEIGEN

EIN LESCALE
& SCHWARZ
THRILLER

Überarbeitete Neuausgabe Januar 2024

Copyright © 2024 dp Verlag, ein Imprint der
dp DIGITAL PUBLISHERS GmbH
Made in Stuttgart with ♥
Alle Rechte vorbehalten

Dunkles Schweigen

ISBN 978-3-98778-947-2
E-Book-ISBN 978-3-98778-900-7

Copyright © 2020, dp Verlag, ein Imprint der
dp DIGITAL PUBLISHERS GmbH
Dies ist eine überarbeitete Neuausgabe des bereits 2020 bei
dp Verlag, ein Imprint der dp DIGITAL PUBLISHERS GmbH
erschienenen Titels Das Blut der Unschuldigen.
(ISBN: 978-3-96817-071-8).

Covergestaltung: Buchgewand
Umschlaggestaltung: ARTC.ore Design
Unter Verwendung von Abbildungen von
stock.adobe.com: © jakkapan, © mangpor2004
depositphotos.com: © maryia777
shutterstock.com: © BLACKDAY, © j.chizhe, © Gordan,
© AKIllustration
Lektorat: Nadine Buranaseda, typo18, Bornheim
Satz: dp DIGITAL PUBLISHERS GmbH
Druck und Bindung: Books on Demand GmbH, Norderstedt

Kapitel 1 – Der Tod und seine Helfer

Lescale

Der Donner krachte, als wäre da oben jemand mächtig sauer, dass sie diesen Weg gehen musste. Dunkle Wolken waren am Abend aufgezogen und verfinsterten das Kloster. Sie mochte es, wenn der Tag seine ewige Schlacht mit der Nacht verlor und ein dunkles Tuch über die spitzen Türme des Klosters warf. Doch heute war es anders.

Jeder Schritt in Richtung Büro der Mutter Oberin fiel Schwester Victoria Lescale schwerer. Ihre Füße schienen das Gewicht ihres schmalen Körpers nicht mehr tragen zu wollen, und ihr kam es so vor, als würde der Habit Tonnen wiegen. Während Blitze in der Nacht zuckten und ihren hellen Schein durch die ausladenden Fenster schickten, verharrte sie. Kein Schritt wollte ihr mehr gelingen, ihr Herz sprang ihr fast aus der Brust, und kalter Schweiß lief ihr den Nacken hinunter.

Es war die richtige Entscheidung. Definitiv. Oder nicht? Hätte sie mehr kämpfen sollen? Sich gegen Oberin Marie wehren müssen?

„Schwester Victoria." Die Stimme kam aus einer anderen Welt und riss sie unbarmherzig aus ihren Gedanken. Nur ein Wispern während eines Unwetters, kaum vernehmbar und leicht zu überhören. „Vicky, warte. Bitte!"

Erst als Victoria eine Berührung an ihrer Schulter spürte, reagierte sie, und ihre Lider öffneten sich widerwillig. „Fayola? Was machst du denn hier?"

„Die Frage sollte ich dir stellen", entgegnete die Frau und umfasste ihren Arm mit verzweifelter Stärke. „Gehst du wirklich? Verlässt du uns?"

„Ja", hauchte Victoria. Sie wollte noch so viel mehr sagen, ihrer Zimmergenossin alles erklären, in Tränen ausbrechen oder schreien, aber es war nur dieses eine Wort, das ihre Lippen verließ.

„Bitte bleib hier." Panik eroberte den Blick von Schwester Fayola.

So hatte sie ihre Freundin nie zuvor erlebt. Als wäre der Teufel persönlich hinter ihr her. Auch ihr Noviziat neigte sich dem Ende entgegen. Aus anfänglicher Abneigung war erst Sympathie und anschließend so etwas wie Freundschaft geworden. Nun würden sich ihre Wege jedoch trennen, und nichts konnte sie aufhalten.

Nichts. Gar nichts. Hoffentlich.

„Tut mir leid, Fayola." Victoria streichelte ihr über die Wange, während das Unwetter die schwarze Haut ihrer Zimmergenossin Kamerablitzlichtern gleich erhellte. Wäre sie nicht Nonne geworden, hätte sie sich die Schwester auch gut auf den Covern von Hochglanzmagazinen vorstellen können. Welche Ironie des Schicksals, dass jemand einen anderen Weg für sie bereithielt. „Ich muss gehen. Heute noch."

Ein Hustenkrampf schüttelte Schwester Fayola, als sich ihre Finger in Victorias Habit krallten. „Ich muss mit dir reden. Es ist dringend … Bitte …" Eine Träne löste sich, ihre Stimme versagte.

Victoria wollte gerade etwas erwidern, als sich ein Schatten zu ihrer Linken aufbaute.

„Schwester Victoria!" Der scharfe Tonfall der Mutter Oberin durchschnitt den prasselnden Regen draußen. Wie eine der Steinfiguren, die den Gang flankierten, stand die groß gewachsene Frau vor der Tür ihres Büros und durchbohrte sie mit Blicken und schaute direkt in ihre Seelen.

Der Donner schleuderte erneut sein dunkles Lied durch die Gänge.

Ein trauriges Lächeln stahl sich auf Victorias Lippen. „Ich bin nicht aus der Welt, Schwester Fayola. Wir reden später."

Hastig wandte sie sich um und trat mit gesenktem Kopf in das Büro. Sie nahm nicht Platz, denn sie wusste, dass sie dazu hätte aufgefordert werden müssen. Galt außerhalb der dicken Mauern des Klosters auch Demokratie, innerhalb herrschte Mutter Oberin Marie mit eiserner Hand.

Wortlos umrundete die ältere Frau ihren Schreibtisch. Die Sekunden dehnten sich zu einer Unendlichkeit, bis sie sich endlich niederließ.

„Sie werden uns also endlich verlassen?" Ihr Tonfall schnitt wie tausend Messer.

„Ja, Mutter Oberin."

„Gut. Dann muss ich Sie nicht eigenhändig vor die Tür setzen." In Zeitlupe öffnete sie die Personalakte und tat so, als würde sie jedes Wort einzeln studieren.

Sie fuhr sich über das eingefallene Gesicht und schüttelte schließlich den Kopf. „Mir war bewusst, dass Sie nicht genügen würden." Abscheu trat in ihre hellblauen Augen. „Interessiert es Sie, warum es mir so klar war wie das Quellwasser aus unserem Heilbrunnen?"

Victoria biss sich auf die Unterlippe, bis sie Blut schmeckte. Hundert Dinge hätte sie ihr am liebsten an den Kopf geworfen. Keine schönen, versteht sich. Sah sie denn nicht, wie sehr sie mit sich rang? Wie schwer es ihr fiel, in diesem vollkommen mit Büchern überladenen Büro zu stehen und sich ihr eigenes Scheitern bewusst zu machen? Nach ihrem vergeigten Examen zur Krankenschwester hatte sie sich nichts sehnlicher gewünscht, als Gutes tun und Gott zu dienen. Sie hatte geglaubt, dass dies der richtige Weg gewesen wäre.

Vergebens.

Victoria füllte ihren Brustkorb mit Luft, doch ihre Stimme war kaum mehr als ein Flüstern. „Ja, Mutter Oberin."

„Sie haben nach dem Ende der Kandidatur ihren eigenen Namen gewählt, *Fräulein* Lescale. Sie hätten sich einen Schwesternnamen mit Bedeutung aussuchen können, wohlklingend und demütig, wie es sich gehört. Aber Sie haben sich für Ihren eigenen entschieden." Die Oberin schlug die Akte zu und kreuzte die Finger auf dem handbeschrifteten Einband.

Victoria schlug die Augen nieder. *Fräulein*, keine Schwester mehr. Nicht einmal eine Frau. Ein Tiefschlag, der saß und die letzte Hoffnung auf Versöhnung in Stücke riss. Das behütete Klosterleben wurde mit wenigen Worten und kalten Blicken voller Gift und Bosheit beendet.

„Ziehen Sie die Ordenskleidung aus, nehmen Sie Ihre Privatsachen und verlassen Sie das Kloster", befahl die Oberin harsch. „Alles Weitere wird Ihnen an Ihre neue Adresse geschickt." Die hochgewachsene Frau schob die Akte zur Seite, als wäre sie eine Lästigkeit, der es sich zu entledigen galt. „Guten Abend."

Victorias Lippen bebten, während sie das Büro verließ und das Unwetter vor den Fenstern zum unsichtbaren Begleiter ihrer Trauer wurde. Sie wollte flüchten, nur weg von hier. Endlich erreichte sie ihre Stube. Selbst der prasselnde Regen spielte ihr einen Streich und schien von herzzerreißenden Schreien begleitet zu sein.

Eilig packte sie ihre Sachen, faltete den Habit und zog eine Jeans, ein Top und einen dünnen Pullover über, dabei füllten sich ihre Augen mit Tränen. Immer wieder verschwamm ihre Sicht, und selbst Fayola war nicht da, wie sonst immer, wenn eine der beiden in dunklen Stunden Mitgefühl brauchte.

Wahrscheinlich ist sie wütend, dachte Victoria und verstaute ihre Habseligkeiten in einem Koffer. Mit wenigen Handgriffen war ihr Teil des Zimmers so, wie sie ihn vor drei Jahren vorgefunden hatte. Nur die nigerianischen Flaggen und die Bibel auf Fayolas Seite zeugten jetzt noch davon, dass hier jemand lebte.

Es war ungewohnt, ihre langen blonden Locken zu spüren, wie sie in ihrem Nacken kitzelten und einem Schweif gleich um sie herum wirbelten. Das war nun ihr Leben.

Ein Neuanfang. Schon wieder. Und abermals war es nicht ihre Entscheidung gewesen.

Mehrfach zog sie die Nase hoch, straffte den Rücken und schluckte Trauer und Enttäuschung über sich selbst hinunter, bevor sie die dunklen Gänge des Klosters zum Haupteingang nahm. Sie würde das Gemäuer nicht verheult verlassen. Diesen Rest Würde wollte sie sich bewahren.

Jeder wütende Schritt vermischte sich mit dem tosenden Donner. Victoria riss die Tür so energisch auf, als wollte sie das Kloster absichtlich beschädigen.

Bei Gott, sie brauchte nur ein wenig Mut. Vielleicht war das Ordensgelübde nichts für sie, aber sie würde einen neuen Weg finden. Für sich und für ...

Ihre Überlegungen endeten abrupt.

Bittere Kälte zog ihren Körper hoch. Sie nistete sich ein in ihr und verdrängte jeden klaren Gedanken. Die Vorahnung wurde so stark, dass ihr Kopf zu pochen begann und ihre Glieder taub wurden.

Auf den Stufen des Klosters lag reglos jemand in einer Nonnenkluft. Ein dunkler Schatten erhob sich über dem Körper und starrte sie aus blitzenden Augen an. Herzschläge später verschwand die Gestalt in der finsteren Nacht. Mit zittrigen Beinen näherte sich Victoria dem grotesk verdrehten Leib. Bevor sie die Person auf den nassen Stufen des Klosters erkannte, wusste Victoria, wen sie vor sich hatte.

Kapitel 2 – Die Nachthexe

Schwarz

Zufrieden blies Kriminalkommissarin Carmen Schwarz den Zigarettenqualm an die Decke ihrer Wohnung und beobachtete, wie die Rauchschwaden durch den Ventilator in Bewegung gerieten. Sie sahen aus wie durchsichtige Drachenleiber, die sich mühsam ihren Weg durch das von Hitze und Schweiß geschwängerte Apartment suchten. Das Unwetter hatte die Luft gereinigt, sodass sie für einen Moment nicht das Gefühl hatte, Saunahitze zu atmen. Carmen genoss die kühlende Luft, die der sanfte Sommerwind durch das offene Fenster trug und ihren Pulsschlag beruhigte.

In Momenten wie diesem mochte sie ihr Leben. Zumindest war es aushaltbar. Doch so sicher, wie der Typ neben ihr verschwinden würde, krochen die Erinnerungen zurück in ihren Verstand und brachten eine Schwermut mit sich, die sie beinahe lähmte.

Noch einmal zog sie an der Zigarette, dann wandte sie den Blick von der Decke auf den jungen Mann. Mit einem seligen Lächeln streichelte er ihre nackten Brüste.

Wie war sein Name gleich? Mark, Marcus oder ganz anders?

„Hey, das war echt wundervoll und toll und so. Aber ich müsste gleich arbeiten, also ...“ Carmen drückte die

Zigarette im Aschenbecher aus und trank ein paar Schlucke Wasser. „Wie wäre es, wenn wir mal schreiben? Irgendwann."

Der Typ blieb ruhig, richtete sich auf und nahm ihre Hand. „Ich muss nicht gehen, Frau Kommissarin." Woher wusste er das? Verdammt, sie redete einfach zu viel, wenn sie Wein getrunken hatte. „Wenn du möchtest, kann ich über Nacht bleiben." Er küsste ihre Schulter, dabei fielen ihm die Haare ins Gesicht, und die Bauchmuskeln unter seiner Haut spannten sich verführerisch. „Ich habe morgen Urlaub und würde dich zum Frühstück einladen. Vielleicht setzen wir uns an die Kö und beobachten, wie deine Kollegen die ganzen Porsche im Halteverbot aufschreiben."

O fuck. Er wollte tatsächlich bleiben.

„Hör zu, das war echt ein schöner Abend. Lass es uns einfach dabei belassen."

Die Miene des Mannes änderte sich schlagartig. Pure Enttäuschung sprang Carmen entgegen. Für einen Herzschlag ließ er sich zurück ins Kissen fallen, murmelte ein paar Schimpfworte und erhob sich. Sie lief zum Fenster, lehnte sich an den Rahmen und sog die kristallklare Nachtluft ein, während sie die Tür hinter sich zuschlagen hörte.

Endlich war sie allein.

Noch immer zuckte ihr Unterleib und löste ein Kribbeln aus, das ihren Körper in einer wundervollen Stasis hielt. Carmen wusste, dass der Zustand nicht lange anhalten und sie bald zu grübeln beginnen würde.

Der Unbekannte aus der Bar hatte sich verdammt viel Mühe gegeben, war Single, wenn man ihm Glauben schenken wollte, sah gut aus, hatte einen tollen Job, und trotzdem war er nur ein Zeitvertreib gewesen, eine Droge, die man sich beschaffen musste, um den Schmerz für eine Weile zu betäuben.

Sie hasste sich dafür und machte gleichzeitig eine Gedankennotiz, dass die Bar ein durchaus passables Jagdgebiet war.

Ihr Blick wanderte in die Ferne, wo die Glockenschläge der Pfarrei Heilige Dreifaltigkeit erklangen.

Nur wenige Sekunden der Ruhe waren ihr vergönnt, bis der Handywecker sie unbarmherzig in die Realität zurückriss. Ihr Dienst würde bald beginnen. Seufzend ging sie zum Nachttisch, schaltete den Wecker aus und bemerkte mit Schrecken, dass sie eine falsche Uhrzeit eingestellt hatte.

„Mist!" Sie hatte sich zu viel Zeit gelassen und wurde schlampig.

Nackt hastete sie ins Badezimmer, wusch sich notdürftig mit einem Waschlappen und ordnete ihre brünetten Haare. Als sie den Wust endlich gebändigt und zu einem Zopf gebunden hatte, schaute sie in den Spiegel. Ihr Ebenbild war verschwommen. Wie viele Gläser hatte sie in der Bar gekippt? Drei, oder waren es mehr gewesen?

Der Griff in ihren Wandschrank war zu einem besorgniserregenden Automatismus geworden. Sie warf zwei Modafiniltabletten ein und benutzte Augentropfen. Während sie den Hosenanzug überstreifte, ihre Dienstwaffe aus dem Tresor holte und überprüfte und die Wohnung verließ, spürte sie, wie sich die Wirkung des Aufputschmittels entfaltete.

Auf der Autofahrt klingelte ihr Mobiltelefon zweimal.

Selbst schuld, dachte sie und drückte aufs Gaspedal ihres schicken Audi TT. Vom Frühdienst auf die Nachtschicht in nur wenigen Stunden – welcher Körper machte das über einen längeren Zeitraum mit? Die Antwort war so einleuchtend wie schmerzhaft. Ihr Chef und gleichzeitig ihre Ex-Affäre, Erster Hauptkommissar Ingo Falkner, wollte sie aus der Mordkommission drängen. Am besten ganz weit weg. Rügen zum Beispiel. Oder zum Mond, wenn die Polizei dort eine Dienststelle unterhalten würde. Dazu war ihm jedes Mittel recht. Nur damit er seiner Ehefrau und den Kollegen weiterhin heile Welt vorspielen konnte.

Dabei war es nicht allzu lange her, dass er geschworen hatte, seine Frau zu verlassen. Den Himmel auf Erden hatte er Carmen versprochen, und für ein Jahr war es das auch gewesen. Sie könnte sich ohrfeigen, dass sie so dumm gewesen war, ihm zu glauben.

Mit quietschenden Reifen kam sie an der Haroldstraße zum Stehen kam, betrat das Düsseldorfer Polizeipräsidium. Auf dem Flur der Kriminalinspektion 1 hörte sie bereits das Gerede.

„Schon wieder zu spät, Schwarz? Vielleicht sollten wir mal zusammenlegen, damit du dir eine Uhr kaufen kannst."

„Fick dich, Porowski."

„Uh, die Nachthexe, wie sie leibt und lebt."

Die beiden Kollegen lachten auf.

„Du wirst oben erwartet."

Nachthexe.

Diesen Namen hatten sie ihr gegeben, seit Falkner sie vor einem halben Jahr nur noch in der Dunkelheit einsetzte, um sie loszuwerden. Dabei war er es gewesen, der verbreitet hatte, dass sie wie eine Klette an ihm hängen würde. Die Wahrheit war anders, doch es interessierte niemanden, wenn der übermächtige und allseits beliebte Chef etwas Gegenteiliges behauptete. Sein Wort war Gesetz, wehe dem, der sich mit ihm anlegte. Noch immer schmeckte sie seine leidenschaftlichen Küsse, roch das herbe Parfüm und spürte seine Bartstoppeln auf ihrer Haut. Das alles hatte sich grundlegend geändert und war zu infernalem Hass geworden, wie so oft, wenn das Happyend ausblieb.

Das Neonlicht unter der Decke blendete sie, während sie in den Konferenzraum trat, in dem die Abendbesprechung stattfand. Sofort waren alle Blicke auf sie gerichtet.

Ingo Falkner fuhr sich über den Dreitagebart und überlegte wahrscheinlich fieberhaft, mit welchen Äußerungen er sie in Grund und Boden stampfen konnte. Das Publikum hing an seinen Lippen und wartete gespannt auf den Auftakt zu einer seiner epischen Hasstiraden.

Carmen atmete noch einmal durch und fixierte ihn mit dunklen Augen. Sie würde ihm nicht den Gefallen tun wegzusehen.

Spotlight on – die Show konnte beginnen. „Kollegin Schwarz, schön, dass Sie uns auch noch beehren." Er lächelte, obwohl jedes Wort wie Toxin in ihre Adern floss. „Nun, ich weiß, es klingt bescheuert, aber tatsächlich ist die Polizei dafür da, um Menschen zu schützen, wussten Sie das?"

„Sorry, ich war noch etwas kaputt von der Frühschicht und ..."

„Dafür sollte man auch mal zur Arbeit kommen. Immerhin werden Sie genau dafür bezahlt." Er zog eine Braue nach oben. „Oder machen Sie das nur hobbymäßig? Das würde vieles erklären."

Die letzten Silben gingen im zustimmenden Gesprächsgewirr unter. Carmen suchte sich einen Platz am hinteren Ende des Konferenztischs und ließ die Häme über sich ergehen. Dieses Arschloch hatte bekommen, was er wollte, und konnte nun seine Instruktionen fortsetzen.

„Wir müssen uns um den toten Pinguin kümmern."

„Bitte was?" Carmen konnte ihren Mund einfach nicht halten.

„Eine Nonne ist auf den Treppen des Klosters Marienburg gestorben, die Schutzpolizei hat den Fall an uns übergeben. Wir kümmern uns um den Ersten Angriff", antwortete er und kreuzte die muskulösen Arme vor der Brust. „Wären Sie pünktlich gewesen, hätten Sie das gewusst." Seine Lippen zogen sich nach oben, bis die strahlend weißen Zähne zu sehen waren.

Sie überkam ein bizarrer Drang zu lachen, den sie nur mühsam unterdrücken konnte. „Ich weiß, was der Erste Angriff ist." Carmens Stimme war wie junges Eis, kalt und zerbrechlich.

Sie hatte vergessen, wie sehr manche Menschen in diesem Job abstumpften, vielleicht sogar mussten. Diese Pietätlosigkeit kotzte sie jedoch an. Bei Falkner war ihr der Fehler unterlaufen, es mit Coolness zu verwechseln. Zu spät war sie darauf gekommen, dass ihm die Menschen tatsächlich scheißegal waren.

Er räusperte sich bedeutungsschwanger. „Poldner und Matusch, euer Fall. Also, ab ins Kloster mit euch!"

Zum Teufel, hörte sie gerade richtig?

Unzählige Male hatten sie hier auf der Dienststelle gevögelt, bis sie schweißnass zu Boden gesunken waren. Und jetzt behandelte er sie, als wäre sie Luft.

Sie wusste, dass es dumm war, doch Wut und Ehrgeiz übernahmen die Kontrolle. „Das ist mein Fall", protestierte Carmen und erhob sich. „Ich bin im Dienst und habe keine Akte. Laut Protokoll bin ich an der Reihe."

„Ich korrigiere: Sie haben sogar eine ganze Menge Akten." Falkner setzte sich genüsslich hin und trank seinen Kaffee. „Auf dem Schreibtisch neben dem Kopierer warten Dutzende Cold Cases, die digitalisiert werden sollen."

Jahrzehntealte Akten einscannen? Sollte das ihre Beschäftigung sein? „Ich bin bei der Mordkommission", entfuhr es ihr viel zu laut. „Ich sollte aktuelle Fälle bearbeiten."

Großartig! Mach nur weiter so, dann halten dich wirklich bald alle für eine Hexe.

Wenn Männer laut wurden, waren sie energisch, bei Frauen hingegen war es Hysterie. Dabei entging ihr nicht, dass die Kollegen schon wieder etwas von der zickigen *Nachthexe* faselten.

Falkner atmete genervt aus, als wäre sie ein Kleinkind, das es zu beschäftigten galt. „Das wäre dann alles." Die versammelten Polizisten erhoben sich vom Konferenztisch. „Und was Sie angeht, Kommissarin Schwarz – machen Sie, was Sie wollen. Es ist mir gleichgültig." Mit federnden Schritten verließ er den Raum.

Zurück blieb Carmen. Ihre Augen brannten vor Wut, am liebsten hätte sie Gift und Galle gespuckt. Wenn die Kollegen sie unbedingt in die Rolle der Hexe drängen wollten, vielleicht sollte sie ihnen geben, wonach sie verlangten.

Sollte sie ihm eine Szene machen? Laut herumschreien, seine perfekte Frau mit den drei perfekten Kindern anrufen und ihr jedes Detail ihrer monatelangen Affäre aufzählen?

Carmen fuhr sich übers Gesicht. Das würde ihm nur gefallen. So könnte er sie endgültig als verrückt abstempeln und versetzen lassen. Diese Genugtuung dufte Carmen ihm nicht geben. Sie musste durchhalten, koste es, was es wolle. Der erste Schritt war es, sich diesen Fall zu krallen. Und zu lösen.

Kapitel 3 – Die Beichte

Lescale

Einige waren der Ansicht, dass Tote wie Schlafende aussahen.

Nichts könnte einem Trugschluss mehr entsprechen.

Obwohl Victoria bereits etliche Leichen gesehen hatte, brannte sich ihr das Gesicht ihrer Zimmergenossin in den Verstand. Während ihrer Ausbildung im Krankenhaus waren die Menschen alt gewesen, der Tod eine süße Erlösung, sodass sie manchmal gedacht hatte, ein Lächeln auf den faltigen Lippen ihrer Patienten sehen zu können, wenn sie dahingeschieden waren. Doch hier war der Sensenmann nicht gütig gewesen, sondern hatte voller Zorn und Gewalt ein junges Leben an sich gerissen.

Fayolas leere Augen starrten in die Ferne, verkrustetes Blut befleckte ihre ebenmäßige schwarze Haut, während die Polizisten mit einschläfernder Routine ihrer Arbeit nachgingen.

Der Pappbecher mit Tee, den man ihr gereicht hatte, zitterte gewaltig. Wieso, in Herrgotts Namen, wurde Fayola nicht an einen schöneren Ort gebracht? Warum musste sie diese unwürdige Fotografiererei über sich ergehen lassen? Jemand sollte ihr trockene Kleidung bringen oder zumindest ein Tuch übers Gesicht legen.

Stattdessen wurde mit sterilen Handschuhen ausgemessen, untersucht, angehoben, notiert und beschriftet.

„Verzeihen Sie, Schwester Lescale, möchten Sie Ihre Aussage ergänzen?“

„Wie bitte?“ Victoria fröstelte, obwohl sich die Hitze in der Stadt eingenistet hatte. Sie musste sich zwingen, sich von Fayola abzuwenden.

„Ihre Aussage.“ Der dickliche Oberkommissar blätterte in seinen Unterlagen. „Der Verdächtige ist schwarz, etwa ein Meter fünfundachtzig groß, hat dunkle Augen, keine Tattoos, trägt durchnässte Jeans und ein blaues Hemd. Kurz vor der Tat haben Sie womöglich Schreie gehört, ist das richtig?“

„Blau oder grün“, korrigierte Victoria und spürte, wie die Blicke der anderen Schwestern auf ihr ruhten. „Das konnte ich nicht genau erkennen.“

„Aber *er* hat definitiv eine schwarze Hautfarbe?“

Sie sah den Beamten an, als würde er Altaramäisch sprechen. „Ja, hatte er. Definitiv.“

„Beziehungstat“, murmelte er zu seinem Kollegen, der beflissen nickte. „Bei den Brüdern weiß man nie so genau.“

Die letzten Worte bekam sie nur am Rand mit. Immer wieder fragte sie sich, ob es etwas geändert hätte, wenn sie innegehalten und ihrer angsterfüllten Zimmergenossin ein wenig mehr Aufmerksamkeit geschenkt hätte.

Sie schaute sich um.

Die Ordensschwestern waren in stillem Gedenken in ein Gebet vertieft, viele weinten, nur eine fixierte sie die ganze Zeit. Der Blick von Oberin Marie schmerzte wie das Höllenfeuer selbst.

„Sie wollte mit mir reden", flüsterte Victoria, während sich die Polizisten bereits umdrehten und ihre Mobiltelefone zückten. „Vielleicht hatte sie Angst. Außerdem war sie kein einfacher Charakter, ihre Vergangenheit ..."

„Machen Sie sich deswegen keine Gedanken", erwiderte der dickliche Beamte schnell und unterstrich seine Worte mit einer ausladenden Geste. „Diese Ehrenmorde passieren nun einmal. War bestimmt ein Bruder oder ein Cousin. Sie wissen schon, anderer Kulturkreis."

„Aber sie ist – war keine Muslima." Victoria schüttelte den Kopf, ihre Stimme nahm an Intensität zu. „Sie sehen doch, welche Kleidung sie trägt."

„Um die Details kümmert sich unsere Kollegin." Der Tonfall war schneidend. „Viel Vergnügen mit der Nachthexe."

Die Worte drangen zwar an Victorias Ohren, schienen jedoch keinen Sinn zu ergeben. „Nachthexe?"

„Damit bin ich wohl gemeint." Als sich die junge Frau mit den brünetten Haaren und den tiefdunklen Augen zu ihnen gesellte, wandten sich die beiden Polizisten ab, als hätte die Kollegin eine ansteckende Krankheit. „Hi, ich bin Kriminaloberkommissarin Carmen Schwarz. Mordkommission."

„Schwester Victoria Lescale." Nein, das war falsch. Sie war keine Schwester mehr, sondern nur jemand, der wieder einmal gescheitert war. „Ihre Kollegen haben wohl kein Interesse, den Mörder zu finden."

„Poldner und Matusch?" Sie gähnte herzhaft. „Das sind ziemliche Idioten, die so viele Stereotypen in sich vereinen, dass sie selbst wandelnde Klischees sind." Die Frau rieb sich die Augen. „Trinken Sie das noch?"

„Bitte?"

„Den Tee. Ich könnte einen vertragen."

So langsam konnte Victoria verstehen, warum die Kommissare sie so nannten. Das dunkle Outfit und ihre Art erinnerten sie an eine aufreizende Hexe an Karneval. Aber etwas war anders: Diese Frau wirkte kraftlos, als hätte sie viele Kämpfe geschlagen und zu oft verloren. Obwohl ihr Haar glänzte, das Make-up ins Frivole glitt und ihre Attraktivität den Männern bestimmt den Kopf verdrehte, besaß sie die Augen einer alten Frau. Sie brauchte den Tee bestimmt dringender. Wortlos reichte Victoria ihr die lauwarme Flüssigkeit.

„Also, sie hatte Angst, wollte reden und war ein schwieriger Charakter." Gierig trank die Kommissarin den Tee. „Begleiten Sie mich auf ihr Zimmer?"

„Ich zeige Ihnen alles." Victoria nickte, senkte den Kopf und ging voran, vorbei an Oberin Marie. Geflüsterte, nicht verständliche Worte fanden den Weg zu ihr. Bat sie um Vergebung für ihre Sünden? Oder verfluchte die Schwester Oberin sie?

Verübeln konnte Victoria es ihr nicht. Immerhin hatte sie eine tonnenschwere Schuld auf ihre Schultern geladen. Vielleicht war das der Grund, warum Gott sie bestrafen wollte. Die Überlegung biss sich wie eine Schlange in ihrem Herzen fest.

„Mir wurde gesagt, dass Sie gerade Reißaus nehmen und das Klosterleben in dieser Nacht beenden wollten.

Keine Lust mehr, ohne Alkohol und Sex auskommen zu müssen?"

„Ist das Ihr Ernst?"

Ihre Blicke trafen sich.

„Ich habe mich dazu entschlossen, dem Herrn auf anderen Wegen zu dienen", fuhr Victoria fort.

Kommissarin Schwarz schaute sich um, als sie durch die langen Gänge liefen und der modrige Geruch des uralten Gemäuers sie umgab. „Kann ich Ihnen nicht verübeln. Hier würde ich keine drei Tage bleiben wollen."

„Es ist eine Erleichterung." Victoria hatte die Worte so voller Inbrunst gesprochen, als müsste sie sich selbst überzeugen. „Wenn Gott jemandem die Nachricht sendet und einen auf den Weg schickt, sollte man ihn gehen."

„Bei Ihnen waren es wohl Fake News", feixte die Polizistin. Sekundenbruchteile später biss sie sich auf die Unterlippe. „Entschuldigung, ich schieße manchmal übers Ziel hinaus."

Bei Gott, was war das nur für ein schrecklicher Mensch! Victoria faltete die Hände und schickte ein stummes Gebet gen Himmel. Diese Nacht konnte nicht schlimmer werden.

Als sie den Raum betraten, wurde ihr schlagartig bewusst, dass sie sich geirrt hatte. Wohin sie sah – Unordnung. Das hätte ihrer Zimmergenossin nicht gefallen. Überall lagen Fayolas Sachen verstreut, alles war mit Tatortmarkierungen versehen. Die nigerianischen Flaggen und sogar das Kreuz lagen auf dem durchwühlten Bett, direkt neben Fayolas Unterwäsche.

„Oh, die Kollegen waren schon da", erklärte Kommissarin Schwarz und legte sich auf das unbezogene Bett, in dem Victoria vor nicht allzu langer Zeit noch geschlafen hatte. „Die Beweismittel wurden gesichtet, ab jetzt kann wieder aufgeräumt werden." Sie legte die Füße hoch und schloss die Augen. „Also, was war sie für ein Mensch, diese Fayola Dingsbums?"

„Fayola Bakare." Victoria schluckte trocken. Wollte die Frau sie mit ihrem Verhalten provozieren und zu Fehlern verleiten? Mit Schwung packte Victoria die Beine der Polizistin und schwang sie vom Bett. „Sie war ein respektvoller Mensch, der das Leben geachtet hat, obwohl selbiges es nie gut mit ihr meinte."

Carmen Schwarz nickte herausfordernd. Ein Blitzen in den dunklen Augen verriet, dass die Konfrontation ein Feuer in ihr entfacht hatte. „Bedeutet?"

„Viel hat sie nicht über sich erzählt, ich meine, über die Zeit vor dem Kloster Marienburg ..."

„Es scheint, dass Sie keinen guten Draht zueinander gehabt haben." Sie legte die Ellenbogen auf die Knie und tippte die Fingerspitzen aneinander.

„Doch. Unser Verhältnis war gut." Victoria hielt den Atem an.

Die Polizistin nickte verstehend. „Aber nicht so gut, dass Sie viel miteinander geredet hätten."

Es schmerzte sie fast körperlich, sich mit dieser unangenehmen Person zu unterhalten, während Fayola völlig durchnässt und des Lebens beraubt auf den kalten Treppen der Abtei lag.

„Wenn Sie Ihre Eltern verloren hätten und entführt worden wären, würden Sie den Teil Ihres Lebens auch gerne vergessen", platzte es aus ihr heraus.

„So?"

Die Bilder der Vergangenheit tauchten vor ihrem geistigen Auge auf und verschmolzen zu einem traurigen Film. „Sie hat einmal erzählt, dass sie Heimweh nach Nigeria hat, obwohl sie dort ihre Eltern verloren hat. Eine Schlepperbande hat sie und ihren kleinen Bruder entführt. Daraufhin sind sie in die Fänge einer Sekte geraten." Sie musste die Tränen zurückhalten und sämtliche Kraft aufwenden, damit ihre Stimme nicht brach. „Über die Geschehnisse danach hat Fayola eisern geschwiegen. Sie hat immer gesagt, dass dies nicht zu ihrem Leben gehören würde und nur ein böser Traum gewesen sei, den sie einmal in finsterer Nacht gehabt hatte."

„Und Sie haben ihr geglaubt?"

„Es gab keinen Grund, es nicht zu tun. Die Menschen gehen aus den unterschiedlichsten Gründen ins Kloster. Ihren habe ich am besten verstanden." Victoria setzte sich der Frau gegenüber auf Fayolas durchwühltes Bett. „Die Striemen auf ihrer Haut, jede der unzähligen Narben und ein Brandzeichen waren Beweis genug."

„Also schreckliche Kindheit, Flucht ins Kloster und jetzt tot. Klingt nicht nach einem erfüllten Leben." Schwungvoll erhob sich die Kommissarin. „Dieser Mann, war das ihr Bruder?"

„Ich habe ihn nie kennengelernt. Sie hatten über Jahre keinen Kontakt. Wenn Sie Genaueres wissen wollen, ihr Tagebuch werden Sie bestimmt gefunden haben."

Mit gespielter Empörung sah sich die Polizistin nach allen Seiten um. „Ein Tagebuch ist nicht gefunden worden", erwiderte sie herausfordernd und legte einen Finger auf ihre Lippen. „Um ehrlich zu sein, haben wir das Zimmer genauso vorgefunden. Können Sie sich das erklären?"

Konnte das wahr sein? Victoria riss die Augen auf. „Bitte was?"

„Sie sind die Letzte, die Fayola Bakare lebend gesehen hat, und wollten heute das Kloster verlassen. Außerdem gibt es keine Personalakte, und das angebliche Tagebuch wurde nicht sichergestellt, obwohl das Zimmer untersucht worden ist." Sie beugte sich zu ihr herab, berührte ihre Hände mit eiskalten Fingern und schob Victoria eine blonde Locke hinter die Ohren. „Sie sind nicht zufällig im Testament als Alleinerbin hinterlegt?"

„Was? Nein. Natürlich nicht!" Ihre Stimme überschlug sich und zitterte wie das letzte Blatt eines Baums in einer stürmischen Nacht. „Verhören Sie mich gerade?"

Carmen Schwarz wiegte den Kopf. „Wir werden überprüfen, ob es nicht zufällig eine Testamentsänderung gegeben hat. Bleiben Sie bitte in der Stadt, und halten Sie sich für weitere Befragungen bereit." Sie erhob sich und griff in ihre Jacketttasche. „Falls Ihnen noch etwas einfallen sollte und Sie … beichten möchten, hier ist meine Karte."

Wortlos ging sie aus dem Raum und ließ Victoria allein zurück. Das Zimmer, in dem sie jahrelang geschlafen, gebetet, geredet und gelacht hatten, war ihr mit einem Mal so fremd, dass ein kalter Schauer ihr über den Rücken kroch.

Gehörte das zum Plan dieser schrecklichen Person? Sie zu separieren und in Sicherheit zu wiegen? Nein, das konnte nicht sein. Sie musste darauf vertrauen, dass die Polizei ihrer Arbeit nachging. Sie hatte nichts zu befürchten. Zumindest nichts von weltlichen Gerichten.

„Fräulein Lescale?“

Ihr Kopf fuhr herum, als die schneidende Stimme von Oberin Marie erklang. Der Raum war plötzlich so kalt, als hätte der Frost eine dünne Schicht über das Mobiliar gelegt. „Ja, Mutter Oberin?“

„Sie müssen uns jetzt verlassen.“

Victoria fühlte Wut in sich aufsteigen. Waren ihre Vergehen so schwer, dass Gott sie quälen wollte? Jemand spielte sein Spiel mit ihr, und, zum Teufel, sie würde herausfinden, was hier passiert war. Das war sie Fayola schuldig.

Kapitel 4 – Leichenschau

Schwarz

Carmen lächelte zufrieden, als sie nach draußen trat und die klare Nachtluft einsog. Vielleicht lernte man die Dunkelheit zu schätzen, wenn man selbst in die Abgründe der menschlichen Seele geblickt hatte.

Dieser Nonne hatte sie ordentlich Feuer unter ihrem heiligen Arsch gemacht. Poldner und Matusch – oder „Dick und Doof", wie Falkner sie früher genannt hatte, als sie noch eng umschlungen unter seinem Schreibtisch gelegen hatten –, waren gute Ermittler, zumindest, wenn die Fälle einem linearen Ablauf folgten. Sobald es darum ging, um die Ecke zu denken, waren die beiden so hilflos wie Dreijährige in einem vollen Hauptbahnhof.

Carmen liebte solche Fälle. Genau das war der Grund gewesen, warum sie hatte Polizistin werden wollen und ihr eine steile Karriere beschieden gewesen war, bis, nun ja, bis sie mit dem Falschen geschlafen hatte.

„Poldner?"

„Schwarz." Ihr Kollege stöhnte auf. „Was willst du?"

„Gibt es etwas Neues?"

Er winkte genervt ab. „Todesursache ist immer noch stumpfe Gewalteinwirkung auf den Hinterkopf."

„Und die Schreie, die die Schwester gehört hat?"

„Vielleicht haben sie sich vorher gestritten." Er zuckte mit den Schultern, sah beflissen auf seinen Block und drehte sich zu Matusch. „Könnte allerdings auch der Regen gewesen sein."

„Gestritten?" Carmen zog die Brauen hoch. „Sie schreien sich also die Seele aus dem Leib, und dann erwischt der Mörder sie am Hinterkopf? Was ist mit ihrer Vergangenheit in dieser Sekte? Wurde das überprüft? Und was ist …?"

„Schwarz!" Falkners harscher Tonfall schnitt ihren Satz ab.

Bevor sie sich umdrehte, wusste sie, welcher Gesichtsausdruck die hübsche, aber verlogene Visage ihres Chefs zierte.

„Lassen Sie gut sein. Hier geht es um Familienstreitigkeiten. Ein einfacher Fall. Sie jagen wieder Mörder, wo keine sind."

Carmen versuchte zu lächeln. Es war unsäglich schwer. „Herr Kriminalhauptkommissar, die Beweiskette hat so viele Löcher wie ein Schweizer Käse. Schwester Fayola Bakare hatte vor irgendetwas Angst, sie wollte flüchten, und dann ist sie einfach ihrem Mörder in die Arme gelaufen, der zufällig vor den Treppen des Klosters stand? Ihr Zimmer ist wie von Geisterhand durchwühlt worden, und niemand weiß, wer es gewesen ist? Klingt für mich nicht wie ein einfacher Fall."

„Vielleicht hat sie sich mit ihrem Bruder verabredet. Es kam zum Streit, er erschlug sie." Seine Augen brannten wie Feuer, seine Stimme war dagegen sanft. Eine gefährliche Mischung, auf die sie allzu oft hereingefallen war. „Aus. Schluss. Vorbei. Manchmal ist es so simpel. Das sollten Sie lieber früher als später lernen."

Die Doppeldeutigkeit ließ ihren Kiefer mahlen. Obwohl Carmen alle Kraft zusammennahm, konnte sie nicht verhindern, dass sich ihre Hände zu Fäusten ballten. Sie schoss bis auf wenige Zentimeter an ihn heran. Von der einstigen elektrisierenden Intensität seiner Nähe waren nur der Hauch seines schweren Parfüms und purer Hass übrig geblieben.

„Da stimmt doch etwas nicht", zischte sie in dem Bewusstsein, dass sie gerade die Grenze nicht nur übertrat, sondern mit Anlauf in ihr Verderben rannte. „Sie machen es sich zu einfach, Falkner."

„Und Sie zu kompliziert, Schwarz." Er hielt ihrem Blick stand, seine Mundwinkel zuckten bedrohlich. „Gehen Sie nach Hause, schlafen Sie sich aus. Das ist eine Dienstanweisung." Er beugte sich hinab und sprach gerade so laut, dass alle Anwesenden sie hören konnten. „Und werden Sie nüchtern, verdammt. Ihre Fahne konnte ich bereits im Präsidium riechen."

Was hatte sie erwartet, wenn sie dem allmächtigen Chef vor aller Augen widersprach? Vielleicht hatte er recht. War es so einfach? Wie hatte Sigmund Freud einst gesagt: Manchmal ist eine Zigarre nur eine Zigarre.

Es gab keinen Zweifel, dass ihr Chef, ja, die gesamte Mordkommission, den Fall schnell zu den Akten legen wollte. Die Ringfahndung war eingeleitet, bald schon würden sie die ersten Verdächtigen präsentieren, und wahrscheinlich war unter ihnen der Mörder. Simpel. Einfach. Schnell. Effizient.

Nur warum, um alles in der Welt, wollte diese schrille Alarmglocke in ihrem Kopf einfach nicht verstummen? Was hatte sie übersehen?

Sie war allein, stand abseits und ließ den Blick über die traurige Szenerie gleiten. Die Tote wurde abtransportiert, Kolleginnen und Kollegen der Spurensicherung packten bereits ihre Sachen zusammen. Auch die Nonnen waren verschwunden. Langsam leerte sich der Platz, und nur die gelben Zahlenschilder und die Absperrbänder waren der stumme Beweis, welche schreckliche Tat sich auf den kalten Stufen vor nicht allzu langer Zeit ereignet hatte.

Sie sollte nach Hause gehen, sich ausschlafen, nüchtern werden, doch eine innere Stimme ließ ihr keine Ruhe. Mechanisch zog sie den Blister aus ihrer Jeanshose, warf sich eine weitere Modafinil ein und schluckte sie trocken herunter.

Sie brauchte Gewissheit, und die würde sie sich holen – bei ihrem letzten verbliebenen Freund in ihrem Job.

***

Niemand würde glauben, dass an diesem idyllischen Ort haufenweise Leichen im Keller lagen. Nicht im übertragenen Sinne, sondern wortwörtlich. Carmen graute es bei dem Gedanken, dass unweit von ihr etliche tote weiße Körper lagerten.

Von draußen drang das Zirpen der Heuschrecken durch die offenen Fenster des Instituts für Rechtsmedizin und vermischte sich mit den Nachtschwärmern des Düsseldorfer Universitätsklinikums zu einer beruhigenden Symphonie. Mehrfach war Carmen weggenickt, und nur ihr schmerzender Nacken hielt sie davon ab, vollends in die süße Erlösung des Schlafs zu gleiten.

Als der Mond seinen Weg allmählich beendete und die ersten Sonnenstrahlen durch die Fenster des Gangs brachen, wurde die Tür geöffnet.

Ein schweißnasser, älterer Rechtmediziner schüttelte den Kopf. „Die ganze Nacht hier gewesen?"

Carmen nickte erschöpft.

„Wir wollten Sie nicht wecken, Sie sind uns einfach eingeschlafen. Aber jetzt kann ich Ihnen ja sagen, dass wir fertig sind mit der Toten." Der Satz wirkte pietätlos, war jedoch nur eine reine Information ohne Wertung. „Unser Präparator ist eine rauchen. Doktor Zyrkwas kann Ihnen alles erklären, ich mache jetzt Feierabend."

Die anderen Rechtsmediziner würden ihr längst nicht so viele Informationen geben, wegen – Überraschung – ihres Chefs.

„Na dann viel Spaß." Die Silben klangen wie eine Drohung.

Jeder Knochen ihres Körpers knackte, und die Sehnen versagten für einen Moment ihren Dienst, als sie sich auf die Füße stellte und die Glieder streckte. Ihr Mund war staubtrocken, sie war völlig übermüdet, und jede Bewegung wurde von einer bleiernen Schwere begleitet. Je besser Aufputschmittel die Müdigkeit bekämpften, umso tiefer war das Loch, in das man nach dem Rausch fiel.

Carmen gähnte und schüttelte den Kopf, um die dumpfe Taubheit abzuwerfen, und betrat den Obduktionssaal. „Guten Abend, Hardy."

„Ah, die berühmte Nachthexe." Er bedachte sie mit einem kurzen Seitenblick und reinigte beflissen eine feine Operationssäge. „Du meinst wohl Guten Morgen, Hübsche. Ich habe mir schon gedacht, dass du die ganze Nacht draußen gesessen hast. Wie wäre es mal mit Schlafen? Du siehst schrecklich aus."

„Ja, ich weiß."

Bei jedem anderen hätte sie das als Beleidigung aufgefasst, jedoch nicht bei Dr. Harald Zyrkwas. Vielleicht war es der Tatsache geschuldet, dass sie sich beide als Außenseiter betrachteten oder sie ihm vor Jahren mal einen besonders aufdringlichen Verehrer vom Hals geschafft hatte, mit Mitteln, die hart an der Grenze des Legalen gewesen waren.

Carmen drückte ihren Rücken durch. „Außerdem kann man auf euren Stühlen wunderbar schlafen." Ächzend ließ sie sich auf den weit entferntesten Stuhl fallen, damit sie von der Leiche nur den Kopf zu sehen bekam. Obwohl sie sich nur trafen, wenn sie diesen Ort aufsuchen musste, genoss Carmen die Gesellschaft des groß gewachsenen Arztes mit Glatze und Vollbart. Sie wunderte sich jedes Mal, dass wieder ein neues Tattoo dazugekommen war. Bald würde er keine Stellen auf seiner Haut mehr frei haben. „War ein harter Tag."

„Ts, harter Tag." Behutsam, als würde es sich um eine Kostbarkeit handeln, legte er die Säge wieder an den dafür vorgesehenen Platz und lehnte sich an den Stahltisch. „Frag mich mal, ich war gerade bei einem wundervollen Spanier." Er zwinkerte ihr zu. „Und damit meine ich kein Restaurant. Überall hatte er Haare wie ein Bär und Hände so groß wie Teller. Wir waren beide schon so, wie Gott uns schuf, als der Anruf kam und ich aus diesem Traum gerissen wurde."

„Tut mir leid, dass eine Leiche deine Session unterbrochen hat", entgegnete sie mit einem schwachen Grinsen. „Dass die Menschen aber auch einfach nicht tagsüber sterben wollen."

„Meine Rede, Süße." Er sah zu der Leiche und fuhr ihr mit seinen behandschuhten Fingern über die Stirn. „Wie läuft es im Hexenkessel?"

„Alles beim Alten im Präsidium." Carmen seufzte und lehnte sich zurück. „Falkner hasst mich weiterhin, die Kollegen auch, und ich bin mir sicher, der Sekt steht schon kalt, wenn ich endlich aufgebe."

„Ich habe dir gesagt, dass er ein Arschloch ist." Hardy schnalzte mit der Zunge und reichte ihr einen Kaffee. „Männer sind Schweine, vergiss das nicht."

Wie recht er hatte. Seufzend rieb sie sich übers Gesicht und trank einen Schluck. „Wärst du nicht schwul, ich würde einfach dich ficken."

„Vielen Dank, Hübsche. Nur lass das lieber. Ich kann eine richtige Zicke sein, wenn ich meinen Willen nicht bekomme." Auch er nahm einen Schluck und musterte sie von oben bis unten. „Und wo wir gerade beim Thema ‚Ficken' sind, vielleicht solltest du dich da ein wenig zurückhalten", sagte er amüsiert und deutete mit der Tasse auf ihren Hals.

Carmen zog die Brauen hoch, erhob sich und schaute in den Spiegel über einem Waschbecken. Ein Knutschfleck zierte ihren Hals in einem dunklen Blau. Stöhnend schloss sie die Augen. Mein Gott, sie war keine sechzehn mehr! Und alle Kollegen hatten es gesehen. Großartig.

Hardys Spiegelbild tauchte lächelnd vor ihr auf. „Und vielleicht könntest du den Alkohol ein wenig reduzieren. Zumindest so, dass man es nicht riecht. Wodka zum Beispiel dünstet nicht aus." Er trank in Ruhe seinen Kaffee. „Ich mache mir langsam Sorgen um dich."

„Willkommen im Klub", flüsterte sie und rieb über das Hämatom, als würde es so verschwinden. „Bleibt es bei der Expertise?"

„Bleibt es. Der Tod ist durch stumpfe Gewalteinwirkung gegen den Hinterkopf eingetreten." Er nickte, drehte sich schwungvoll, aber nachdenklich um. „Armes Ding. Doch vielleicht war es der schönere Übergang."

Carmen brauchte ein paar Sekunden, um die Worte zu realisieren. „Wie bitte?"

„Sieh es dir an", forderte Hardy sie auf, nahm ihre Hand und führte sie zur Leiche.

Nie würde sich Carmen an den Anblick gewöhnen. Jeder Tote war anders, bei dieser schönen jungen Frau mit dem ebenmäßigen Gesicht und dem wallenden Haar war es jedoch besonders schwer.

„Was ist das? Ein Tattoo?"

„Ein Brandzeichen." Hardy fuhr mit den Fingerkuppen über die Narben. „Zwei Fische, die sich küssen. Eine schlampige Arbeit und schon ewig alt." Er deutete mit der anderen Hand auf die asservierten Organe. „Aber das meine ich nicht. Fällt dir nichts auf?"

Carmen musste sich überwinden hinzuschauen. „Ihre Lunge …"

„… ist schwarz wie meine Seele." Hardy suchte ihren Blick. „Sie hatte Krebs und nicht mehr lange zu leben."

„Fuck."

Kapitel 5 – Kein Weg zurück

Lescale

Victorias Körper war taub. Ihre Hände umkrampften das Lenkrad so heftig, dass ihre Knöchel weiß hervortraten. Sie saß am Steuer ihres alten Fiat Uno und beäugte das, was vor wenigen Stunden noch ein Tatort gewesen war. Als sich die Dämmerung langsam über das Kloster gesenkt hatte, verschwanden die Polizisten, die Zahlentafeln, sogar die Absperrbänder. Übrig blieben weiße Markierungen auf uraltem Boden und das beklemmende Gefühl, dass nun Fußgänger über die Stelle flanierten, an der Fayola ihren letzten Atemzug getan hatte.

Sie war tot. So schnell konnte es gehen.

Gab es überhaupt noch jemanden, der an sie dachte? Oder war sie die Einzige, deren Tränen einfach nicht versiegen wollten? Victoria wischte sich über die feuchten Wangen, schlug auf das Lenkrad ein, als wäre es für den Tod ihrer Zimmergenossin verantwortlich, und lehnte sich erschöpft zurück. Sie hatte es nicht übers Herz gebracht, nach Hause zu fahren. Die halbe Nacht und den ganzen Tag hatte sie in ihrem klapprigen Wagen verbracht. An Schlaf war nicht zu denken. Zu viele

Fragen brannten ihr auf der Seele. Sie musste nur den richtigen Zeitpunkt abwarten, um sie zu stellen.

Um sich abzulenken, schaltete sie das Radio an. Sie wusste, dass der Uno nur vom Rost zusammengehalten wurde, und schaffte es trotzdem nicht, ihn abzugeben.

„… ich kann die Bedenken der Bürger mehr als verstehen, deshalb setzen wir uns auch so für die Belange unserer Mitmenschen ein …“

„Herr Hartup, dies war nicht die Frage!“

Die Stimme der Moderatorin überschlug sich beinahe, während die des Gasts ruhiger wurde.

„Selbstverständlich war das nicht Ihre Frage, aber meine Antwort wird trotzdem die gleiche bleiben. Selbst wenn Sie noch so oft versuchen, uns an den rechten Rand des politischen Spektrums zu rücken, ist die *Partei für ein starkes Europa* die neue Stimme des Volkes. Wir hören auf die Ängste unserer Mitmenschen, auf ihre Bedenken und nehmen uns dieser an. Arbeitslosigkeit, Sicherheitsfragen, Asylpolitik, das alles sind Themen, die die sogenannten etablierten Parteien in den letzten Jahren kategorisch ignoriert haben …“

Die Moderatorin lachte verächtlich auf. „Nach Ihrer Ansicht ist die PSE also eine Volkspartei. Nur leider ist es Ihnen gerade erst gelungen, die Fünf-Prozent-Hürde zu überwinden, und jetzt stagnieren Sie in der Wählergunst. Keine guten Voraussetzungen für die Bundestagswahl in zwei Jahren, finden Sie nicht?“

„Auch das dürfen Sie nicht unterschätzen. Sehen Sie …“

Wütend schaltete Victoria das Radio aus und funkelte das Kloster an. „Blender.“

Sie konnte die Stimme dieses geleckten Politikers nicht mehr hören. Alexander Hartup, der Vorsitzende der *Partei für ein starkes Europa*, fuhr mit seinen populistischen Äußerungen bei den Landtagswahlen einen Sieg nach dem anderen ein. Mit jedem Prozentpunkt verschärfte er seine Hetze und war bald so weit gewesen, dass sich seine Reden nicht mehr bedeutend von denen unterschieden, die Goebbels und Himmler in Nürnberg dem Volk entgegengeschmettert hatten. Wenn Angst regierte, hatte Dummheit oftmals leichtes Spiel. Leider.

Sie war dankbar, als das Licht im Kloster erlosch. Endlich lagen die wundervollen Glasbilder in Dunkelheit und Victoria hatte genau zehn Minuten, bevor Oberin Marie ihren Rundgang beendete und die Tore abschloss. Sie biss die Zähne zusammen, lehnte die Autotür leise an und begab sich zum Eingang. Beinahe verlor sie das Gleichgewicht, während sie an Fayolas glasigen Blick ins Nichts zurückdachte.

„Hoffentlich bist du jetzt an einem schöneren Ort", flüsterte Victoria und musste sich zwingen, die Augen auf die gusseiserne Pforte zu richten. Sie betrat das Kloster. Die kühle, modrige Luft begrüßte sie wie ein alter Bekannter. Sie hielt den Atem an und lauschte in die Stille.

In der Ferne meinte sie, das hauchzarte Klimpern von Schlüsseln zu vernehmen. Ein Geräusch, das ihr nur allzu vertraut war. Unzählige Male hatte sie sich schlafend gestellt, als Oberin Marie in ihr Zimmer geschaut hatte, nur um im nächsten Moment wieder Fayolas Geschichten über Nigeria zu lauschen. Obwohl die ersten Nächte im Kloster hart gewesen waren, hatte sie die

Zeit hier genossen – bis, nun ja, bis ihr Glauben zu schwanken begonnen und Gott ihr eine Prüfung gesandt hatte, bei der sie auf grausame Art gescheitert war, vielleicht sogar hatte scheitern müssen.

Finsternis umhüllte Victoria. Sie schlich auf Zehenspitzen zum Büro der Oberin. Ihr Herz pochte. Vor wenigen Tagen war sie noch in Andacht durch die Gänge gelaufen. Ein tiefes Unbehagen überkam sie, denn es war ihr, als würden die mondbeschienenen Wandbilder sie mit den Augen verfolgen und vertreiben wollen. Sie gehörte nicht mehr hierher, schlimmer noch, sie beging eine Sünde – wieder einmal – und verstieß gegen die Tugenden, denen sie Treue geschworen hatte. Nur der Gedanke an Fayola ließ sie ihren Weg fortsetzen.

Ein letztes Mal blickte sie sich im Gang um, dann betrat sie so leise wie möglich das altertümliche Büro der Oberin. Nie war sie ohne Mutter Marie darin gewesen. Ihr Magen verkrampfte sich. War sie draußen auf den Gängen nicht willkommen, war sie hier der erklärte Feind. Victoria konnte sich lebhaft vorstellen, wie zahllose Vorgängerinnen bereits am ausladenden Holzschreibtisch gesessen und mit Tintenkielen Dokumente unterzeichnet hatten. Die Wände waren voller Bücherregale, überall standen abgebrannte Kerzen, und nur die Dockingstation eines Laptops und ein Telefon wiesen darauf hin, dass sie sich nicht im Mittelalter befand.

Jetzt galt es, keine Zeit zu verlieren.

Auf leisen Sohlen hastete sie zum Aktenschrank hinter dem Schreibtisch, dabei stieß sie sich an einer der unzähligen Steinfiguren, die in die Wände eingelassen waren. Mit schmerzverzerrtem Gesicht rieb sie sich den Arm. Bei Gott, was machte ein Abbild von Franz von Assisi in einem Kloster, das der Jungfrau Maria geweiht war? Sie waren Cellitinnen, die sich der Krankenpflege verschrieben hatten, und keine Franziskanerinnen, jene Schwestern, die nach dem Credo der Vita activa lebten. Früher war ihr das Bildnis kaum aufgefallen, jetzt stach es deutlich hervor.

Kopfschüttelnd öffnete sie den Aktenschrank und suchte die Kladde mit dem Namen ihrer Zimmergenossin. Wenn irgendwo stand, wie man ihren Bruder finden konnte, dann nur in den minutiösen Aufzeichnungen von Mutter Marie. Mit schnellen Bewegungen ließ sie die teilweise vergilbten Papiere durch die Finger gleiten. Die feine, geschnörkelte Handschrift war gut zu lesen und so klar geschrieben, als wäre sie gedruckt. Die Akribie der Schwester Oberin war atemberaubend. Wenn sie nicht so viel Groll gegen diese Frau entwickelt hätte, hätte sie ihr nur zu gerne Respekt gezollt.

„Das gibt es doch nicht." Auch nachdem sie das zweite Mal alle Kladden durchgesehen hatte, fehlte von Fayolas Akte jede Spur. In den Schreibtischschubladen war ebenfalls nichts zu finden. Ihre Unterlagen waren wie vom Erdboden verschluckt.

Victoria sah sich um. Es gab keinen Platz mehr in dem Eckbüro, an dem man etwas hätte verstecken können. Andererseits, das Areal des Klosters war riesig, auch wenn es keinen Keller gab. Mit ein wenig Finesse und Kenntnis der Räumlichkeiten wäre es ein Leichtes, etwas vor den Augen der Welt zu verbergen.

Warum hatte diese schreckliche Kommissarin gesagt, dass es keine Personalakte gebe? Mutter Marie wäre so ein Fehler nie unterlaufen. Niemals.

Als wollte ihr das Schicksal einen widerwärtigen Streich spielen, öffnete sich plötzlich die Tür, und vor ihr stand die Frau, der sie unendlich viele Fragen stellen wollte.

„Beim Allmächtigen." Oberin Marie bekreuzigte sich. „Dass Sie ein gottloses Kind sind, war mir klar, Fräulein Lescale, dass Sie nun jedweden moralischen Grundsatz über Bord geworfen haben, hätte ich dagegen niemals für möglich gehalten."

„Wo ist Fayolas Akte?" Angriff war die beste Verteidigung. So einfach war das meistens.

„Wie bitte?"

„Ihre Personalakte, die Liste der Angehörigen, alle Informationen über Fayola, die der Polizei helfen könnten." Ihr entging nicht, dass die Oberin zum Telefon griff. „Es ist, als wäre sie niemals hier gewesen." Victoria fröstelte. Nie zuvor hatte sie gegenüber dieser Frau ihre Stimme erhoben. Es war wie eine Befreiung und gleichzeitig so einschüchternd, dass ihr Körper zu beben begann.

„Was glauben Sie eigentlich, wer Sie sind?" Die Schwester Oberin war nicht aus der Ruhe zu bringen. Im Gegenteil, der anfängliche Schrecken ließ nach, und sie setzte sich gefasst auf den Stuhl hinter ihrem Schreibtisch. „Der Polizei habe ich alles gesagt, um diesen schrecklichen Vorfall schnell aufklären zu können."

„Dieser Vorfall war ein kaltblütiger Mord!" Die Worte sprudelten nur so aus Victoria heraus, und die Übelkeit wuchs mit jedem Wort. „Wo ist die Akte?"

„Ich habe sie der Polizei übergeben."

„Sie lügen."

Jede Sekunde wurde ihr Blick schärfer, bis er sich tief in ihr Herz schnitt. „Wie bitte?"

„Laut der Kommissarin gab es keine Akte."

Oberin Marie lehnte sich zurück, ihre Augen blitzten warnend. Der Ton ihrer Stimme war bedächtig, die Worte gut gewählt. „Vielleicht war es eine Finte, um Sie zu verunsichern?", sagte sie schließlich so leise und unheilvoll, dass Victoria dem Drang widerstehen musste, aus dem Büro zu flüchten. „Dafür bedarf es nicht viel, wie Sie sehen."

Plötzlich fühlte sich Victoria unendlich dumm und geschlagen. Wie schaffte es diese Frau, dass sie sich vorkam wie eine Vorschülerin, die einfach nicht verstehen konnte, was die Lehrerin ihr beizubringen versuchte?

Verzweifelt nahm sie ihren letzten Mut zusammen. „Nur Sie wussten von Fayolas Vergangenheit. Wo sie wirklich herkam, wer ihre Verwandten waren. Wieso haben Sie der Polizei nicht geholfen? Wieso haben Sie nicht alles gesagt?"

„Das habe ich", antwortete sie leise.

„Alles?"

Sie lächelte matt. „Alles, was sie brauchen, um den Fall aufzuklären, und damit schnell wieder Ruhe in diese heiligen Hallen einkehrt. Glauben Sie mir, Fräulein Lescale, die Schuldigen werden zur Rechenschaft gezogen werden. Früher oder später." Die Frau atmete tief aus. Für einen Herzschlag war sie in ihre Gedanken versunken, bis sie sich wieder fing und ihr Blick mit ungebrochener Stärke glühte. „Manchmal ist die Vergangenheit wie eine juckende Stelle auf der Haut. Man sollte sie in Ruhe lassen, bevor noch mehr Wunden aufgerissen werden." Sie legte das Telefon neben den Füllfederhalter und öffnete eine Akte.

Wie immer wollte sie so das Gespräch beenden, doch diesmal ließ sich Victoria nicht abspeisen. „Was meinen Sie damit?"

„Dass Sie genug Sünden auf Ihre Schultern geladen haben und gehen sollten." Oberin Marie sah hoch. Ihre Augen waren nicht feindselig, sondern voller Mitleid. Es schmerzte hundertmal stärker. „Und das für alle Zeiten. Möge der Allmächtige Ihrer Seele gnädig sein – ich kann Sie nicht mehr beschützen."

Es fühlte sich so an, als würde die Schwester Oberin den Stachel noch tiefer in die Wunde stoßen. Victoria begab sich langsam und mit gesenktem Kopf zur Tür. Ihre Finger drehten bereits den Knauf, als sie innehielt. „Es tut mir leid, Mutter Oberin."

„Ja, mir auch", ertönte es hinter ihrem Rücken. „Bitte gehen Sie nun. Sie haben genug Schande über diesen heiligen Ort gebracht."

„Wir sind alle Menschen." Victorias Stimme zitterte so gewaltig, dass sie Angst hatte, die Worte würden untergehen. Sie brachte es nicht übers Herz, sich umzudrehen. „Wir machen Fehler, und man verzeiht uns."

„So Gott will, wird der Mörder von Fayola gefunden werden, und so Gott will, wird der Allmächtige Ihnen verzeihen. Das liegt nicht in meiner Hand."

Obwohl ihr nach Weinen zumute war, blieb Victorias Gesicht reglos. Die Erinnerungen an ihre Schuld kehrten nur widerwillig zurück, als wüsste ihr Verstand, was er damit auslösen würde. Sie verdrängte die Bilder, die Berührungen und ihre verwirrende Lust mit aller Kraft, während sie die Tür hinter sich schloss und das Weite suchte. Erst in ihrem Wagen erlaubte sie sich zu blinzeln und stellte das Radio auf volle Lautstärke. *The Show Must Go On* von Queen dröhnte in ihren Ohren. Welche Ironie des Schicksals. Victoria musste traurig lächeln.

Das hätte Fayola gefallen. Immer hatte sie das Positive an einer Situation gesehen.

„Wer einmal Sklave gewesen ist, für den ist in Freiheit immer Sonntag", hatte sie einmal lakonisch gesagt und dabei gelacht, als sie die Toiletten hatten schrubben müssen. Ganz beiläufig, als würde sie über das Wetter reden. Jetzt erst wurde Victoria klar, wie viel Stärke ihre Zimmergenossin besessen haben musste, um aus ihrem Martyrium noch Kraft zu schöpfen.

Sie startete den Motor. Morgen würde sie bei dieser unsäglich schnoddrigen Polizistin anrufen, den Stand der Ermittlungen erfragen und sie wegen der Akte aushorchen. Doch erst einmal brauchte sie dringend Schlaf. Ihr graute es bei dem Gedanken, die Nacht allein zu verbringen, ohne das gleichmäßige Atmen von Fayola oder einer anderen Schwester. Bei Gott, sie konnte sich nicht mehr daran erinnern, wann sie zuletzt ohne Zimmergenossin geschlafen hatte. Der Gedanke war ihr unerträglich, als sie schließlich den Wohnkomplex im südlichen Holthausen erreichte.

Sie stellte die viel zu laute Musik ab. Nun war sie mit ihren Gedanken allein, und kein Freddie Mercury übertönte ihre Ängste mit seiner engelsgleichen Stimme.

Obwohl die Müdigkeit mit jeder Minute ihren Tribut mehr einforderte, blieb sie noch ein paar Momente sitzen. Schon immer hatte sie sich in der Dunkelheit wohler gefühlt als im Schein der Sonne. Der lockte nur die Menschen auf die Straße, und keine Stille war mehr möglich.

Victoria musste sich erst orientieren, um ihre Wohnung zu finden. Direkt nach der ersten Besichtigung hatte sie dieses Mäuseloch im Erdgeschoss angemietet, als sich abgezeichnet hatte, dass sie die Cellitinnen verlassen musste und für immer aus dem Kloster verstoßen werden würde.

Die kleine, verlotterte Küche durfte sie sogar behalten und die Möbel, die jeder normal denkende Mensch sofort auf den Sperrmüll geworfen hätte. Aber was sollte sie machen? Mehr konnte sie sich nicht leisten. Sie brauchte schnell einen Job, Hausrat und ein wenig Glauben an sich selbst.

„Mist." Victoria benötigte zwei Anläufe, um die kaputte Tür zu öffnen und den Lichtschalter zu finden. Sie warf ihre Tasche auf das abgewetzte Sofa und blickte aus dem Fenster, hinaus in den ungepflegten Vorgarten des Mehrfamilienhauses.

Hatte Gott sie wirklich verlassen, nachdem sie ... gesündigt hatte?

Beim besten Willen konnte sie sich das nicht vorstellen. Dann wäre alles, woran sie geglaubt hatte ...

„Bitte nicht erschrecken."

Die dunkle Stimme lähmte jede Bewegung. Ein Kloß drückte sich Victorias Hals hoch, und es fehlte nicht viel, dass sie die letzten Reste des kargen Essens erbrochen hätte. Im Fenster spiegelte sich ein junger farbiger Mann. War es derselbe, der sich in der letzten Nacht über Fayolas Leiche gebeugt hatte? Seine Augen waren weit aufgerissen und voller Angst und Unsicherheit. Es war das Einzige, was Victoria aus ihrer Starre lösen ließ.

„Was ... was machen Sie hier?“

„Bitte, ich will nur helfen.“ Der Mann stellte sich vor die Tür und hob die Hände. Seine Gesten waren widersprüchlich – drohend und besänftigend zugleich.

„Indem Sie in meine Wohnung einbrechen?“ Ihre Stimme gewann an Stärke. „Ich rufe die Polizei!“

„Ja, gute Idee.“ War der Mann geisteskrank? „Aber bitte später, nachdem ich Ihnen alles erzählt habe“, sagte er so ruhig wie möglich und mit starkem nigerianischem Akzent.

Hörte sie Igbo heraus? Zumindest der Dialekt war ihr bekannt, und auch wenn Fayola eine unglaublich gute Schülerin gewesen war, hatten sich einige Wörter immer noch in der Sprache ihres Heimatlands gefärbt.

„Sie kommen aus Nigeria?“

„Ja“, flüsterte er. „Woran haben Sie das erkannt?“

„Sie sprechen Igbo.“ Vorsichtig tastete sie ihn mit ihrem Blick ab. Der Mann war kein Mörder, sondern ein Verzweifelter, der nicht mehr wusste, was er tun sollte. Seine Augen waren blutunterlaufen. Er brauchte Schlaf, eine Dusche und etwas im Magen, damit er wieder klar denken konnte – genau wie sie.

Er lächelte erschöpft. „Das können Sie unterscheiden? Wir haben über fünfhundert einheimische Sprachen."

Obwohl Victorias Herz bis zum Hals schlug und dieser fremde Mann sie in ihrer Wohnung überrascht hatte, wusste sie instinktiv, dass von ihm keine Gefahr ausging. Sie atmete noch einmal durch und lehnte sich gegen die Fensterbank.

„Wer sind Sie?" Noch bevor sie die Frage gestellt hatte, kannte sie die Antwort. Seine Augen waren glasig vor Tränen, er bebte am ganzen Leib und konnte sich kaum auf den Beinen halten. „Sie sind John. John Bakare. Fayola war Ihre Schwester, habe ich recht?"

Er nickte nur, war zu schwach, um weiter die Tür zu versperren, und ließ sich weinend aufs Sofa fallen.

„Es tut mir leid", sagte Victoria leise, und beide wussten, was sie damit meinte. Sie verharrte einige Sekunden an der Fensterbank, bevor sie die wenigen Schritte in die Küchenzeile ging und Tee aufsetzte. Es dauerte nicht lange, bis sie ihm eine dampfende Tasse reichen konnte. „Sie werden mich nicht töten, oder?"

„Nein, natürlich nicht." Kraftlos, aber lächelnd schüttelte er den Kopf. „Es tut mir leid, wenn ich Sie gestern Nacht so erschreckt habe."

„Sie waren es also doch! Sie haben sich über Fayola gebeugt."

„Ja, allerdings bin ich zu spät gekommen." Er trank langsam, den Blick auf den kleinen Beistelltisch vor ihnen gerichtet. Seine Stimme war tief und dennoch zerbrechlich. „Sie hat mich angerufen und gesagt, dass die Sekte sie entdeckt hätte. Erst wollte ich kaum glauben, was ich gehört habe. Immerhin war sie im Kloster über Jahre hinweg sicher gewesen."

Victoria lehnte sich nach vorne. „Dann stimmt es also? Diese ominöse Sekte, die Kinder nach Europa schleust, gibt es wirklich?"

Endlich fand John die Kraft, kurz aufzuschauen. Wortlos erhob er sich und knöpfte langsam sein Hemd auf.

Erst wich Victoria zurück, die heiße Tasse fest umklammernd, doch dann verstand sie, was er ihr zeigen wollte.

Im kargen Licht stachen die Narben weiß hervor. Unzählige alte Wunden konnte sie erkennen. Peitschenhiebe, Male von Zigaretten, Schläge mit Kabeln und auf der Schulter ein Brandzeichen – zwei sich küssende Fische. Schon bei Fayola hatte sich ihr der Magen umgedreht, wenn sie sich ausgemalt hatte, welche Schmerzen jede einzelne Narbe ihr bereitet haben musste, Johns Folter musste jedoch von Tieren ausgeführt worden sein.

„Wir waren noch jung, kleine Kinder, als unsere Eltern gestorben sind." Seine Stimme wurde ruhiger, jetzt da seine Gedanken in die Vergangenheit schweiften. Mechanisch zog er sein Hemd an. Er war woanders, weit entfernt, in einer Welt aus Schmerz und Qualen. „Fayola und ich stammen aus Port Harcourt. Die Hafenstadt war selbst Jahre später noch gebeutelt vom Biafra-Krieg. Leichte Beute für Fundamentalisten jeglicher Couleur. Menschen verschwanden spurlos, kamen nicht vom Markt zurück oder wurden auf offener

Straße erschossen, während die Kinder mitgenommen wurden."

Victoria saß kerzengerade und lauschte Johns Worten. Manchmal glaubte sie, dass Gott sehr viel zu tun haben musste, um das Unrecht nicht zu sehen.

„Eines Tages waren wir allein, als die Gewehrschüsse durch die Nacht hallten. Wir wussten nicht einmal, wie sie starben, sie waren einfach nicht mehr da. Es kamen nur keine Fundamentalisten, sondern weiße Männer aus Europa. Sie verfrachteten uns auf ein Schiff nach Portugal."

Eine Pause entstand. Die Stille war kaum auszuhalten.

„Und dann?", fragte Victoria atemlos.

„Möchten Sie das wirklich wissen?"

Sie nickte zögerlich.

„Wir wurden behandelt wie Vieh. Wenn wir oder die anderen Kinder einmal nicht spurten, gab es die Gerte oder Schlimmeres." John rieb sich übers Gesicht und trank den Tee, als wäre er Wasser. „Wir bekamen Brandzeichen, waren ihr Besitz, zarte Dinge, die man verleihen konnte. So wurden wir im Orden herumgereicht, bis wir in Berlin landeten."

„Fayola hat einmal erwähnt, dass sie dort flüchten konnte. Dort begann ihr neues Leben."

„Ja", sagte er tonlos. „Es war ein Autounfall." Johns Augen glänzten, als er daran dachte. „Irgendein Industriekaufmann wollte seine Beförderung feiern und fuhr auf dem Heimweg betrunken in den Lieferwagen der Sekte." Er lachte zu laut und schrill, als dass er es ehrlich meinen konnte. „Wissen Sie, wenn Sie nach Gottes unergründlichen Wegen suchen – das wäre einer."

Amüsiert über seine Worte leerte er die Tasse. „Fayola war mittlerweile zur jungen Frau gereift. Sie flüchtete ins Kloster, ich half den anderen Kindern aus dem Lieferwagen. Wir versprachen uns, dass wir wenig Kontakt halten wollten, denn die Sekte verzeiht keine Fehler und will unbedingt im Verborgenen bleiben."

„Was ist mit der Polizei?" Victoria rückte auf die Kante ihres Sessels. „Die Beamten müssen bemerkt haben, dass Menschen geschmuggelt wurden."

John nickte zaghaft. „Oh, es gab Ermittlungen, bald wurden sie eingestellt, als es für die Presse uninteressant wurde."

„Das kann nicht sein", flüsterte Victoria. „Was ist mit …?"

„… der Fahrer hat auf mysteriöse Art Selbstmord begangen, der Lieferwagen und alle Beweise sind in der Obhut der Ordnungshüter verbrannt. Als schließlich kein Zeuge mehr zu finden war und die Akten den Flammen anheimfielen, nahm man es mit den Ermittlungserfolgen nicht mehr so genau." Endlich sah er wieder hoch. „Die Sekte hat ihre schmutzigen Tentakel überall. Sie sucht Kinder, die niemand vermisst, und veranstaltet schreckliche Jagden für gut betuchte Kunden. Es war die richtige Entscheidung von Fayola, im Kloster Schutz zu suchen."

„Bis sie von der Sekte entdeckt wurde."

„Ja", erwiderte John leise. „Sie rief mich an, bat mich um Hilfe, aber es war zu spät." In seine tiefe Stimme hatte sich ein sehnsüchtiger Klang geschlichen, voller Trauer.

„Sie wollte mit mir reden", sagte Victoria und richtete sich auf. Jede Bewegung schmerzte von den Stunden, die sie in ihrem Fiat verbracht hatte. „Sie hat meine Hilfe gebraucht, und ich bin nicht da gewesen. Vielleicht hätte ich …" Obwohl die Stadt glühte, umschloss eine Kälte ihr Herz, und mit ihr kam der Schmerz. Sie musste alle Kraft zusammennehmen, um wieder klar denken zu können. „Warum haben Sie das der Polizei nicht gesagt? Weshalb sind Sie hier?"

„Weil ich niemandem vertrauen kann. Es ist nur eine Frage der Zeit, bis die Ringfahndung Erfolg hat und sie mich als Verdächtigen präsentieren können", antwortete John und faltete die Hände. „Ich will helfen, den Mörder meiner Schwester zu finden, in die Polizei habe ich allerdings kein Vertrauen."

Kein Wunder, nachdem was er in Berlin erlebt hatte. „Und warum sind Sie zu mir gekommen?"

„Fayola hat nur in den höchsten Tönen von Ihnen geredet. Ihre neue Wohnung war unser Treffpunkt, falls etwas schiefgehen sollte. Von hier aus wollten wir vor der Sekte flüchten." Er zog die Nase hoch. „Schon wieder. Wie unser ganzes Leben."

„Ihre Geschichte muss an die Öffentlichkeit." Victoria ergriff seine Hand. „*Wer aber Unrecht tut, der wird empfangen, was er unrecht getan hat*", zitierte sie einen Bibelvers.

John zog die Hand weg und schüttelte den Kopf. „Kennen Sie jemanden, der keine Angst hat, sich mit der Polizei anzulegen, und mit uns gegen die widrigen Umstände kämpft?"

Ihren Blick zog es nach draußen. Es war gewagt, doch zumindest war diese unsägliche Person vom Fach. Einen Versuch war es wert.

„Ja, ich kenne jemanden." Victoria erhob sich. Tee und Schlaf mussten warten. Die Wut brannte alle Müdigkeit zu Asche. „Wie heißt diese Sekte von Kinderschändern?"

John sah hoch. „Es ist der Orden der *Puer Piscis*." Er zuckte zusammen. Den Namen auszusprechen, schien ihm körperliche Schmerzen zu bereiten. „Die Jungfische."

Kapitel 6 – Die Würde des Menschen

Schwarz

Der Duft seines süßlichen Parfüms betäubte ihre Sinne, zärtliche Berührungen suchten sich langsam den Weg ihre Flanke entlang und hinterließen eine brennende Spur der Begierde auf ihrer Haut. Carmen küsste seinen Hals, griff in seine Haare und zog sie zurück, um die empfindliche Stelle noch intensiver liebkosen zu können. Ein Stöhnen entrang sich seiner Kehle, während sie über seine Brust fuhr und mit der Zunge durch seine Lippen brach.

„Wow", flüsterte er und schaute sie lüstern an. „Damit hätte ich nicht gerechnet, als ich mit den Jungs noch ein Bier zum Feierabend trinken wollte."

Sie biss in sein Ohrläppchen und fuhr mit der Hand über seinen Schritt. „Manchmal werden die intimsten Wünsche wahr. Und jetzt sei still!"

Carmen nahm seine Hand und führte ihn von der Wohnungstür zum Bett. Sie hasste geschlossene Zimmer und die Enge, die manchen Räumen innewohnte. Das Bett stand wie ein unausgesprochenes Statement mitten in ihrem Loft, und die zerwühlten Laken waren Zeugen ihres schlechten Schlafs. Vom Institut für

Rechtsmedizin war sie nicht mehr ins Präsidium gefahren, sondern direkt nach Hause. Sie hatte den ganzen Tag verschlafen und sich am Abend in die vielversprechendste Bar in der City aufgemacht. Es hatte nicht lange gedauert, bis der erste Typ angebissen hatte.

Sein Name war Marc, ein Immobilienmakler mit hellblauen Augen und charmantem Lächeln. Drei Drinks später hatten sie im hellhörigen Wohnungsflur geknutscht und gekeucht, bis die Nachbarn mit lauten Klopfgeräuschen ihren Unmut geäußert hatten.

Er warf sich in die Laken, breitete die Arme aus – und plötzlich war alles anders. Dieser heiße Typ lag in ihrem Bett, zwinkerte ihr zu, und Carmen spürte gar nichts. Die Lust war verflogen, kein Kribbeln übernahm mehr die Kontrolle über ihr Handeln, und die Hitze wich einem unangenehmen Frösteln.

„Was ist los? Hat dich der Mut verlassen?" Er legte sein Jackett zur Seite, knöpfte sein Hemd auf. Zum Vorschein kam ein durchtrainierter Bauch, auf dem sich die Schweißperlen einen Weg zu seiner intimsten Stelle suchten. „Leg dich zu mir, Frau Kommissarin."

Carmen schluckte trocken. Was, zum Teufel, machte sie hier? Sie füllte ihr Leben mit schnellem Sex, Alkohol und Tabletten, und das nur, weil sie einem Mann hinterhertrauerte, der sie gehörig verarscht hatte und sie ihren Job kosten könnte. Fuck! So konnte es nicht weitergehen.

„Ich glaube, du solltest jetzt gehen." Carmen sah in den Spiegel und begann zu zittern. Ihre brünetten Haare waren hochgesteckt, sie trug einen weißen Rock und ein schwarzes Top, dazu knielange Stiefel, als würde sie im horizontalen Gewerbe arbeiten. War das ein Burnout? Ein Nervenzusammenbruch? Oder wurde sie einfach nur verrückt?

Was war aus ihr geworden? Das brave Mädchen aus reichem Hause war zu etwas verkommen, was es nie sein wollte – eine melancholische Egomanin, die sich betrauerte, anstatt etwas zu ändern.

Die Sekunden verstrichen, bis sie sich losreißen konnte. Es war ein Warnschuss ihrer Seele, den sie einfach nicht imstande war zu ignorieren.

„Wie bitte?" Marc, der charmante Immobilienmakler mit Frau und zwei Kindern, rappelte sich auf. „Was meinst du damit?"

Carmen winkte ab und setzte sich auf den Ohrensessel gegenüber. „Sorry. Ich weiß, ich habe dich angesprochen und mit hierher genommen, aber die Wahrheit ist, ich habe echt Probleme und sollte die erst einmal in den Griff kriegen, bevor ich so etwas mache." Das auszusprechen tat gut. Selbst wenn es den Typen so gar nicht interessierte.

„Okay", entgegnete er lang gezogen und knöpfte sein Hemd zu. „Wenn du irgendwann wieder cool bist oder die Wohnung verkaufen möchtest, ruf mich an." Bevor er ging, legte er seine Visitenkarte auf den Nachttisch. Carmen schnaufte amüsiert und zündete sich eine Zigarette an. Ein paar Züge genoss sie die Ruhe.

Als ein Klopfen ertönte, schüttelte sie den Kopf. „Nein heißt Nein." Sie drehte die Visitenkarte zwischen den Fingern, lief zur Tür und riss sie auf. „Das sollte auch bei dir angekommen – oh."

„Der Herr war so nett und hat uns unten reingelassen."

Das konnte nicht wahr sein. Warum, um alles in der Welt, stand diese Schwester vor ihrer Tür?

„Lescale, richtig? Wie kommen Sie an meine Privatadresse?"

Sie zückte ihr Mobiltelefon und die Visitenkarte. „Ich habe auf der Dienststelle angerufen, mich als Ihre Cousine ausgegeben und gesagt, es sei ein Notfall. Nur zu gerne hat man mir Ihre privaten Daten genannt."

Natürlich. Das ließ tief blicken, wie viele Kollegen Falkner bereits mit seinen Lügen und ätzenden Aussagen infiziert hatte. Es war pures Mobbing, eine Straftat, und hätte der Erste Kriminalhauptkommissar nicht beste Kontakte zur Dienstaufsicht, würde sie spätestens jetzt ein Verfahren anstreben.

„Das erklärt nicht, warum Sie vor meiner Tür stehen." Argwöhnisch beobachtete sie den dunkelhäutigen Mann hinter der ehemaligen Nonne. „Wer ist das?"

Sie hob beruhigend die Hände. „Das ist John Bakare, der Bruder meiner Zimmergenossin."

„Und? Möchte er Angaben zur Sache machen?"

„Ja, als Zeuge. Er war derjenige, den ich in dieser Nacht gesehen habe."

Wollten die beiden sie für dumm verkaufen? Nicht nur dass sie mitten in der Nacht an die Tür ihrer Privatwohnung klopften, jeder Polizist würde darauf allergisch reagieren, sie brachte auch noch den Hauptverdächtigen in einem Mordfall an ihre Schwelle. Carmen hatte genug gehört.

Geübt nahm sie ihre P99, die sie vergessen hatte, im Tresor einzuschließen, von der Dielenkommode und hielt sie mit dem Lauf nach unten vor die beiden. „Das ist der Mörder von Fayola Bakare?"

„Nein.“ Victoria Lescale stellte sich vor den Mann. „Sie hören mir nicht zu. Er ist ein Zeuge, seine Schwester hat ihn angerufen, weil sie Angst hatte. Er ist nur zu spät gekommen.“

„Und Sie glauben ihm?“

Die ehemalige Nonne senkte langsam die Hände und rang sich ein Lächeln ab. „Sieht so ein Mörder aus?“

Obwohl alles in ihr aufschrie, es nicht zu tun, musterte sie den Mann von oben bis unten. Besonders groß war er nicht, auch nicht besonders kräftig. Er wirkte schwach, ausgezehrt, wie jemand, der lange auf der Flucht gewesen war. „Nein, sieht er nicht, das muss allerdings nichts heißen.“

Victoria Lescale ging einen Schritt auf Carmen zu und hob erneut die Hände. „Bitte lassen Sie es uns erklären. Bei der Befragung waren Sie die Einzige, die sich wirklich interessiert und kein vorschnelles Urteil gefällt hat.“

„Doch, über Sie, aber das tut jetzt nichts zur Sache.“ Carmen zuckte mit den Schultern und atmete noch einmal tief durch. Ihre Nachbarn waren so interessiert an ihrem Privatleben, dass sie wahrscheinlich schon alle mit den Ohren an den Türen klebten. Sie hatten sich immer gewundert, dass sich eine junge Kommissarin diese Wohnung leisten konnte, und sie wie einen Fremdkörper behandelt. Für die alte Huber aus dem Apartment 5c waren die nächtlichen Besucher ein gefundenes Fressen, und bald schon würde das ganze Haus wissen, wen die Schwarz oben aus dem Loft wieder zu sich geholt hatte. Darauf konnte Carmen getrost verzichten und trat einen Schritt in die Wohnung. „Gut,

Sie haben fünf Minuten, dann fahren wir ins Präsidium."

Zögerlich trat Victoria Lescale ein und sah sich nach allen Seiten um. „Und Sie werden uns helfen?"

Carmen ließ sich in den Ohrensessel fallen und beäugte die beiden kritisch. „Wenn Sie mich überzeugen. Die Zeit läuft."

Ruhig, als würde sie ihre Worte mit Bedacht wählen wollen, lief die ehemalige Nonne in der Wohnung auf und ab, John Bakare folgte ihr. „Groß, richtig schön." Sie schaute aus dem Fenster.

„Meine reichen Eltern wollen auf diesem Weg wiedergutmachen, dass sie während meiner Kindheit nie da gewesen sind", entgegnete Carmen gelangweilt. Sie spürte Victorias Blick auf sich ruhen. Überlegte die Ex-Nonne, ob der pure Sarkasmus aus ihr sprach oder ob nicht doch ein Fünkchen Wahrheit in ihren Worten steckte? Schnell schien sie den Gedanken beiseite zu wischen.

Ob sie gerade an ihre Zimmergenossin dachte? Wenn man die Leiche eines geliebten Menschen entdecken musste, konnte das traumatische Folgen haben. Carmen war daran gewöhnt, nun ja, zumindest hielt sich der Schock in Grenzen, aber sie machte sich Sorgen, dass zierliche Frau mit den wallenden blonden Haaren und ihrem hellen Teint daran zerbrechen könnte. Sie wirkte wie eine Elfe in der Grausamkeit der Realität, die nicht wusste, wie sie ihre Gefährten wiederfinden konnte.

„Es riecht nach Sex", meinte Victoria unvermittelt.

Carmen zog die Stirn in Falten. Damit hatte sie nicht gerechnet. „Sie kennen den Geruch von Leidenschaft und Schweiß?"

„Ich hab früher Volleyball gespielt." Sie setzte sich aufs Sofa und wies John Bakare an, einen Platz neben ihr zu suchen. „Außerdem gab es ein Leben vor der Zeit, als ich mich berufen gefühlt habe."

War das ein hauchzartes Grinsen? Vielleicht war sie doch nicht so hilflos, wie Carmen dachte. „Das hätte ich Ihnen gar nicht zugetraut. Genau wie die Tatsache, dass Sie gelogen haben, um an meine Privatadresse zu kommen. Dürfen Sie das überhaupt?"

„Wer will schon die Sünden gegeneinander aufwiegen? Außerdem bin ich keine Nonne mehr, und viel wütender kann der Herr ohnehin nicht mehr werden."

„Nicht schlecht, Lescale." Carmen nickte anerkennend, kreuzte die Beine, hob die Pistole und legte sie dann wieder locker auf ihrem Knie ab. „Nur damit Sie es wissen, die Waffe bleibt genau hier."

„Das verstehen wir, Frau Schwarz."

„Gut, Sie haben noch vier Minuten, oder machen wir weiter Girltalk?" Carmen grinste breit. Es war an der Zeit, die Ex-Nonne ein wenig aus der Reserve zu locken. „Wer weiß, vielleicht flechten wir uns am Ende gegenseitig die Haare und reden darüber, welchen Schwarm wir toll finden."

Abschätzig fuhr Victoria über ihr Outfit. „Keine Angst, das wird nicht passieren. Habe ich Ihre Aufmerksamkeit?"

Carmen lehnte sich zurück und übte sich in einem gleichgültigen Gesichtsausdruck, obwohl ihr Puls raste und sie unbedingt mehr wissen wollte. „Bereit, wenn Sie es sind."

***

„Das ist eine blöde Idee." Carmen tippte mit ihren langen Fingernägeln auf dem Lenkrad herum, während sie am nächsten Morgen mit schlafwandlerischer Sicherheit auf das Polizeipräsidium zusteuerte. „Eine verdammt blöde."

„Es hätte nicht mehr lange gedauert, bis die Ringfahndung und die Phantombilder ihre Wirkung gezeigt hätten."

„Das meine ich nicht."

Victoria sah Carmen unverhohlen feindselig an. Die ehemalige Nonne konnte tatsächlich Schärfe in ihren Blick legen. „Was denn sonst?"

„Ruhig, Schwester." Sie seufzte. „Lange nicht mehr geschlafen oder gevögelt, nehme ich an."

Ihre Lippen waren nicht mehr als ein dünner Strich, jedes Wort war lang gezogen und gepresst. „Was denn sonst?", wiederholte sie.

„Den Chefs und der Staatsanwaltschaft wird nicht gefallen, dass die einzige Zeugin und die ermittelnde Beamtin mit dem Hauptverdächtigen auftauchen und sich abgesprochen haben."

Victoria verstand, und ihre Stimme wurde sofort milder. „Haben Sie kein Vertrauen in die Polizei?"

„In die schon", meinte Carmen nachdenklich. „Doch auch Bullen sind nur Menschen, haben Fehler oder lassen sich von ihren Gefühlen leiten." Sie biss sich auf die Unterlippe. „Leider viel zu oft."

Als der Wagen zum Stehen kam und Carmen aussteigen wollte, ergriff Victoria ihren Unterarm. „Sollte er sich lieber einen Anwalt nehmen?"

Carmen beäugte das Häufchen Elend, das zusammengekauert und mit rot verheulten Augen auf dem viel zu kleinen Rücksitz ihres Audi TT kauerte. Es war schwer vorstellbar, dass dieser Mann einer Fliege etwas zuleide tun konnte. Vor wenigen Stunden hatte er seine Schwester verloren, und nun würde ihm die Freiheit genommen werden. Erneut.

„Ich bin immer noch Polizistin, jetzt müssen wir ihn erst einmal festsetzen, seine Personalien erfassen, dann kommt die Aussage. Er sollte sie allerdings verweigern, und ja, danach wäre ein Anwalt nicht schlecht."

„Und dann?", wollte Victoria leise wissen, obwohl es schien, dass sie die bereits Antwort kannte.

„Dann hoffen wir, dass sich meine Kollegen nicht vom Medienrummel beeindrucken lassen und die Sekte nicht so mächtig ist, wie Sie sagen." Carmen öffnete die Fahrertür und ließ den Mann aus dem Fond aussteigen. „Ich wünsche Ihnen auf jeden Fall viel Erfolg und werde alles tun, um die Wahrheit ans Licht zu bringen."

„Vielen Dank, mehr möchte ich gar nicht." John nickte langsam und bot seine Hände an. „Handschellen?"

Sie schüttelte den Kopf. „Denken Sie daran, Sie sind nur ein Zeuge." Carmen wies die Richtung. „Dementsprechend sollten Sie sich verhalten."

„Frau Schwarz?" Die ehemalige Nonne bat Carmen, etwas langsamer zu gehen. „Vielen Dank. Sie sind gar nicht so übel."

Amüsiert und gleichzeitig überrascht zog sie die Brauen hoch. „Doch, bin ich. Glauben Sie mir. Aber das ist mein Job, und ein wenig an Gerechtigkeit glaube ich auch noch." Sie sah an der gläsernen Fassade des Polizeipräsidiums hinauf. „Obwohl es manchmal nicht leicht ist."

„Alles hat einen Grund", erwiderte Victoria und legte ihr bestes Lächeln auf.

Mit dem perlweißen Zähnen hätte sie Autos verkaufen können. Nur die kindliche Naivität wollte nicht ins Konzept passen. „Dein Wort in Gottes Ohr, Schwester." Carmen klopfte ihr auf die Schulter. „Wollen wir?"

Im Eingangsbereich des Präsidiums war es totenstill. Carmen sehnte sich nach der Betriebsamkeit der Wachen, auf denen sie während ihrer Ausbildung gearbeitet hatte. Die Ferien boten den Halbstarken zu viel Zeit, und die Hitze brachte die Hormone zum Überkochen. Sie liebte das Stimmengewirr, die unterschiedlichen Parfüms alkoholisierter Mädchen und das aggressive Gehabe der Jungs, falls man sie doch einmal beim Randalieren oder Prügeln erwischt hatte.

Genau für den Stress, die interessante Arbeit und die Menschen war sie Polizistin geworden. Und natürlich, weil der Diebstahl ihres Fahrrads in der zweiten Klasse immer noch nicht aufgeklärt war. Es war kurz nach Weihnachten gewesen, als es ihr vor der Tür geklaut worden war, und natürlich hatten ihre Eltern ihr sofort ein neues gekauft, es ging ihr jedoch einfach nicht in den Kopf, warum der Täter nicht bestraft wurde und sich nun mit ihrem pinken Fahrrad vergnügen konnte und sie nicht mehr.

Die Gedanken eines kleinen Mädchens voller Ideale, trotzdem stieg die Wut immer noch in ihr hoch, wenn sie daran dachte. Vielleicht war es auch der Trotz, weil ihre Eltern hohe Tiere in der freien Wirtschaft waren und sie nur verächtlich gelacht hatten, als Carmen zur Polizei gegangen war.

„Da kann man doch kaum was verdienen", hatte ihr Vater gesagt und seine Faust auf den Mahagonitisch gedonnert.

Ihre Mutter war in einen Weinkrampf verfallen, hatte sich ein drittes Glas Chardonnay einschenken und sich über das verlorene Geld echauffieren müssen, das sie der Universität Yale überwiesen hatten. Da wusste Carmen, dass es die perfekte Rache ihrer halb verkorksten Kindheit war, wenn sie zu den Bullen ging.

Routiniert meldete Schwarz ihre Gäste an, und sie passierten die Pforte. Etliche Jahre später lächelte sie immer noch, wenn sie die heiligen Hallen einer Polizeidienststelle betrat. Dieses Mal allerdings blieb es ihr im Hals stecken.

„O fuck!"

„Könnten Sie das Fluchen vielleicht ein wenig einschränken?", bat Victoria. „Schlechte Nachrichten?"

„Ganz schlechte." Jetzt erklärte sich auch, warum Porowski, während sie in den Flur der Kriminalinspektion 1 getreten war und einen Blick durch die Glasscheibe in Falkners Büro geworfen hatte, so dümmlich gegrinst hatte. Zu allem Überfluss tauchten auch noch Dick und Doof auf, besser bekannt als Poldner und

Matusch. Auch ihr Gesichtsausdruck verriet nichts Gutes.

„Neue Freunde gefunden, Schwarz?", wollte der beleibte Poldner wissen und zog sein Hemd gerade, damit es nicht spannte und die Sicht auf seinen Wanst freigab. „Wollt wohl 'ne Band gründen?" Er lehnte sich zu seinem Kollegen und flüsterte gerade so leise, dass Carmen es verstehen konnte. „Nachthexe, Nonne und Neger."

„Das ist gut!" Matusch lachte aus voller Kehle. „Richtig gut."

Carmen kochte vor Wut. „Haltet die Fresse!" Wie Matusch sein Abitur und dann auch noch die Polizeiausbildung geschafft haben sollte, war ihr schleierhaft. Um sich durchzumogeln, war er zu dämlich, und sein Gesicht zu austauschbar, als dass er sich die Noten hätte erschlafen können. „Der Typ bei Falkner, ist das der, von dem ich denke, dass er es ist?"

„Ist er", antwortete Matusch.

Das Grinsen der beiden wurde so breit, dass es sie an eine groteske Karikatur von Bösewichten erinnerte.

„Sie reden schon eine Stunde." Poldner kam näher. „Vielleicht auch über dich und deine neuen Freunde."

„Was sind Sie denn für ein Komiker?" Victorias Worte hatten die Schärfe von Rasierklingen. „Haben Sie nichts Besseres zu tun, als ständig Ihre Kollegin und völlig fremde Menschen zu beleidigen?" Mit jedem Wort gewann ihre Stimme an Intensität. „Ich bin mir sicher, die Dienstaufsicht interessiert sich brennend für Ihre Eskapaden, oder wie wäre es mit der Gewerkschaft der Polizei?" Mehrere Leute im Gang sahen sich um und verfolgten das Gespräch, während sie gleichzeitig geschäftig taten. „Oder vielleicht gleich die Presse? Haben Sie vergessen, dass Sie einen Diensteid geschworen haben? Es mag lange her sein, und ich weiß, Ihre Arbeit ist hart, trotzdem sollten wir nie vergessen, dass wir alle Menschen sind, finden Sie nicht?"

Das hatte gesessen.

Poldner und Matusch blickten so dümmlich aus der Wäsche, als kämen sie gerade aus dem Schleudergang.

„Nun ... ähm." Matusch räusperte sich peinlich berührt und versuchte, sich noch kleiner zu machen, als er ohnehin war. „Wie auch immer."

Mit geflüsterten Beleidigungen machten sie sich vom Acker.

„Das wirst du bereuen, Nachthexe", rief Matusch über die Schulter.

Ah, so hatte er es zur Polizei geschafft! Er war einfach nur skrupellos. Nicht dass ihr ein gesundes Maß an Ellenbogen fern war, Carmen mochte es einfach nicht, wenn das ohne Rücksicht auf Verluste geschah.

„Fuck!" Sie wandte sich in Zeitlupe zu Victoria um. „Das war großartig."

„Danke. Es scheint, dass wir etwas gemein haben: Ungerechtigkeit kann auch ich nicht ausstehen." Erhobenen Hauptes setzte sich dieses kleine Kraftpaket auf die Besucherbank. „Warnen Sie Ihren Chef erst vor, wir warten hier."

Carmen nickte und atmete durch. „Sie haben mein Wort, Lescale."

Was die ehemalige Nonne nicht wusste, war, dass das der einfache Teil war. Die Silhouetten der Männer in Falkners Büro bewegten sich kaum. Wie drohende

Schatten bauten sie sich im Lichtkegel auf, hier und da war Gelächter zu hören und das allzu bekannte Klirren von Whiskygläsern. Wie oft hatten sie und Falkner in aller Heimlichkeit damit angestoßen, feurige Küsse ausgetauscht und sich ihrer Kleidung entledigt, während die Kollegen um sie herum emsig arbeiteten und keine Ahnung davon hatten, welche Schweinereien wenige Meter neben ihnen geschahen.

Nun hatte er jemand anderes, mit dem er seine Zeit verbrachte, und Carmen musste sich zu ihrer eigenen Überraschung eingestehen, dass sie es lieber hätte, wenn es eine Frau gewesen wäre.

Als die beiden Männer feixend das Büro verließen, wurde die beklemmende Vorahnung zur schrecklichen Gewissheit.

„… und ich habe noch zu ihr gesagt: Wenn wir erst einmal im Bundestag sitzen, wird es nicht mehr lange dauern, bis wir Regierungsverantwortung haben." Alexander Hartup, der Vorsitzende der PSE, lächelte charmant und einladend. „Die wäre vielleicht auch was für dich, Ingo."

„Derzeit nicht." Falkner klopfte seinem Kumpel auf die Schulter und hob die rechte Hand. „Du weißt ja, ich bin glücklich verheiratet."

Heuchler, Lügner, Opportunist!

Carmen konnte nicht glauben, was sie da hörte. Die Silben ließen Übelkeit in ihr aufsteigen und ihr Blut so kochen, als wäre es in der Hölle selbst erhitzt worden.

„Erster Krimimalhauptkommissar Falkner? Haben Sie einen Moment?" Jede Faser ihres Körpers wehrte sich dagegen, ihn anzusprechen, doch es war Eile geboten. „Es geht um den Mordfall am Marienkloster."

„Ah, wieder einer der berühmten Einzelfälle!" Hartup, der Emporkömmling und Shootingstar der Rechtspopulisten, schüttelte energisch Carmens Hand. „Man hört ja immer wieder davon. Auch ein Phänomen, das wir eingrenzen wollen. Und Sie sind?"

„Das ist Kriminaloberkommissarin Schwarz", sagte Falkner schnell und wollte seinen Freund vorwärtsschieben. Niemand sollte das Bild des Superbullen mit Vorzeigefamilie torpedieren. Vor allem nicht die Ex-Affäre. „Ein Kollege begleitet dich hinaus." Er winkte Porowski heran.

Hartup fixierte Carmen. „Es ist mir eine Freude, Frau Kommissarin Schwarz."

Carmen lächelte, ohne es zu wollen. Sie hatte ihn zwar schon ein paarmal bei ihrem Chef gesehen, aber nie ein Wort mit ihm gewechselt, geschweige denn, seine Nähe gesucht. Sie konnte schlagartig verstehen, warum die Massen an seinen Lippen hingen, als würde er Magie verwenden. Die Stimme war melodisch, der Maßanzug saß perfekt, der lockere Scheitel wirkte jugendlich und sein Duft war atemberaubend. Die hellblauen Augen schienen jedem die intimsten Geheimnisse zu entlocken.

Hartup zückte sein Mobiltelefon. „Bald wartet die Politik auf dich, Ingo."

Sichtlich berührt, stemmte Falkner die Hände in die Hüften. „Wir werden sehen", gluckste er freudestrahlend. Dann veränderte sich seine Miene, und aus dem verständigen Chef wurde der Teufel in Person. Sein Gesicht verfinsterte sich schlagartig. „Was wollen Sie, Schwarz? Hatte ich Sie nicht nach Hause geschickt?"

„Wir haben einen Zeugen in dem Mordfall."

Falkners Augen suchten John Bakare. Für mehrere Sekunden fixierte er ihn, als könnte allein sein Blick ihm ein Geständnis abringen. „Der Mann, der sich über die Leiche gebeugt hat? Die Nonne hat ihn wiedererkannt?"

„Sie ist eine ehemalige Schwester, aber ja, das ist der Bruder der Getöteten."

Ein Lächeln stahl sich in Falkners Gesicht. „Dann haben wir keinen Zeugen, sondern einen Tatverdächtigen!"

Der Erste Kriminalhauptkommissar wollte auf ihn losstürzen, sein mächtiger Brustkorb füllte sich mit Luft. Nicht schwer zu erraten, dass er die Verhaftung medienwirksam verbreiten würde.

Carmen blieben nur Bruchteile von Sekunden, um ihn am Hemd zu packen, in sein Büro zu ziehen und die Tür hinter ihnen zu schließen. Früher hatte sie das oft getan – im Spiel, bevor die Leidenschaft sie überwältigt hatte, jetzt war es nichts anderes als eine Beleidigung vor seinen Männern. Sie hatte keine andere Wahl gehabt. Sie glaubte John Bakare und hatte der Nonne ihr Wort gegeben. Da wo sie herkam, war das noch etwas wert.

„Ingo, bevor du hier eine Pressekonferenz einberufst, solltest du wissen, dass Bakare glaubhaft versichert, nichts mit dem Mord zu tun zu haben. Es gibt einfach zu viele Ungereimtheiten." Noch hörte er zu, obwohl die Ader an seiner Schläfe drohend pulsierte. Sie redete so mit ihm, wie sie es früher getan hatte, und er ließ es nur zu, weil niemand sie in seinem Büro hörte. Doch ihr lief die Zeit davon, sie musste ihn schnell überzeugen. „Beide wurden von Schleppern missbraucht und hier in Europa als Sklaven gehalten. Sie sind ins Kloster geflüchtet, er hat die anderen Kinder gerettet, ihr Tagebuch ist spurlos verschwunden, und irgendjemand hat ihre Stube durchwühlt." Sie sprach so schnell, dass sich ihre Worte überschlugen. „Fayola Bakare hat ihren Bruder angerufen, weil sie Angst gehabt hat, doch als er sie gefunden hat, war sie bereits tot."

„Und?", presste er zwischen den Zähnen hervor.

„Ich …" Carmen drehte sich um. Sie konnte kaum glauben, was sie da sagte. „Wir glauben, dass Fayola Bakare von der Sekte gefunden und getötet wurde, um sie mundtot zu machen. Sie nennen sich *Puer Piscis*, die Jungfische, und sie haben ihre Handlanger überall."

Seine Augen funkelten voller Abscheu, während er die Arme kreuzte und auf sie hinuntersah. „Und ich nehme an, du und die Nonne glauben, dass diese ominöse Sekte ihr Zimmer durchwühlt und das Tagebuch gestohlen hat, um sämtliche Beweise zu vernichten?"

Als er es aussprach, kam es ihr selbst verrückt vor.

Sie nickte langsam. „Es klingt zumindest logisch."

„Klingt es?" Er schnalzte mit der Zunge, legte die Hände hinter den Kopf und ließ seinen Nacken knacken. „Wen haben diese Jungfische noch auf dem Gewissen? JFK? Meredith Kercher? Oder haben sie gleich den Irakkrieg angefangen, weil sie mit den Illuminaten paktieren? Verdammt, Carmen, was ist los mit dir?" Er schaute sie herausfordernd an. „Du brauchst dringend eine Therapie, vielleicht einen kompletten Tapetenwechsel. Ich mache mir langsam Sorgen um dich."

„Langsam?" Jedes seiner Worte war eine Demütigung. „Das wäre vielleicht in den letzten Monaten angebracht gewesen, als du wieder zurück zu deiner Frau gegangen bist und die Scheidungspapiere vor meinen Augen zerrissen hast." Sie war außer sich vor Wut. „Verdammt, Ingo! Wir müssen Interpol und das BKA ins Boot holen, um dieser Sekte das Handwerk zu legen. Das würde ein guter Polizist tun!"

Einige Kollegen drehten sich um und blickten durch die Glasscheibe in das Büro.

So ein Mist. Carmen hatte zu hoch gepokert, ihre gezischten Worte waren zu laut gewesen, und ihre Gesichter trennten nur noch wenige Zentimeter. Es war nur verständlich, dass sich die Blicke der Anwesenden auf ihnen versammelten.

„Nicht so laut", presste er hervor, schob sie tiefer in sein Büro und schloss die Jalousien. „Bestimmt jagen wir keine Geister, weil die Nachthexe es so sieht. Der Fall ist glasklar, und nur weil deine Sicht vernebelt ist, werde ich nicht meinen Job für ein Hirngespinst riskieren." Er sah sich nervös um. „Das wäre dann alles, Kommissarin Schwarz."

Ihre Gefühle fuhren Achterbahn, die Augen wurden feucht. Das verdammte Herz. Wieso schmerzte es so? „Ich hätte alles verstanden, wenn du nur ehrlich zu mir gewesen wärst." Dieses verdammte, verdammte Herz. „Mit einer Affäre wäre ich klargekommen, aber du hast gesagt, dass du mich liebst und sie verlässt. Sogar Wohnungen haben wir uns angesehen."

„Okay, du hast gewonnen." Falkner zwang sich zu einem neutralen Gesichtsausdruck. „Wir verhaften und befragen ihn unauffällig, ohne Pressemitteilung und große Show."

Carmen hatte sich wieder gefangen. Ihr Herz war zweitrangig. Es musste still bleiben und einfach nur in

Ruhe leiden, dieses blöde, nervende Herz. „Sie ziehen meine Theorie in Erwägung, Herr Kriminalhauptkommissar?"

Er nickte kurz und drückte sich an ihr vorbei. „Guten Tag, Frau Kommissarin."

War das ein kurzer Erfolg, weil es ihr gelungen war, ihm ein schlechtes Gewissen einzureden? Es fühlte sich nicht wie ein Sieg an. Eher wie Almosen. Zumindest hatte sie Wort gehalten und John Bakare eine faire Chance ohne großen Medienrummel verschafft.

Bevor sie sich ein Lächeln erlaubte, drang von draußen ein Raunen an ihre Ohren. Carmen fröstelte, obwohl die Luft zum Schneiden war und jeder Atemzug Anstrengung mit sich brachte. Carmen trat ans nächste Fenster und schaute auf den Vorplatz des Polizeipräsidiums. Der Lärm vermischte sich mit dem unguten Gefühl zu einem Orkan aus Schreien und Blitzlichtern.

Sie wandte sich zu Victoria um, die ihr gefolgt war. Auch sie spürte es. Im nächsten Moment stellte sich die zierliche Frau schützend vor John Bakare, als würde er sie nicht um einen Kopf überragen. Doch es war zu spät.

Bakare wurde von zwei Polizisten gepackt und abgeführt. Zu ihrer Überraschung nicht zu den Gewahrsamszellen, wie sie wenig später feststellen musste. Denn Bakare wurde auf den Vorplatz gestoßen. Offensichtlich waren die beiden Kollegen von Hartup instruiert worden und Anhänger seiner grausamen politischen Ideale.

Dann brach die Hölle los. Journalisten, Blogger und Klatschreporter schrien der kleinen Gruppe ihre Fragen entgegen, nur mühsam aufgehalten von einigen

Polizisten und einem völlig überforderten Porowski. Carmen und Victoria lösten sich vom Fenster und hetzten nach unten.

„Was ist das für eine Scheiße!" Falkner stürzte ebenfalls aus dem Foyer. „Was, zum Teufel, machen die hier?" Die Journalisten rückten einige Meter zurück, Kameras wurden zur Seite gestoßen, Rufe von Polizeigewalt brandeten auf und verloren sich im Chaos.

Nur Hartup klatschte vergnügt in die Hände. „Ah, sehr schön, die Damen und Herren von den Medien."

Geistesgegenwärtig riss Carmen ihre Jacke vor John Bakares Gesicht. Machte sie es damit schlimmer? Würden die Leser der Gazetten es als Schuldeingeständnis werten? Fuck!

Sie musste die Kameras loswerden. „Poldner, Matusch, bringt den Zeugen in den Verhörraum. Schnell!"

Ausnahmsweise gehorchten Dick und Doof, wahrscheinlich erleichtert, der Szenerie und dem Blitzlichtgewitter zu entkommen. Gleichzeitig brannte sich Bakares Angst in Carmens Verstand. Wie ein hilfloses Kind in der Menschenmenge wusste er nicht, wo er hinsehen sollte. Sie konnte nur mutmaßen, welche Szenen vor seinem geistigen Auge gerade abliefen. In purer Verzweiflung schlang er die Arme um Victoria und flüsterte ihr gepresst etwas ins Ohr. Carmen schluckte. Erst seine Kindheit, der Tod seiner Eltern, die Entführung, die ekelerregenden Dienste als Sklave, nun verlor er seine Schwester und wurde von diesem dreckigen Politiker an den Pranger gestellt. Was John Bakare erlebt hatte, wünschte sie niemanden. Wie viel konnte ein Mensch ertragen?

Es dauerte einige Herzschläge, bis Poldner und Matusch ihn losreißen und zurück ins Präsidium führen konnten. Verdammt, sie wollten doch eine ruhige, faire Befragung. Das hatte sie gehörig versaut.

Als Bakare aus ihrem Sichtfeld war, konzentrierte sich die blökende Masse auf die Polizisten. Carmen stürmte auf die Menge zu. Platzverweise wurden ausgesprochen, langsam ebbte das Gebrüll ab, was nicht zuletzt Falkners rigorosem Durchgreifen zu verdanken war.

„Wer hat die Presse gerufen?", wollte er wissen.

Porowski, der arme Teufel, deutete mit zitterndem Zeigefinger auf Hartup.

„Ich habe sie informiert und zur Pressekonferenz gebeten", antwortete der Politiker.

„So?" Jeder konnte sehen, wie sehr sich Falkner zusammenreißen musste. Trotzdem schwang in seiner Stimme eine bedrohliche Aggressivität mit.

Hartup schien sich davon nicht im Geringsten einschüchtern zu lassen. Im Gegenteil, er klopfte seinem Freund von der Polizei auf die Schulter. „Dieser Mordfall unter Migranten ist von nationalem Interesse." Er lächelte gewinnend. „Ein paar Medienleute sind immer auf Abruf."

Falkners Blick schoss zu Porowski. „Und Sie haben ihn gewähren lassen?"

Er würde ihm den Kopf abreißen. Carmen hoffte inständig, dass er das nur im übertragenen Sinne tat. Wenn sie Falkners Ausdruck richtig deutete, konnte man sich da nicht sicher sein.

Alexander Hartup räusperte sich bedeutungsschwer. „Dieser schreckliche Mordfall ist wichtig, Ingo. Die

Menschen haben ein Recht, die Wahrheit über die Zuwanderung zu erfahren."

Falkner konnte nichts dagegen tun. Zu viele Kameras waren auf ihn gerichtet. Doch Carmen konnte sehen, wie sehr sein Kiefer mahlte. Seine Fäuste arbeiteten so stark, als würden sie Steine zerdrücken wollen.

Mit souveräner Routine stellte sich der Politiker vor die Kameras, sein bestes Lächeln mischte sich mit einem betroffenen Augenaufschlag zu einem Ausdruck, der Stärke und Einfühlungsvermögen perfekt vereinte. Er holte tief Luft, und mit wenigen Bewegungen brachte er die Massen zum Verstummen.

„Meine lieben Freunde und Mitbürger. Erneut ist es zu einem schrecklichen Mord gekommen. Ich möchte an dieser Stelle erst einmal der Polizei und im Speziellen dem Leiter der Mordkommission, dem Ersten Kriminalhauptkommissar Ingo Falkner, danken." Hartup reichte ihm die Hand. Nur widerwillig ergriff Falkner sie und unternahm den lächerlichen Versuch eines Grinsens. „Nur dem unermüdlichen Einsatz unserer Polizei ist es zu verdanken, dass die Straßen in Deutschland wieder ein Stück sicherer sind. Leider ist auch dies nur ein Tropfen auf den heißen Stein. Wir von der *Partei für ein starkes Europa* suchen in ganz Deutschland Gleichgesinnte, die erkennen, dass etwas aus den Fugen geraten ist. Deshalb tun wir alles, um ..."

Carmen schüttelte den Kopf. Sie zog ihre Zigaretten hervor, am liebsten hätte sie auf den Boden gespuckt und ihm den Qualm ins Gesicht geblasen. „Ich kann mir den Typen nicht mehr anhören."

„Was für ein schrecklicher Ketzer", pflichtete Victoria ihr bei. „Ich muss hier weg."

„Kann ich verstehen. Ich komme mit." Carmen widerte der Anblick des Politikers an. Wie ein Priester stand er vor seinen Jüngern, um ihnen seine Sicht der Dinge in die Mikrofone zu diktieren. Sie hatte nichts gegen Sicherheit oder mehr Polizei, ganz im Gegenteil, eigentlich würde sie sich sogar als stockkonservativ bezeichnen, doch Hetze und Hass, die dieser Vollidiot mit melodischen Worten und betroffenem Lächeln verbreitete, brachten ihr Gemüt in Aufruhr.

Gerade als sie sich an dem Pulk vorbeidrücken wollte, war es, als würde ihr Arm in einen Schraubstock gespannt werden. Falkners Finger bohrten sich in ihr Fleisch, während seine Augen vor Zorn funkelten. „Da haben Sie mir eine schöne Scheiße eingebrockt, Schwarz."

Carmen stieß verächtlich Luft durch die Nase, riss sich los, ohne eine Miene zu verziehen. „Du weißt, wer der Schuldige ist. Aber du willst ja selbst in die Politik." Sie deutete auf Hartup. „Schau es dir genau an. Hass und Lügen zu verbreiten, kannst du gut bei ihm lernen."

Sie spürte Victorias Hand auf ihrem Rücken. „Lass gut sein, die Männer spielen ihr dreckiges Spiel lieber unter sich."

Falkner kam noch einen Zentimeter näher. „Sie sind suspendiert", zischte er gerade so laut, dass die Presse es nicht mitbekam, während Hartup im Hintergrund seine Parolen spuckte. „Alles Weitere erledigen wir schriftlich. Haben Sie das verstanden?"

Das war zu viel. Endgültig. Sie hob den Mittelfinger und drehte sich so schnell um, dass ihre brünetten Haare sein Gesicht touchierten. „Fick dich, Ingo!"

Kapitel 7 – Strategien

Lescale

Sie sah müde aus, diese Kommissarin Schwarz. Müde und abgekämpft, als hätte sie es satt, Schlachten zu verlieren.

„Lassen Sie mich mal ziehen?" Victoria hatte Jahre nicht mehr geraucht. Vielleicht mal ein paar Monate als Zwanzigjährige, aber jetzt war ihr danach, und, beim Herrn, sie konnte einen klitzekleinen Rausch durchaus vertragen.

Carmen Schwarz wartete ein paar Sekunden, zog eine Braue nach oben, gab ihr den Glimmstängel und zündete sich einen zweiten an.

„Hätte nicht gedacht, dass Sie rauchen. Dürfen Sie das überhaupt?"

„Ich war Nonne, keine Heilige." Victoria inhalierte und musste den Hustenreiz unterdrücken. „Wie geht es jetzt weiter?"

„Keine Ahnung." Niedergeschlagen lehnte sie an der Wand des Polizeipräsidiums und blies den Rauch in den wolkenlosen Mittagshimmel. Ein leichter Windzug trug den Qualm in die Straße. „Ich denke, Sie gehen zu sich und tun, was immer nötig ist, um die ganze Scheiße zu vergessen, und ich fahre zu mir und erledige das Gleiche." Sie rieb sich erschöpft über die Stirn. „Viel Zeit dafür habe ich ja jetzt."

Der Gedanke, jetzt allein zu sein, ließ Victoria zusammenzucken. Sie spielte mit der Zigarette, ohne zu rauchen. Johns Gesichtsausdruck ging ihr nicht mehr aus dem Kopf. Er musste am Rand der Verzweiflung gewesen sein, als er sich ihnen anvertraut hatte und sie nichts als eine Enttäuschung gewesen waren.

„Und was wäre das?", wollte Victoria unvermittelt wissen und sah auf.

„Was meinen Sie?"

„Was tut Kriminaloberkommissarin Carmen Schwarz, um zu vergessen?", fragte sie und stieß sich von der Mauer ab. „Sport? Eiscreme? Schlafen?"

Carmen Schwarz zuckte mit den Schultern. „Eher Sex und Wein."

Es tat gut, das verschmitzte Grinsen in ihrem Gesicht zu sehen. „Besser, als wie zwei geprügelte Hunde den Schutz der Gasse zu suchen." Auch Victoria trotzte sich ein Lächeln ab. „Können wir das eine weglassen?"

Die Polizistin schnippte die Zigarette weg, ging zu ihrem Audi TT und nickte. „Klar, gerne. Also kein Wein für uns heute?"

Mit Schwung öffnete Victoria die Beifahrertür und ließ sich in den Sitz fallen. „Sie sind ja eine richtige Komikerin."

„Ich habe meine Momente", entgegnete sie amüsiert.

Carmen Schwarz war bestimmt kein guter Mensch – aber auch kein schlechter. Und jetzt, wo sie ein paar Stunden mit ihr verbracht hatte, konnte Victoria durchaus verstehen, dass sich das Gemüt der Polizistin mehr und mehr verdunkelte.

„Ich bin nicht umhin gekommen, das Gespräch zwischen Ihnen und Ihrem Chef mit anzuhören.“

„Sie haben gelauscht?“

„Sagen wir, genau wie alle anderen Menschen vermag auch ich es nicht, meine Ohren zu verschließen.“ Auf diesen Kompromiss konnte man sich einigen. „Sie haben sich für John Bakare eingesetzt. Dafür möchte ich mich bedanken.“

„Keine Ursache, Schwester.“ Die Kommissarin fuhr an, nahm die Kurven schneller, als es nötig war. „Hat leider nicht viel gebracht.“

„O doch, das hat es.“ Sie suchte ihren Blick. „Eine ganze Menge Respekt. Zumindest meinen.“

Für einen Moment meinte Victoria, ein Funkeln in ihren Augen zu erkennen. Sie war sich sicher, dass die Polizistin nicht immer so sarkastisch unterkühlt gewesen war und früher einmal den Menschen hatte helfen wollen.

Nach wenigen Herzschlägen war das Schimmern erloschen, ihre dunklen Augen lagen erneut tief in den Höhlen, und sie trat das Gaspedal ihres Sportwagens durch, als würden sie jemanden verfolgen. „Leider bezahlt Respekt keine Miete.“

„Da haben Sie recht.“ Victoria atmete tief ein. „Leider.“ Die Worte erinnerten sie schmerzlich daran, dass sie sich ebenfalls schnellstmöglich einen neuen Job suchen musste. „Ihr Chef ist ein ziemlicher …“

„Arsch?“

„Ich wollte Ignorant sagen, aber das trifft es wohl auch.“

Carmen Schwarz nickte zustimmend und beschleunigte noch einmal, um über eine gelbe Ampel zu fahren, dabei wurde Victoria unangenehm in den Sitz gedrückt. Sie musste trocken schlucken. Wann war sie zum letzten Mal so schnell gefahren? Wahrscheinlich nie. Sie war ja nicht wahnsinnig. Es gab bestimmt schönere Tode, als sich mit hundertvierzig Stundenkilometern um einen Laternenpfahl zu wickeln.

„Tja, habe ich leider zu spät gemerkt", plauderte die Kommissarin locker weiter und sah dabei viel zu oft von der Straße weg. „Hat mich meinen Job gekostet, mein Ansehen und alles andere, was mir nur ansatzweise wichtig gewesen ist."

„Auch das kann man sich wieder erkämpfen, wenn der Herrgott einem zur Seite ..."

Mit quietschenden Reifen kam der Wagen vor ihrem Wohnhaus zum Stehen.

Dynamisch stieg Carmen Schwarz aus. „O bitte, jetzt fangen Sie nicht mit Gott an, der hat damit am wenigsten zu tun." Energisch ging sie ums Auto herum und öffnete die Tür. „Geht es Ihnen nicht gut, Schwester? Sie sehen so bleich aus."

Diese Adrenalinjunkies hatte sie nie verstehen können. „Einen Moment noch."

„Kommen Sie, wir brauchen einen Drink."

Als sie ausstieg, drehte sich die Welt ein wenig zu schnell. „Ausnahmsweise gebe ich Ihnen recht, auch wenn es dafür noch reichlich früh am Tag ist."

Der feine Düsseldorfer Norden hielt Mittagsschlaf. Eine Amsel warf ihren einsamen Ruf vom Wäldchen her, in das sich die schicken Wohnhäuser schmiegten, ansonsten hätte man das Husten einer Feldmaus hören können.

„Schön ruhig hier.“

„Zu ruhig“, entgegnete Carmen Schwarz, schloss die Tür auf und betätigte den Knopf für den Fahrstuhl. „Man hört jedes Stöhnen.“

Victoria sah sie fragend an. Was für eine bescheuerte Wortwahl. „Jedes Stöhnen? Oh, verstehe.“

Als sie das Loft betraten und das erste Glas Weißwein ihre Kehle kühlte, war es, als hätten sie eine unsichtbare Barriere durchbrochen. Der Stress fiel mit einem Mal von ihr ab, und während sich die Kommissarin ein Glas Whisky gönnte, lehnte Victoria den Kopf gegen die Lehne des sündhaft teuren Sofas.

„Wieso nennen diese Kerle sie so?“

„Sie meinen Nachthexe?“ Carmen Schwarz öffnete ein Fenster und ließ sich gegenüber von ihr auf einem kanariengelben Sessel nieder. „Ist eine lange Geschichte.“

„Lassen Sie mich raten, er will seine Sünden begraben?“

„Wer?“

„Ihr Chef ... oder ehemaliger Chef, wenn Sie so wollen. Sie haben mit ihm geschlafen, sich mehr erhofft, und am Ende hat er sie für eine andere verlassen.“

„Es war seine Frau.“ Trotz und Bitterkeit beherrschten ihren Tonfall.

„Dann sind Sie eine Ehebrecherin.“ Mit jeder Silbe wurde Victoria klarer, dass sie zu weit ging. Sie prügelte auf jemanden ein, der am Boden lag. „Natürlich möchte er nun nicht jeden Tag an seinen Fehler erinnert werden. Das ist nur allzu menschlich. Wir sind immerhin Sünder."

„Sie verurteilen mich?" Carmen Schwarz setzte das Thema sichtbar zu, sie schenkte sich nach.

„Nein", antwortete Victoria leise und starrte vor sich hin. Wie könnte sie, da sie ja selbst eine erdrückende Schuld auf sich geladen hatte? Von allen Sündern war sie die schlimmste – denn sie gab vor, dass sie dabei hatte Gutes tun wollen. Was für eine Lüge. „Nicht die Menschen sollten übereinander richten, sondern nur ..."

„... ja, verstehe schon." Sie trank schnell und aggressiv, als wäre der Whisky ihr schlimmster Feind und bester Freund zugleich. „Und was ist mit Ihnen? Nie gesündigt?"

Wie von Seilen gezogen, glitt ihre Hand an die Weinflasche. Half Alkohol nicht immer, wenn man etwas vergessen wollte? Victoria füllte ihr Glas bis zum Rand. „Zu oft, Frau Kommissarin. Viel zu oft."

Sie tranken schweigend, sahen aus dem Fenster und wussten beide, dass es nur die Gesellschaft war, die sie von den Tränen und einem einsamen Nachmittag voller Vorwürfe abhielt. Irgendwann, als die Flaschen halb geleert waren, legte Carmen Schwarz eine Schallplatte auf.

Gemeinsam gingen sie zum geöffneten Fenster, die suspendierte Kommissarin zündete sich eine Zigarette an und blies den Rauch hinaus. „Gefällt Ihnen Jazz?"

„Jep. Wir hören Miles Davis, wenn ich nicht irre."

„Sie kennen sich aus." Die brünetten Haare fielen wie ein Vorhang vor ihr Gesicht, sodass Victoria die Gesichtsregungen nicht erkennen konnte. „Mein Vater hat ihn früher immer gerne gehört, wenn er bis spät in die Nacht gearbeitet und seine Tür abgeschlossen hat." Sie zog kräftig, inhalierte tief und ließ den Qualm einige Sekunden in ihren Lungen. „Ich durfte niemals dort rein, wissen Sie? Also habe ich mich vor die Tür gelegt, dem Jazz durch das Holz gelauscht, und wenn die Musik erstorben war, bin ich schnell in mein Bett gehuscht. Das war unsere Art von Beziehung."

Plötzlich verrutschte die sorgsam gehegte Maske der toughen Polizistin. Vielleicht waren es der Alkohol oder die Ereignisse der letzten Stunden, aber auf einmal konnte Victoria nur allzu gut verstehen, dass man sich manchmal einen Panzer aus Zynismus zulegen musste, um sich zu schützen.

„Das tut mir sehr leid", murmelte sie.

„Muss es nicht. Irgendwie habe ich die Nächte genossen." Sie schnippte ihre Zigarette hinab. „Also passt der Name eigentlich ganz gut. *Nachthexe.*"

„Es ist nichts weiter als eine fiese Beleidigung, um Sie rauszuekeln", widersprach Victoria. „Sie dürfen sich niemals damit zufriedengeben, dann hätten sie ihr Ziel erreicht."

„Kann sein." Die Polizistin winkte ab. „Und was ist mit Ihnen und Ihren Eltern?"

„Keine Ahnung."

„Wie bitte?"

„Ich habe sie nie kennengelernt", antwortete Victoria und nahm einen weiteren Schluck Wein. „Von der Babyklappe ging es in Erziehungsheime, von dort aus auf das katholische Mädchengymnasium, dann die Ausbildung zur Krankenschwester im Marienhospital, wo ich als Baby abgelegt worden bin, und dann ins Kloster." Sie leerte das Glas. „Wussten Sie das nicht? Das Marienkloster hat es sich zur Aufgabe gemacht, Waisenkindern ein neues Zuhause zu geben. Genau wie bei Fayola. Fast alle Schwestern dort sind Waisen."

Carmen Schwarz sah sie an, als hätte sie eine Kröte verschluckt. „Wow, da fasele ich über mein schreckliches Luxusleben, und Sie mussten wirklich Scheiße fressen."

Während die Klänge von Miles Davis' *Blue in Green* ihre Gemüter beruhigten, schüttelte Victoria vehement den Kopf. „Im Gegenteil, es war eine wundervolle Kindheit. Wir haben viel gespielt, waren in der Natur, die Nonnen waren wie unzählige Mütter, die sich unsere Sorgen angehört haben. Nur ..."

„Nur?"

Ein Grinsen konnte sie nicht verbergen. „Es ist ziemlich schwer, Jungs kennenzulernen, wenn man von Nonnen umgeben ist."

„Das glaube ich gerne."

Es tat unendlich gut, gemeinsam zu lachen. Sie stießen an und unterhielten sich eine Weile. Irgendwann, als hätten sie nur darauf gewartet, endlich den Mut zu finden, wurden ihre Mienen ernster.

„Was hat John Bakare Ihnen zugeflüstert, als er Sie heute Morgen voller Todesangst umarmt hat?", wollte die Kommissarin wissen.

„Wahrscheinlich hat er nur gefaselt." Victoria mied ihren Blick. „Wirres Zeug, zusammenhanglos – Sie haben ja gesehen, wie groß Angst seine Angst gewesen ist."

„Und was war das für Zeug?" Anscheinend war die Polizistin nicht so betrunken, wie es den Anschein machte.

Obwohl ihr der Wein ganz schön zu Kopf stieg und sie zu lallen begann, kramte Victoria in ihren Erinnerungen. „Er meinte, dass sich das Hauptquartier der Jungfische Deutschland in Berlin befinde. Am Wasser gelegen, umgeben von Bäumen und mit einer kleinen Brücke. Der Vogelgesang wird tagsüber im Sommer nur von Kindergeschrei übertönt."

„Was soll das denn für ein Ort sein?"

„Wahrscheinlich Erinnerungen, als er dort missbraucht wurde. Oder es waren Albträume, vielleicht beides." Victoria zuckte mit den Schultern und goss sich den Rest der Flasche ein. „Ich sagte ja, wirres Zeug."

„Ja, ganz bestimmt sogar." Nachdenklich stützte sich Carmen Schwarz auf den Fensterrahmen und lehnte sich mit dem Oberkörper nach draußen. „Oder doch nicht? Es gibt nur eine Möglichkeit, das herauszufinden."

Victoria wollte das Glas gerade ansetzen und ließ es wieder sinken. „Sie wollen nach Berlin, den Ort finden und sich selbst überzeugen, ob es tatsächlich wirres Zeug ist?"

Die Polizistin sah sie nicht an. „Sie halten es für vergeudete Zeit?"

„Nein, für genial." Klirrend stellte Victoria das Glas auf dem Wohnzimmertisch ab. Sie musste sich an der Couch festhalten, um nicht umzukippen. Der Rausch schlug unbarmherzig zu und ließ ihre Gedanken tanzen. „Nur so können wir den Mörder von Fayola finden und Johns Unschuld beweisen." Die blonden Locken fielen ihr wild ins Gesicht, nur mit Mühe konnte sie sie bändigen. „Wir müssen sofort los!"

„Das glaube ich nicht, Schwester." Carmen Schwarz half ihr, sich auf die Couch zu legen. „Sie sehen aus, als hätten Sie ein ganzes Weingut geplündert, und ich, als hätte ich ein Bad im Eichenfass einer Destillerie genommen."

„Wir können meinen Fiat nehmen!"

„Die Möhre da draußen?" Kommissarin Schwarz musste sich zusammenreißen, um nicht laut loszulachen. Sie zog Victorias Schuhe aus und legte eine Decke über sie. „Ganz bestimmt nicht. Wir nehmen meinen Audi. Ich habe einen Kollegen, der mir noch ein paar Gefallen schuldet."

Victoria wusste, was nun kam, und schlug die Hände vorm Gesicht zusammen. „Lassen Sie mich raten, eine ehemalige Affäre?"

„Hey, was denken Sie über mich?" Die Polizistin stellte eine Flasche Wasser neben das Sofa. „Aber in diesem Fall haben Sie recht. Er ist eine frühere Liebschaft."

Alles drehte sich. Victoria hatte Mühe, ihre Gedanken zu sortieren, während sie aufstoßen musste. „Gut, ich muss nur nach Hause, mich frisch machen, und dann geht es los."

„Ich muss Sie enttäuschen, Schwester." Sie gab ihr ein Kopfkissen, stellte einen Eimer neben die Couch und warf Schmerztabletten auf den Wohnzimmertisch. „Sie gehen heute nirgendwohin. Sie brauchen Schlaf."

Kurz schaffte Victoria es sich aufzurichten. Was für ein schrecklicher Fehler. Ihr Körper reagierte mit purer Abneigung gegen die neuerliche Aktivität und rebellierte auf ganzer Linie. „Wir kennen uns doch kaum."

„Keine Angst, ich war … bin Polizistin." Carmen Schwarz zog sich aus, löste ungeniert den BH und verschwand, um kurz darauf mit einem Schlafshirt zurückzukehren. „Ich werde Sie schon nicht ausrauben und vergewaltigen. Außerdem sind Blondinen gar nicht mein Typ. Wenn Sie eine Zahnbürste oder andere Hygieneartikel benötigen, Sie finden sie im Bad."

„Lassen Sie mich raten, auch von …?"

„… ja, für meine männlichen Übernachtungsgäste. Also, sie liegen im Bad – falls Sie es bis dahin schaffen, ohne sich zu übergeben."

Was für ein bitterböser, schwarzer Humor. Wie passend. Vielleicht war diese Schwarz gar nicht so übel.

Kapitel 8 – Geheimnisse der Hauptstadt

Schwarz

„Bei Gott, mein Kopf."

Diese Ex-Nonne vertrug ja gar nichts. Oder Carmen vertrug einfach zu viel – Ansichtssache. „Was ist los, Schwester? Ich dachte, im Kloster trinkt man jeden Tag Wein."

„Nur bei der Kommunion und nur einen Schluck, um die Lippen zu benetzen", antwortete sie und stöhnte. Sie lehnte den Kopf gegen die Scheibe und zog ihn nach dem nächsten Wimpernschlag wieder zurück. „Könnten Sie bitte etwas langsamer fahren?"

Obwohl sie mindestens zwölf Stunden geschlafen hatten, waren sie zu spät aufgebrochen. Ein kurzer Zwischenstopp in Victorias Mäuseloch hatte reichen müssen, um ein paar Sachen zu packen, danach waren sie ohne Pause durchgefahren. Jetzt galt es, so wenig Zeit wie möglich zu verlieren.

Carmen sah auf das Tachometer. „Wir kratzen nicht einmal an hundertachtzig. Falls die Sekte wirklich über solch ein weitverzweigtes Netzwerk verfügt, sollten wir schnell mit den Ermittlungen beginnen, damit niemand die Möglichkeit hat, Spuren zu verwischen."

„Aber in einem Stück, wenn ich bitten darf“, protestierte Victoria hustend.

Ihre Worte ließen ein Lächeln auf Carmens Gesicht erscheinen. Es bereitete ihr Freude, die ehemalige Nonne aus der Reserve zu locken. Obwohl sie das niemals zugeben würde, genoss sie das Gefühl, gebraucht zu werden, eine Aufgabe zu haben – und die Gesellschaft von Schwester Victoria Lescale.

Die Sonne stand hoch am Himmel, als sich in der Mittagszeit das Potsdamer Havelseengebiet vor ihnen eröffnete. Bevor die Metropole ihre volle Pracht entfaltete, begrüßte Berlin seine Besucher von der Westseite mit undurchdringlichen Wäldern, kristallklaren Seen und Sümpfen, die wahrscheinlich schon im Mittelalter für ein unbehagliches Gefühl gesorgt hatten.

„Ich war zu einigen Kirchenkongressen hier“, erklärte Victoria und schien für einen Moment ihre Übelkeit zu vergessen. „Die Stadt ist immer wieder beeindruckend.“

„Ja, das ist sie.“ Carmen hielt den Atem an. „Beeindruckend und gefährlich.“

„Wo befindet sich Ihr Kollege, der Ihnen einen Gefallen schuldet?“

Sie warf der ehemaligen Nonne einen nachdenklichen Seitenblick zu. „Tja, wenn ich das wüsste.“

Als der Wagen endlich die Grenze der Hauptstadt erreichte, konnte Victoria das Fenster einen Spalt breit öffnen. „Was meinen Sie damit?“

„Sie werden schon sehen“, erwiderte Carmen und steuerte ihren Audi TT mit schlafwandlerischer Sicherheit in Richtung Tempelhof.

Es dauerte, bis sie sich durch den Mittagsverkehr gequält hatten. Auf dem Asphalt brannte die Sonne und hinterließ eine kaum aushaltbare Hitze.

Victoria seufzte theatralisch und rang offenbar mit sich, ob sie verärgert oder amüsiert sein sollte. „Wo führen Sie uns hin, Frau Kommissarin?“

Carmen sah sich unsicher um. „Um ehrlich zu sein, ich weiß es nicht. Ist lange her, seit …“

„… seit Sie beide eine Affäre hatten?“

„Wenn Sie es so nennen möchten.“

Verwundert wandte die ehemalige Nonne den Kopf. „Wie würden Sie es nennen?“

Tja, das war die Frage. Eigentlich dachte Carmen gerne an die Zeit zurück. Die Ausflüge auf der Havel, die Fußballspiele im Olympiastadion, die Partys an der Spree. Doch da waren auch der Trennungsschmerz und die ganzen Selbstzweifel, die wie Klebstoff an ihr hafteten.

„Liebschaft, Beziehung. Ich glaube, wir wissen beide nicht, was es gewesen ist.“ Sie verringerte das Tempo weiter, als würde sie die Begegnung hinauszögern wollen. Von der Dudenstraße kroch der Sportwagen beinahe auf den Platz der Luftbrücke. „Wir hatten lange keinen Kontakt, und das aus gutem Grund.“

Das Luftbrückendenkmal ragte trotzig in die Höhe, als würde der ehemalige Tempelhofer Flughafen immer noch den früheren Glanz versprühen wollen.

„Hat es wehgetan, als er die Beziehung beendet hat?“

„Nein.“ Carmens Bauch rebellierte. „Ich war diejenige, die Schluss gemacht hat und mitten in der Nacht nach Düsseldorf aufgebrochen ist, weil dort eine Stelle als Kommissarin frei wurde.“ Sie öffnete die Tür, zückte ihr Handy, stieg jedoch nicht aus, als wäre die Stadt feindliches Gebiet. „Sorry, Schwester, aber in diesem Spiel war ich die Böse."

„Und warum schuldet er *Ihnen* einen Gefallen?"

Endlich gelang es ihr, den ersten Fuß auf Berliner Boden zu setzen. „Ich habe ihm seine Frau vorgestellt. Sie war *meine* Zimmergenossin, und mit ihr habe ich mich danach nicht mehr so gut verstanden."

Auch Victoria erhob sich, musste sich kurz am überhitzten Auto festhalten. „Sie führen ein kompliziertes Leben, Frau Kommissarin."

„Komplizierter als jemanden anzubeten, von dem Sie erst wissen, ob er existiert, wenn Sie tot sind? Ja, ganz bestimmt."

Sie funkelten sich für einen Herzschlag über das Wagendach hinweg an und einigten sich stumm darauf, die Thematik ruhen zu lassen. Selten hatte Carmen erlebt, sich mit jemandem auf diese Weise zu verstehen. Und das, obwohl sie so ziemlich alles ablehnte, wofür Victoria stand, und sie unterschiedlicher nicht sein konnten.

„Und jetzt?" Victoria suchte sich eine Parkbank und ließ den Blick über den Tempelhofer Damm, das Büro des Polizeipräsidenten und das schmucklose LKA-Gebäude schweifen. „Suchen wir jedes Polizeirevier der Stadt ab?"

„Nicht ganz", antwortete Carmen und tippte eine Nachricht an eine Nummer, von der sie geglaubt hatte, dass sie sie nie wieder benutzen müsste.

Pikiert rümpfte Victoria die Nase. „Wäre ein Anruf nicht persönlicher?"

„Vielleicht“, sagte sie und wartete. Sekunden später vibrierte ihr Mobiltelefon.

„Und?“

Sie zuckte mit den Schultern, verlagerte das Gewicht von einem Fuß auf den anderen. „Er kommt runter.“

Als die Minuten vergingen, sah Carmen immer wieder auf das Display.

„Was macht Ihr Kollege eigentlich hier?“

„So ziemlich alles!“ Die beiden Frauen zuckten zusammen, als eine tiefe Stimme ertönte. „Das LKA hat viele Aufgabenbereiche.“ Sofort drückte er Carmen an sich. „Schön dich zu sehen, Blacky.“

Victoria musste ein Lachen unterdrücken. „Blacky?“

Carmen tat, als hätte sie das übergehört. „Hi, Tom.“ Während sie ihren ehemaligen Kollegen und Liebhaber umarmte, schenkte sie Victoria einen bitterbösen Blick. Erst nach etlichen Sekunden drehte er sich um.

„Thomas Bramberg, freut mich, Ihre Bekanntschaft zu machen“, sagte er, und Victoria stellte sich ebenfalls vor.

Er hatte sich kaum verändert. Noch immer strahlte er eine ruhige Dominanz aus, der Bauch war etwas größer geworden, fügte sich jedoch gut in die kräftige Statur. Auch die wenigen Haare hatte er sich nun komplett abrasiert, nur der scharf konturierte Ziegenbart war geblieben. Tom war nach wie vor ein unglaublich attraktiver, charmanter Mann, und es war nicht schwer, sich daran zu erinnern, warum sie sich damals in ihn verliebt hatte.

„Sie waren also damals Kollegen“, gluckste Victoria und ließ Carmen dabei nicht aus den Augen.

„Ganz genau. Wir hatten ein halbjähriges Seminar in Berlin, einen wundervollen Sommer und einen schmerzlichen Abschied." Seine schonungslose Offenheit war schon damals erfrischend gewesen. „Mein Weg hat mich zum LKA geführt, und Blacky war auf dem Weg, eine der besten Kommissarinnen des Landes zu werden." Er steckte die Hände in die Taschen seiner Anzughose, sodass das Hemd über seinem muskulösen Oberkörper spannte. „Aber das hat Blacky Ihnen sicherlich erzählt."

Victorias Grinsen wurde breiter. „Ja, das hat Blacky mir erzählt."

Wenige Sekunden behielt er sein wundervolles Lächeln, dann wechselte sein Ausdruck ins Ernste. „Stimmt es, was ich gehört habe? Man hat dich suspendiert?"

Die Neuigkeit, dass das Toptalent aus NRW am Boden lag, war sogar bis nach Berlin gedrungen. Falkner weitete seinen Dunstkreis aus und wurde mächtiger. Sollte er jetzt noch mit seinen Freunden von der PSE in die Politik gehen, wäre Carmen vollends auf verlorenem Posten.

„Ach, weißt du ..."

Tom stemmte die Hände in die Hüften und holte tief Luft. „Ich glaube, die Geschichte, was passiert ist und warum ihr in Berlin seid, wird etwas länger dauern, oder?"

„Jep", bestätigte Carmen und wischte sich den Schweiß von der Stirn. „Kann ich dich zu einem Bier einladen? Früher hast du mittags nie eins abgelehnt."

„Nur Tee oder Wasser bitte." Er klopfte sich auf den Bauch. „Ich versuche es im Moment mit Detox."

Sie konnte sich gerade so zurückhalten, um nicht vor ihm die Augen zu verdrehen. „Natürlich versuchst du das. Dann also Brennnesseltee mit einem Hauch Ingwer.“

Euphorisch klatschte er in die Hände. „Ich kenne ein schönes veganes Café. Folgt mir.“

Victoria stupste Carmen in die Seite. „Blacky?“

„Früher waren meine Haare und die Fingernägel pechschwarz“, erwiderte sie zischend. „Ich war in meiner Metalphase. Das kennen Sie sicherlich, und jetzt kein Wort mehr darüber.“

„Sicher, das war direkt nach meiner Zeit als Satanistin“, erwiderte sie etwas lauter.

Carmen sah sie auffordernd an. „Kein Wort mehr darüber“, wiederholte sie.

„Aber klar doch, Blacky.“

***

Besorgt rieb sich Thomas über die Glatze und schloss die Lider für einen Moment. Carmen war diese Geste des Innehaltens bekannt, hatte er das doch schon früher getan, wenn er Zeit zum Überlegen schinden wollte. Er bedankte sich höflich bei seinem Gesprächspartner am Mobiltelefon, legte auf und trank einen Schluck Tee. Dann rieb er sich wieder über die Kopfhaut. Diese Sache war also ernst.

Sie wartete, bis die Kellnerin neue Getränke gebracht hatte, und beobachtete die Menschen an den Nachbartischen vor dem Café. Es dauerte, bis Thomas seine Gedanken sortiert hatte und sich endlich an sie wandte.

„Also, eine Ex-Kommissarin und eine Ex-Nonne glauben an eine weltweite Verschwörung und eine Schlepperbande, die Kinder von den armen Kontinenten entführt und sie hier dem Meistbietenden zur Verfügung stellt."

Carmen nickte kühl, obwohl sie genau wusste, wie grotesk sich das anhörte. „Was sagen deine Kontakte? Stehen in der Akte von damals neue Informationen?"

Thomas schüttelte den Kopf und ließ die Halswirbel knacken. Ein untrügliches Zeichen dafür, dass sie sich in einer Sackgasse befanden, wenn selbst Tom nicht weiterwusste.

Er sah sie abwechselnd an. „Blacky, Victoria, ich weiß, dass ihr beide gerade eine Menge durchmacht. Das mit dem Job und Falkner ist scheiße, genau wie der Tod einer Zimmergenossin. Die Akte wurde jedoch geschlossen, weil es keine Beweise gab." Er lehnte sich zurück und atmete gepresst. „Die Kinder wurden nie gefunden, alles andere ist verbrannt, der Fahrer des Lieferwagens hat Selbstmord begangen. Selbst euer John Bakare ist nie wiederaufgetaucht."

„Natürlich nicht." Victorias Stimme war schrill. Man konnte mit jeder Silbe hören, wie nah ihr das Thema ging. Erstaunlich, wie laut das Organ dieser kleinen Person werden konnte. „Fayola hat Schutz im Kloster gesucht, und John hat es in den Untergrund verschlagen, um den anderen Kindern zu helfen. Selbstverständlich alles unter dem Mantel der Verschwiegenheit, sonst wären ihnen die Jungfische auf die Schliche gekommen."

„Gibt es keine Adresse des Fahrers?", sprang Carmen ein und drückte ihre Zigarette im Aschenbecher aus. „Keine Zeugen? Keine Anhaltspunkte?"

„Nichts, was nicht verbrannt ist. Tut mir leid, Ladys, aber ich glaube, diese Sekte ist nur eine Erfindung der beiden Waisenkinder Bakare, um etwas zu verarbeiten."

Carmen schüttelte den Kopf. „Was ist mit den Narben und Brandzeichen? Die sollen sie sich selbst zugefügt haben?"

Entschuldigend hob Thomas die Hände. „In Afrika passieren schreckliche Dinge, ohne dass eine geheime Sekte ihre Finger im Spiel haben muss."

„Und der Standort der Berliner Jungfische?" Sie lehnte sich eindringlich nach vorne. „Er muss als kleiner Junge hier gewesen sein. Sagt dir die Beschreibung nicht irgendetwas?"

Tief in Gedanken fuhr sich Thomas über den Bart und studierte seine Notizen „Am Wasser gelegen, umgeben von Bäumen und mit einer kleinen Brücke. Der Vogelgesang wird tagsüber im Sommer nur von Kindergeschrei übertönt", murmelte er vor sich hin. „Das kann überall sein. Ein Bauernhof in Potsdam, eine Hütte am Wannsee, eine Villa bei Köpenick. Außerhalb Berlins stehen Tausende großer Gebäude an Seen oder Flüssen."

„Dann müssen wir sie alle durchsuchen." Carmens Ton war trotzig, obwohl sie wusste, dass dies der denkbar schlechteste Plan war. „Und wenn es Jahre dauert."

„Es würde Jahrzehnte dauern", warf Victoria ein, obwohl ihre Enttäuschung beinahe zum Greifen war. „Es muss einen anderen Weg geben." Ihr Kopf fuhr herum.

„Thomas, kennst du keine Hotspots von Kriminellen und Pädophilen? Treffunkte von reichen Schweinen, die ihre perversen Abarten ausleben wollen? Wenn wir schon die Nadel im Heuhaufen suchen, sollte es zumindest vielversprechend sein."

Thomas nickte, tippte auf seinem Smartphone herum. „Keine schlechte Idee. Ihr wisst aber, dass das keine offizielle Untersuchung ist? Ich könnte mir spontan drei Tage Urlaub nehmen, wir haben keinen Durchsuchungsbeschluss, und du, liebe Blacky, solltest eigentlich gar keine Waffe tragen." Wieder rieb er sich über die Glatze. Die Lage war verdammt ernst. Carmen war sich nur allzu bewusst, dass sich jede Faser seines Körpers dagegen wehrte, hier zu sein, und dass er ihr nur aus alter Verbundenheit half. „Wir bewegen uns auf ganz dünnem Eis und haben keine Rückendeckung."

Carmen stöhnte auf. „Schon klar, Tom. Wenn es gefährlich wird, rufst du Verstärkung, und wir machen uns aus dem Staub und waren nur als Touristen in Berlin, um unsere Instagramaccounts mit Selfies zu füttern."

„Schön, dass du dir deinen Humor bewahrt hast."

Victoria kippte mittlerweile ihr drittes Wasser. „Wunderbar, dann wäre das ja geklärt. Wo fangen wir an?" Anscheinend wurde es ihr zu bunt. Um ihrer Aufforderung Nachdruck zu verleihen, erhob sie sich und klatschte in die Hände.

Thomas bezahlte. „Ich habe da eine Idee. Kommt mit."

Während sie zu seinem Auto gingen, lähmte die Sonne die Hauptstadt. Selbst am frühen Nachmittag strahlte sie mit unverminderter Kraft und verwandelte die Häuserschluchten in einen Glutofen. Carmen und Victoria lief der Schweiß in Strömen, während die Hitze Thomas nichts auszumachen schien. Es war eine Erleichterung, endlich in Thomas' Wagen zu sitzen und die kühlende Luft der Klimaanlage auf der Haut zu spüren.

„Ein Hybrid?" Carmen saß vorne und sah sich ungläubig um. „Wolltest du früher nicht mal mit einem Mustang durch Amerika brausen?"

„Tja, daraus ist jetzt Familienurlaub in Schweden geworden." Er schien nicht sonderlich traurig darüber zu sein. „Ist anders, aber auch schön."

Jeder musste sein Leben leben, wie es ihm gefiel. Carmen ertappte sich dabei, wie sie einerseits neidisch war, sich andererseits für ihn freute, gleichzeitig seinen Lebenswandel verachtete und zusätzlich ihre biologische Uhr so laut ticken hörte, dass sie sich fast eine Migräne herbeiwünschte.

„Schön für dich", murmelte sie in Ermangelung einer klugen Erwiderung. Sie war jetzt zweiunddreißig. Tom und Falkner waren die Einzigen, mit denen sie sich hätte vorstellen können ...

Als die beiden nicht hinsahen, warf sie eine Modafiniltablette ein. Sie schüttelte sich, schaute aus dem Fenster und ließ Berlin an sich vorüberziehen. Der eine war mittlerweile glücklich verheiratet, und der andere war ein verheiratetes Arschloch. Keine rosigen Aussichten, dass ihr Uterus jemals etwas zu tun bekäme. Vielleicht war das besser so. Bestimmt wäre sie eine schreckliche Mutter und würde die Fehler ihrer Eltern nur wiederholen. Oder nicht?

„Wir sind da."

Erleichtert, den Gedankengang nicht fortsetzen zu müssen, konzentrierte sich Carmen wieder auf das Hier und Jetzt. „Verdammt, bei Gott, wo sind wir?"

„Hey!" Victoria gefiel ihre Wortwahl offensichtlich nicht. „Sie sollen seinen Namen nicht missbrauchen. Aber die Frage ist berechtigt. Wo hast du uns hingeführt, Thomas?"

„Darf ich präsentieren?" Sie stiegen aus, er machte eine theatralische Geste. „Die ehemalige Lungenklinik Heckeshorn am wunderschönen Berliner Wannsee."

Mit kritischem Blick betraten sie das Gelände. Die Natur hatte sich weite Teile des verlassenen Areals zurückerobert. Efeu umschloss die Backsteine, nur der Hochbunker ragte in den Himmel, als wollte er mit dem umliegenden Wald nichts zu tun haben.

„Der Wannsee ist bloß einen Steinwurf entfernt, es gibt Tag und Nacht Kindergeschrei, Brücken, Wasser und den Wald." Mit ausgestreckten Armen drehte sich Thomas zu dem heruntergekommenen Komplex um. „Im Krieg wurde hier die gesamte Luftverteidigung Berlins organisiert, der Bunker hat ab neunzehnhundertsiebenundsechzig als Pathologie und Leichenhalle für die Lungenklinik fungiert. Sogar als OP hat dieser graue Klotz einmal gedient, bis das gesamte Krankenhaus vor einigen Jahren umgezogen ist und den Bau zwielichtigen Gestalten überlassen hat."

Thomas hatte früher schon komplexe Themen gut zusammenfassen können. Dann war er in seinem Element, und Carmen gefiel der Klang seiner Stimme. Nächtelang hatte sie dem damaligen Bad Boy des Polizeiseminars zugehört, und er hatte es geliebt, wenn sie dabei seinen Kopf gestreichelt hatte – eine gefährliche

Mischung, die heute noch ein seltsames Kribbeln in ihr
auslöste.

„Zeitweise wurde das Krankenhaus sogar für Dreharbeiten in Schuss gehalten, aber weite Teile fielen dunklen Typen zum Opfer."

„Zum Beispiel Kinderschändern?", zischte Carmen. Jedes Wort triefte vor Verachtung.

„Einen richtigen Kinderstrich, wie damals beim Bahnhof Zoo, gibt es nicht mehr. Doch wenn ihr etwas sucht, wäre das die erste Adresse, zu der ich gehen würde."

Langsam senkte sich die glühende Sonne über die Wipfel der Bäume, und die Schatten wurden länger. Im Wald kühlten sich die Temperaturen ab, sodass Carmen wieder klar denken konnte.

„Und wie läuft das jetzt?", wollte sie wissen.

Thomas öffnete eine der quietschenden Stahltüren, legte den Finger auf die Lippen. „Jeder, der hierherkommt, ist nicht unbedingt scharf auf Rampenlicht. Das würde ich ausnutzen." Kurz berührte er Carmens Arm. „Und denk daran, du bist derzeit suspendiert."

Sie lächelte und ging voraus. „Ich versuche, nicht allzu viel Mist zu bauen."

Victoria folgte ihr dichtauf. „Wir versuchen es beide, aber, bei Gott, versprechen kann ich nichts."

Obwohl das Sonnenlicht durch die eingeschlagenen Fenster fiel, legte sich augenblicklich eine gruselige Stimmung über die Szenerie. Stühle, Gerätschaften und OP-Tische waren gut erhalten. Gelächter drang von den verschachtelten Gängen zu ihnen und trug dazu bei, dass Carmen ein Schauer über den Rücken lief. Sie waren definitiv nicht allein. Ihr Puls raste, als sie nach ihrer Dienstwaffe tastete. Plötzlich spürte sie Victorias Hand auf ihrem Unterarm.

„Wir wollen Informationen, keine Verhaftungen, oder?"

So schmerzlich es war, doch sie hatte recht. Was nutzte es, wenn sie ein paar Stricher hochnahmen oder Prostituierte bei ihrer Arbeit behinderten? Einem Luden hätte sie gerne ein paar mitgegeben, ihr war allerdings klar, dass der spätestens morgen wieder auf der Straße herumstolzierte, um sein verabscheuungswürdiges Handwerk zu verrichten, während sie ihren Job loswar.

„Richtig." Sie ließ den Griff ihrer Waffe los, zückte ihr Mobiltelefon und leuchtete in die Gänge.

Thomas sicherte ihren Rücken, während sie sich ihren Weg immer tiefer in den Bauch der Bestie suchten. Bald schon hatte Carmen die Übersicht verloren. Ein wenig Orientierung gaben die alten Hinweisschilder, hauptsächlich verfolgte sie jedoch einfach das hysterische Lachen, das durch die Gänge hallte. Es schien, als wäre das Geräusch überall, und das geheimnisvolle Kichern würde sie verhöhnen.

„Hier waren wir schon", gab Victoria zu bedenken.

Mist! Die Ex-Nonne hatte recht. „So langsam habe ich die Faxen dicke."

„Ich auch."

Carmen und Victoria beschleunigten ihre Schritte, bis sie zu joggen begannen. Sie hatten genug davon, im Dunkeln zu tappen. Jetzt waren sie auf der Jagd.

„Was macht ihr da?"

„Ermitteln!", rief Carmen und sah, wie Thomas hinter einer gekachelten Wand verschwand.

Sie stürmten eine Treppe hinunter. Ein modriger Geruch strömte ihnen entgegen, und dicke Wände sperrten das Sonnenlicht aus. Victoria holte ihr Handy hervor, einen uralten Knochen, und aktivierte die Taschenlampenfunktion. Carmen tat es ihr gleich.

„Dort hinten!" Sie schoss vor, die Ex-Nonne folgte mit geringem Abstand und lugte um die Ecke.

Als die zwei dünnen Lichtkegel ein Ziel fanden, war es, als hätten sie in ein Wespennest gestochen. Sie blickten in unzählige Gesichter von jungen Männern und alten Kerlen, die sie mit weit aufgerissenen Augen anstierten. Viele der Männer trugen Anzug, während ihnen die Jungen in Skinny Jeans Avancen machten. In der hinteren Ecke setzte sich gerade ein dürrer Knabe einen Schuss. Es war sein Lachen, das verzerrt durch die Luftschächte drang.

„Die Bullen!", rief jemand.

Die Meute türmte in alle Richtungen. Instinktiv packte sich Carmen einen der jüngeren Typen, während sich Victoria in den Weg eines älteren Mannes mit Bauchansatz und Halbkranz stellte.

„Stehen bleiben! Polizei!" Dass Victoria dabei die Rechte auf ihren Rücken legte und so tat, als hätte sie eine Waffe, nötigte Carmen Respekt ab. Die Schwester besaß mächtig Feuer, bei der richtigen Motivation. Und nichts war eine bessere als Rache.

Wie zur Salzsäule erstarrt, ließen sich die beiden Kerle mühelos an die Wand drücken. Das Gesicht des Jungen war fahl und eingefallen, während das des Anzugträgers von Jahren des Überflusses aufgedunsen war. Zwei wandelnde Klischees. Männer, die unterschiedlicher nicht sein konnten und sich dennoch gefunden hatten.

„Was …was wollt ihr? Geld? Davon habe ich ’ne Menge“, stotterte der Geschäftsmann und rieb die Fingerkuppen aneinander. „Ihr … ihr müsst es nur sagen!“

„Wir wollen kein Geld.“ Victoria sah ihn angewidert an. „Die Jungfische, was wisst ihr darüber?“

Die Augenringe des Jungen waren so groß wie Wagenräder. Er blinzelte, und Carmen bezweifelte, dass ihre Worte überhaupt irgendetwas in seinen Gehirnwindungen auslösten. „Der Orden der *Puer Piscis*, klingelt es da?“ Sie zog ihre Waffe.

Beide zuckten zusammen und hoben die Hände.

„Ich weiß nichts über einen Orden. Ehrlich! Ich bin nicht einmal getauft.“

„Hätte mich auch gewundert“, presste Victoria hervor, packte die Krawatte des Mannes und drückte zu. „Wir wollen die Adresse, wo ihr euch die Kinder besorgt.“

„Keine Kinder.“ Er schwitzte wie ein Schwein und schüttelte so heftig den Kopf, dass die Schweißtropfen nur so flogen. „Gibt es auch gar nicht mehr in Berlin. Der Tiergarten ist tot, und das ist nicht mein Stil.“ Seine Worte waren so schnell gesprochen, dass sie Mühe hatten, sie zu verstehen.

„Bist du dir sicher?“ Carmen drückte den Lauf ihrer Waffe an seine Stirn. Verdammt, das sollte sie nicht tun, wenn sie irgendwann noch mal als Polizistin arbeiten wollte, doch Adrenalin und Wut hatten von ihr Besitz ergriffen. „Ganz sicher?“, zischte sie.

„Wirklich nicht!", flehte er und fing an zu weinen. „Wer seid ihr?"

Als Antwort packte sie seinen Kopf und donnerte ihn gegen die Wand. Nicht hart, dass er eine Wunde davontragen würde, aber zumindest fuhr ihm der Schrecken durch die Glieder.

Auch Victorias Stimme bebte vor Zorn. Trotzdem drückte sie Carmens Pistole hinunter. „Keine Waffen." Dann wandte sie sich wieder an die Männer. „Beantwortet die Frage!"

„Ich weiß nichts", wimmerte der Geschäftsmann, diesmal gesellten sich ein leichtes Plätschern und der Geruch von Urin dazu. Der Junge neben ihm grinste teilnahmslos und lachte auf.

Gerade als Carmen ihn erneut gegen das Mauerwerk donnern wollte, spürte sie Thomas' Hand um ihr Handgelenk.

„Verdammt, was macht ihr hier?" Er drückte sie von den Verdächtigen weg. „Seit wann geht ihr über Grenzen? Das ist Polizeigewalt und ein Fall für die Dienstaufsicht und den Staatsanwalt. Wenn die beiden Anzeige erstatten ..." Unkontrolliert rieb er sich über die Glatze. „Und ich bin mittendrin, könnte alles verlieren! Sag mir nicht, dass es stimmt, was sie über die Nachthexe in Düsseldorf sagen!"

„So? Was sagen sie denn?" Ihre Augen funkelten, als würden sie ihn bei lebendigem Leibe verbrennen wollen.

„Dass du verrückt geworden bist." Er nickte in Richtung der beiden Kerle. „Siehst du nicht, dass sie nichts wissen und sich vor Angst in die Hose pissen?"

Carmen schloss die Lider und atmete genervt aus. Thomas hatte recht, wie so oft – und das Schlimmste war, aus den beiden war nichts rauszubekommen. „Wir sind im Arsch."

„Nein. Sie werden keine Anzeige erstatten." Victorias sanfte Stimme durchbrach die Stille. In Zeitlupe hob sie ihr Handy und spielte das Video ab. Zu sehen waren die beiden, wie sie innig rumknutschten. Sie hielt das Telefon vor die Nase des Mannes. „Du willst nicht, dass deine Familie erfährt, was ihr lieber Ehemann und Daddy abends so macht, oder?"

Er schüttelte heftig den Kopf.

Als Nächstes war der Junkie dran. „Und was dich angeht, deine Freunde sollen nicht wissen, dass du ein Spitzel der Polizei bist, oder?"

Unverständnis sprach aus seinem Blick, als müsste er die Worte im Geiste wiederholen, um deren Bedeutung zu verstehen.

Carmen konnte sich ein Grinsen nicht verkneifen. Die Ex-Nonne war tough, blitzgescheit und behielt einen kühlen Kopf. Bestimmt hatte die Ausbildung zur Krankenschwester ihren Teil dazu beigetragen. Sie zeigte dem Junkie das Video. Tatsächlich sah es so aus, als würde er locker mit ihnen plaudern. Er brach in Tränen aus. Victoria tröstete den jungen Mann, redete auf ihn ein, dass er sein Leben verändern sollte und sein Heil im Schoß der Kirche suchen könnte. In einer Suchmaschine auf ihrem Mobiltelefon fand sie schnell die Kontaktdaten von ein paar Entzugskliniken und sozialen Einrichtungen, die sie mit Engelsgeduld in seinen Kalender diktierte. Bei Gott, sie war eine Heilige, der der Hauch eines Teufels innewohnte. Eine gefährliche Mischung und eine, die sie sympathisch machte.

Die Erleichterung der beiden war fast greifbar, als sie endlich gehen durften.

Thomas war sichtlich gelöst. „Und jetzt?“

„Zum nächsten Hotspot“, sagte Carmen mit fester Stimme. „Bis wir die Schweine haben.“

Kapitel 9 – Rote Linien

Lescale

Ihre Füße schmerzten, als wäre sie den Camino gelaufen. Dreimal hintereinander.

Doch anders als beim Pilgern spürte Victoria keine Erfüllung. Im Gegenteil. Erschöpft und alle viere von sich gestreckt, lag sie auf dem durchgelegenen Bett eines billigen Hotels in Wedding und starrte an die Decke. Nach ihrem Besuch in der Lungenklinik hatten sie sich noch die halbe Nacht um die Ohren geschlagen, Verdächtige verhört, verlassene Villen am Stadtrand besucht und einschlägige Verbrecher befragt. Jeder einzelne Versuch – ein Fehlschlag.

Die Nadel im Heuhaufen hatte sich entweder in Luft aufgelöst oder war so tief vergraben, dass sie nicht einmal eine Vermutung hatten, wo sie zu finden war. Wäre Thomas nicht gewesen, Carmen Schwarz wäre nicht nur an Grenzen gegangen, sie hätte sie überschritten. Die Beamtin erinnerte sie zeitweise an einen Todesreiter mit dem Gesicht einer Furie – wie eine Naturgewalt, der man nicht im Weg stehen sollte, und trotzdem war ihre Seele so zerbrechlich, als könnte sie jede Berührung zerschellen lassen.

Aber auch Victoria spürte eine Veränderung in sich. Die Jagd nach Phantomen verdrängte die düsteren Gedanken. Einer Katharsis gleich fühlte sie sich befreit und bedrückt zugleich. Die Überlegungen zu ihrer Zukunft waren ganz weit weggerückt, genau wie die Sorgen um einen Job, das Geld, ja, ihr ganzes Leben. Derzeit galt es nur, die Ungerechtigkeit zu bekämpfen, wo sie aufblitzte, und die Geschichte der Geschwister Bakare war voll von Ungerechtigkeiten.

Als sie sich entschlossen hatte, Fayola keine Beachtung zu schenken und damit ihr Todesurteil besiegelt hatte, hatte sie eine Schuld auf sich geladen, die sie nie wieder abtragen konnte. Doch was auch passierte, sie musste es versuchen.

Obwohl jeder Muskel ihres Körpers brannte, erhob sie sich. Sie zog sich aus, warf ihre Kleidung im hohen Bogen neben den kleinen Koffer und stieg unter die Dusche. Es tat unendlich gut, das kalte Wasser auf der Haut zu spüren und die klebrige Hitze des Morgens abzuwaschen.

Victorias Bewegungen erstarben. Wieder und wieder ging sie Johns Sätze im Kopf durch. War es Zufall? Nein, das war nicht möglich. Oder doch?

Hastig sprang sie aus der Dusche, schlang sich ein Handtuch um und hetzte ins Nachbarzimmer.

„Wir lagen ...“ Das letzte Wort blieb ihr im Hals stecken.

Es war nicht ihre Art, fremde Räume, ohne anzuklopfen, zu betreten. Oberin Marie war überaus bestrebt, ihren Schwestern diese Eigenart auszutreiben, nur jetzt war es einfach vonnöten. Sekunden später wünschte sich Victoria, dass sie die Regel heute beherzigt hätte.

Carmen und Thomas saßen auf dem Bett, flüsterten mit ernster Miene und hielten einander die Hände. Es war nichts Verwerfliches, kein Kuss, keine Zärtlichkeit, Victoria wusste jedoch, dass es diese Situationen waren, die zu Schmerz und Leid führten.

„Störe ich?" Ihr Ton strotzte vor schroffer Anschuldigung.

Wie zwei aufgeschreckte Hühner schossen die beiden auseinander.

„Wir haben nur geredet", antwortete Thomas mit puterrotem Gesicht. Er wusste um seinen Fehler und dass er verdammt dankbar sein sollte, dass sie in den Raum geplatzt war, um Schlimmeres zu verhindern.

Auch die Polizistin fühlte sich offensichtlich schuldig und fuhr sich über die langen Haare. „Was ist los, Schwester? Keine Bibel im Nachttisch gefunden?"

„Wir lagen falsch", wiederholte sie und zog ihr Handtuch höher. „Johns Erinnerungen stammen tatsächlich aus seiner Kindheit." Sie holte tief Luft. „Am Wasser gelegen, umgeben von Bäumen und mit einer kleinen Brücke. Der Vogelgesang wird tagsüber im Sommer nur von Kindergeschrei übertönt."

„Wir kennen den Spruch", unterbrach sie Carmen Schwarz, „sind ihn tausendmal durchgegangen."

„Wichtig sind die Details." Victoria griff sich die Karte von Berlin vom Schreibtisch, auf der sie mögliche Verstecke angekreuzt hatten. „Nur tagsüber hat er das Kindergeschrei gehört, aber in den Badeseen ist es bis spät in die Nacht zu hören."

„Das heißt, keine Badeseen oder andere Flüsse, in denen Jugendliche auch bei Mondschein schwimmen können. Und kein Wäldchen am Rand von Berlin." Carmen Schwarz stand auf und beugte sich über die Karte.

„Ganz genau." Wie eine Besessene fuhr Victoria mit dem Stift über die Markierungen. „Wir suchen keinen See, wir suchen ein Schwimmband am Wasser mit einem Park. Nur dort verstummt der Lärm abends. Und davon …"

„… gibt es nur eins. Und das liegt mitten im Herzen von Berlin." Mehrmals umkreiste die Polizistin die Stelle auf der Karte. „John wurde in der Nähe des Sommerbads Kreuzberg festgehalten, direkt am Landwehrkanal."

Gleichzeitig sahen sie auf. Jede wusste, was die andere dachte. Ein Lächeln umspielte gefährlich ihre Lippen. Schwarz und Lescale waren auf der Jagd, und nichts würde sie aufhalten.

Es war Thomas, der den Moment zerbrach und ein Magazin in seine Waffe gleiten ließ.. „Worauf warten wir noch?"

***

Etwas in ihr drängte sie, den Blick abzuwenden, Victoria widerstand jedoch dem Impuls und zwang sich, ihre Augen weiterhin auf die Villa zu richten. Sie hatte keine Ahnung, warum, doch sie beschlich ein Gefühl von eisiger Kälte und zornigem Frost, das langsam Besitz von ihr ergriff.

„Ich kenne diesen Ort", flüsterte Carmen Schwarz.

Victoria schüttelte sich und versuchte sich der imaginären Eisschicht auf ihrer Haut zu entledigen. „Wie bitte?“ Sie war dankbar, dass die Kommissarin etwas sagte.

Die Frau drehte sich um und berührte Thomas an der Schulter. „Erinnerst du dich an die Admiralsbrücke?“

„Wie könnte ich nicht?“ Kurz zuckte ein Mundwinkel. „Die Sonnenuntergänge sind ein echter Geheimtipp und wunderschön.“ Sein Blick traf den der Polizistin, während die Sonne das glitzernde Gewässer des Kanals küsste und den Tag begrüßte. „Wie so vieles in meinen Erinnerungen.“

„Habt ihr beiden es bald?“ Zu der frostigen Kälte gesellte sich nun auch noch eine gehörige Portion Wut. Victoria sah auf die Karte. „Konzentriert euch gefälligst! Also, hier ist der Landwehrkanal, dort das Sommerbad Kreuzberg und da hinten die Baerwaldbrücke. Wenn John wirklich einen realen Ort beschrieben hat, dann diesen hier.“

„Zumindest sieht es danach aus.“ Augenscheinlich hatte sich Carmen Schwarz wieder gefangen und machte ein paar Schritte von der Prinzenstraße auf die Wiese vor ihnen. „Da steckt jemand viel Geld in seine Privatsphäre.“

„Wirkt nicht, als würde hier jemand wohnen“, sagte Victoria nachdenklich und ließ den Blick schweifen.

„Ganz im Gegenteil“, widersprach die Kommissarin. „Ein schlichter Stahlzaun, überall sind Kameras, die hohen Bäume sind kaum geschnitten, sodass keine Satelliten aufzeichnen können, was im Garten passiert, die Hecken sind eng bepflanzt, der Rasen ist ordentlich und das gesamte Grundstück nicht einsehbar.“ Sie deutete auf die Villa. „Außerdem sorgen die schweren Stoffgardinen dafür, dass kein Tageslicht ins Haus dringt. Glauben Sie mir, Schwester, hier residiert entweder ein Superstar oder jemand, der keine Lust hat, dass irgendetwas von dem Grundstück an die Außenwelt dringt."

„Dann sind wir richtig", flüsterte Victoria wütend und lief vor.

Geradeso bekam Thomas ihren Arm zu fassen. „Was hast du vor?"

„Ihr seid doch Polizisten, oder? Wie wäre es, wenn ihr mal euren Job macht?" Der Ton ihrer Stimme war ungewöhnlich scharf.

Die beiden schauten sich mitleidig an.

Carmen Schwarz hob die Schultern. „Wir haben keinen Durchsuchungsbeschluss, ich bin suspendiert, und für *Gefahr im Verzug* ist das Ganze ein wenig dünn."

Wollten die zwei nichts unternehmen? Fragend breitete Victoria die Arme aus. „Und das heißt?"

„Dass wir einen anderen Weg finden müssen, die Lage auszukundschaften, ohne gegen allzu viele Gesetze zu verstoßen", antwortete Thomas und seufzte auf. „Und unsere Jobs zu verlieren."

„Also sollten wir einen Weg finden, uns nachts reinzuschleichen", ergänzte die Kommissarin, musterte die Villa und zündete sich eine Zigarette an. Die Falten auf ihrer Stirn verrieten, wie aussichtlos ihre Lage war. Sie fummelte nervös an ihrer Hosentasche herum und spielte mit einem Tablettenblister, bis sie bemerkte, dass sie damit die Aufmerksamkeit auf sich zog.

Victoria konnte nur ahnen, welchem Teufel die Polizistin verfallen war. Das war jedoch im Moment zweitrangig. Ein Problem nach dem anderen. Sie ging langsam zurück auf den Gehweg. Die beiden Beamten hatten recht. Diese Villa sah aus wie eine Festung. In einer Nacht-und-Nebel-Aktion würden sie niemals einen Blick ins Innere werfen können.

„Nein, sollten wir nicht", flüsterte sie gedankenverloren, während sich ein Grinsen auf ihrem Gesicht breitmachte.

„Wie bitte?", fragte Thomas und stemmte die Hände in die Hüften.

Victoria drehte sich zu ihnen um. „Wir sollten uns nicht nachts reinschleichen. Nicht heimlich, nicht im Stillen, in der Hoffnung, den toten Winkel der Kameras zu erwischen. Genau das Gegenteil ist der Fall." Sie amtete so schnell, dass ihr schwindelig wurde. „Dieser Abschaum lebt in der Abgeschiedenheit der Diskretion. Sie meiden die Öffentlichkeit wie der Teufel das Weihwasser." Sie atmete gepresster. Tanzende Sterne zuckten bereits vor ihren Augen, sie lief rot an, ein dünner Schweißfilm trat auf ihre Stirn.

„Haben Sie den Verstand verloren, Schwester?" Carmen Schwarz kam näher und stützte sie. „Geht es Ihnen nicht gut?"

„Ganz im Gegenteil. Um diese Monster aus ihrer Höhle zu locken, müssen wir ihnen das geben, was sie am meisten fürchten."

„Und das wäre?"

„Aufmerksamkeit." Sie atmete noch schneller und musste ein Lächeln unterdrücken. Die Sonne tauchte ihr Gesicht in ein brennendes Rot. „Ich habe eine Idee, dafür brauche ich ein Kissen und Wasser. Haben Sie so etwas im Auto, Blacky?"

Die Polizistin sah sich Hilfe suchend um. „Sind Sie verrückt geworden, Lescale?"

„Ganz im Gegenteil", brachte sie mühsam hervor, während sich alles um sie herum immer schneller drehte. „Ich war noch nie so klar. Und jetzt brauche ich ein Kissen und Wasser. Und Ihr Mobiltelefon. Schnell!"

Kapitel 10 – Monster

Schwarz

„Hilfe! So hören Sie doch! Helfen Sie mir!"

Der Schmerz breitete sich von Carmens Hand in ihren Arm aus, während Victoria in die Knie ging und wie eine Besessene in die Sprechanlage schrie. Die Ex-Nonne presste dabei Carmens Finger so fest zusammen, dass sich ihr Gesicht vor Schmerz verzerrte. Gut so. Das machte ihren Mummenschanz noch glaubwürdiger.

Auch an Thomas war ein Schauspieler verloren gegangen war. Wie von Sinnen betätigte er die Klingel ohne Namensschild und mimte den überforderten Ehemann perfekt. „Bitte, lassen Sie uns rein! Die Fruchtblase meiner Frau ist geplatzt!"

„Wie bitte?", wollte die blecherne Stimme aus der Gegensprechanlage.

„Die Fruchtblase meiner kleinen Schwester", schrie Carmen, obwohl es ihr hochnotpeinlich war, sich hier zum Affen zu machen. Doch was sollte sie tun, der Zweck heiligte die Mittel, und Victorias Plan war das Beste, was sie zu bieten hatten. Sie hielt ihr zerbrochenes Mobiltelefon in die Kamera und verdrängte den Gedanken, dass die Nonne das Display des nagelneuen und sündhaft teuren iPhone gerade erst auf den Bordstein gedonnert hatte. „Mein Handy ist beim Sturz kaputtgegangen. Bitte, wir sind hingefallen! Direkt auf den Bauch! Wir brauchen einen Krankenwagen und eine Möglichkeit, sie hinzulegen."

Während Victorias Schreie durch die Straße hallten und die ersten Gardinen beiseite geschoben wurden, zogen sie die Aufmerksamkeit der gesamten Nachbarschaft auf sich. Die Ex-Nonne hatte recht behalten – Öffentlichkeit war genau das, was diese Dreckskerle nicht wollten.

„Haben Sie alle keine Handys?" Es folgte Gemurmel, in der Leitung der Gegensprechanlage knackte es. „Oder können Sie woandershin?"

„Nein", polterte Tom. „Bitte, sie stirbt. Ich flehe sie an!"

„Moment. Aber nur kurz."

Als sich die Stahltür nach einem lauten Summen endlich öffnete, ließ sich Victoria noch einmal zurückfallen und schrie ihren nicht vorhandenen Schmerz heraus. Gemeinsam stützten sie die ehemalige Schwester auf dem gepflegten und von Blumen gesäumten Weg. Ihr gerötetes Gesicht glänzte vor Schweiß. Ihr Schritt war nass, und selbst der gewölbte Bauch wirkte täuschend echt. Erschöpft hämmerte sie an der gusseisernen Eingangstür, die blonden Locken klebten ihr feucht im Gesicht. Victoria deutete mit der Nasenspitze auf den Türklopfer.

Das konnte nicht sein! Das durfte nicht sein!

Zwei küssende Fische aus Messing bewachten die Villa. Sie waren tatsächlich richtig. Carmen konnte nicht glauben, dass das Zeichen der *Puer Piscis*, der

Jungfische, unverhohlen an der Tür prangte und sie zu verhöhnen schien.

An Toms Blick konnte sie erkennen, dass er einen ähnlichen Gedankengang haben musste. Wutentbrannt ergriff er die beiden Fische und donnerte die Messingtiere gegen das Holz.

Als die Tür endlich geöffnet wurde, verwandelte sich die finstere Miene des Polizisten, und er wurde erneut zum hilflosen werdenden Vater. „Bitte, Sie müssen uns helfen. Irgendetwas stimmt nicht!"

Zwei groß gewachsene Typen in dunklen Anzügen standen vor ihnen. Ihre Schädel waren kahl geschoren, einer trug einen Vollbart, unter ihren Jacketts zeichneten sich an der falschen Stelle Auswölbungen ab. Carmen musste schlucken. Doch es waren nicht die Waffen, die sie innehalten ließen, sondern der Ausdruck in ihren Augen.

Die Gesichter waren so nichtssagend wie angsteinflößend. Carmen kannte diese Art von Menschen. Verdammt, sie gehörte selbst dazu. Das waren keine lohngedumpten Subdienstleister einer Wachfirma – vor ihnen standen Profis. Ex-Polizei oder ehemalige Soldaten, vielleicht sogar von der Fremdenlegion, wenn sie die Tattoos an Hals und Handrücken richtig deutete. Die Jungfische ließen sich Schutz und Diskretion einiges kosten. Menschenschmuggel musste ein wahnsinnig lukratives Geschäft sein.

Mit dem gerade so richtigen Maß, dass es nicht ins Unfreundliche glitt, deutete einer der beiden Glatzköpfe in einen Nebenraum. „Dort können Sie sich ausruhen", erklärte er kurz angebunden, kreuzte die Arme vor der massigen Brust und ließ Victoria nicht aus den Augen.

Tom war voll in seinem Element. Anscheinend der Hysterie nahe, hielt er die Hand der früheren Nonne, führte sie in den angrenzenden Raum und legte sie auf einen Diwan. Gebetsmühlenartig redete er beruhigend auf sie ein und kniete sich hin. Carmen entging nicht, dass er dabei den Raum sondierte und ihr einen kurzen Seitenblick zuwarf. Sie wusste genau, was das zu bedeuten hatte. Die Kerle waren beileibe nicht naiv, die Villa durch eine weitere Tür gut gesichert, und hier gab es nichts, was einen Durchsuchungsbeschluss gerechtfertigt hätte. Bald schon konnte ihre kleine Scharade auffliegen, oder ein Rettungswagen würde sie beenden. Ihre Chance wäre damit vertan.

Sie musste reagieren, verdammt.

Mit zittrigen Fingern zündete sich Carmen eine Zigarette an und stützte sich an der Wand ab. Mehrmals würgte sie trocken, zog den Rauch in ihre Lungen und schluckte einen Teil, bis sie den beißenden Dampf in ihrer Speiseröhre spürte.

„Wir haben einen Krankenwagen gerufen. In wenigen Minuten ist er da." Der Mann mit dem Vollbart stellte sich demonstrativ breitbeinig vor die Tür zum Innenbereich. „Und bitte machen Sie die Zigarette aus."

„Sie ... sie ist wegen mir hingefallen", stotterte Carmen und inhalierte so tief, dass es in ihrem Rachen schmerzte. Sie musste sich zwingen, den Qualm zu schlucken, damit er den Weg in ihren Magen fand. „Ich habe nicht aufgepasst, war ganz in Gedanken. Wenn ... wenn dem Kind etwas passiert ... Das würde ich mir nie verzeihen!" Ihre Stimme war nicht mehr als ein

Schluchzen und ging in den viel zu schnellen Atemstö-
ßen unter. Victoria hatte sie überrascht mit ihrer geni-
alen kleinen Einlage. Doch das beherrschte Carmen
auch. „Wissen Sie, vorher war ich mit ihm zusammen.“
Ihr Arm zitterte, während sie auf Tom zeigte.

Victoria stieg sofort darauf ein. „Du warst nicht gut
für ihn“, sagte sie stöhnend und so impulsiv, dass Carmen ein Schauer über den Rücken lief. „Wieder weg-
schnappen wolltest du ihn mir und unser Glück zerstören.“ Sie fuhr sich über den Bauch, spreizte die Beine
ein wenig und schrie auf. „Jetzt hast du es endlich geschafft!“

Verdammt, die ehemalige Nonne war gut. Während
die beiden Sicherheitsmänner auf sie einredeten,
brüllte sie ihren vorgetäuschten Schmerz heraus.

„Es war ein Unfall.“ Noch einmal zog Carmen an der
Zigarette und schluckte den Qualm. Die Welt begann,
sich viel zu schnell zu drehen. „Glaub mir bitte!“

„Beruhigen Sie sich alle.“ Anscheinend wurde es den
Männern zu bunt.

Aber es war zu spät. Ein nicht zu unterdrückender
Würgereiz überkam Carmen. Sie legte die Hände an
den Hals, ließ die Kippe fallen und spürte, dass der beißende Qualm hinauswollte. Sie spuckte bittere Galle,
vermischt mit Rauch und Essensresten. Tränen füllten
ihre Augen, während der Magen krampfte und den
nächsten Schwall bitterer Flüssigkeit nach oben
drückte. Ihre Finger umkrallten ein Tischbein, bis sie
nur noch trocken würgte und sich Speichelfäden mit
Nasensekret vermischten.

„Eine Toilette bitte“, keuchte Carmen und ging auf die
Knie. Dabei deutete sie zu Victoria. „Und wenn du mir

noch einmal so etwas unterstellst, rufe ich die Polizei. Hast du Schlampe das verstanden?“

„Du Mörderin.“ Victorias Stimme überschlug sich beinahe. „Ich zeige dich an!“

„Was ist denn los mit Ihnen?“, schrie einer der Männer. „Ekelhaft, diese Sauerei!“

Nun wurden sie nervös. Anscheinend hatte sie ihre Eliteausbildung nicht auf diese beiden Rachegöttinnen vorbereitet.

„Kommen Sie, ich zeige Ihnen das Bad“, schimpfte einer der Männer, hakte Carmen unter und öffnete mit einem Schlüssel die Zwischentür. „Und danach gehen Sie und klären Ihre Streitigkeiten im Krankenhaus.“

Nur mühsam konnte sich Carmen ein Nicken abringen. Als sie die Zwischentür passierte und plötzlich die Zweckmäßigkeit endete und sie im puren Luxus stand, war sie so konzentriert wie selten zuvor. Ihre Blicke tasteten das weitläufige Wohnzimmer ab, auf der Suche nach etwas, was zumindest den Anschein von Illegalität verbreitete. Doch das Schicksal tat ihr nicht den Gefallen. Das Interieur war hell und geschmackvoll. Die Milchglasfenster waren abgedunkelt und fügten sich stilvoll in das Gesamtbild. Teuer, chic und edel, aber nichts Besonderes. Das Zimmer war so aufgeräumt, dass es als Blaupause für Einrichtungskataloge herhalten konnte.

„Das Bad ist hier.“ Der Mann deutete grimmig auf eine Tür und lauschte dem Geschrei von Victoria, das zu ihnen drang. „Ich würde Sie bitten sich zu beeilen.“

Noch einmal drehte sich Carmen in alle Richtungen. Nichts Außergewöhnliches. Rein gar nichts. Sie hatten ihren Zug gemacht und waren kläglich gescheitert.

Selbst wenn hier irgendeine Abscheulichkeit vor sich ging, ihre Maskerade würde die Sekte höchstwahrscheinlich hellhörig werden lassen. Sie hatten die Monster aufgeschreckt, sie waren jedoch in ihrer Höhle geblieben. Eine weitere Chance würden sie nicht bekommen.

Carmen räusperte sich, spürte ätzende Flüssigkeit im Rachen und ging langsam zum Bad. Ihre Finger krallten sich um die Toilettenschüssel, sie spuckte ein paarmal und versuchte, noch mehr Zeit zu schinden. Der Wachmann packte sie allerdings am Arm und zog sie zum Waschbecken. Carmen spülte sich den Mund aus, warf sich kaltes Wasser ins Gesicht und horchte angespannt. In der Ferne konnte sie bereits die Martinshörner des RTW hören. Mit Nachdruck wurde sie aus dem Bad komplimentiert und zur Verbindungstür geschoben. Nur noch wenige Sekunden und sie würden das Refugium der Sekte verlassen müssen. Auch Victorias Stimme erstarb allmählich. Sie musste gemerkt haben, dass ihre Mühen vergebens waren.

Carmen drückte die Klinke nach unten und versuchte, wieder Herr ihrer Sinne zu werden. Sie hatten verloren. Endgültig.

Es war nur ein hauchdünner Ton, der sie herumfahren ließ. Ihr Blick wurde schärfer. In einer Seitentür erkannte sie einen beleibten, verschwitzten Mann in einem weißen Bademantel, offenbar war er grade aus der Sauna gekommen. Seine Augen blitzten vor Angst, und sein Gesicht wurde fahl. An der Hand hielt er einen schwarzen Jungen. Er konnte nicht älter als fünf Jahre sein. Auch er trug einen Bademantel in seiner Größe und zitterte am ganzen Leib. Der Mann presste seine Pranke auf die Lippen des Jungen und hielt die Luft an.

Etwas in Carmen setzte aus. Das Blut rauschte in ihren Ohren. Vielleicht war der Kleine der Adoptivsohn dieses fetten Schweins, oder es war nur ein Kindergeburtstag und alle waren in den Pool gehüpft, doch eine innere Stimme schrie sie förmlich an, dass hier irgendetwas nicht mit rechten Dingen zuging.

Carmen wusste, dass der Sicherheitsmann schnell war. So wie der Profi aussah, verdammt schnell. Und sie musste schneller sein.

Wenn sie falsch lag, musste sie damit leben. So einfach war das. Dann verlor sie ihren Job. Das war ihr vollkommen gleichgültig.

„Hände hoch und keine Bewegung!", schrie sie, zog unter dem Damenjackett ihre Waffe hervor und richtete den Lauf auf den Mann im Anzug.

Hoffentlich schaltete Tom noch so geistesgegenwärtig wie damals.

Erleichtert atmete sie aus, als seine Befehle vom Vorraum an ihre Ohren drangen. Sekunden später betrat der Sicherheitsmann mit erhobenen Händen das Wohnzimmer, während Tom seine Waffe im Anschlag hielt.

„An die Wand, die Hände über den Kopf und keine Dummheiten", brüllte er und verlieh mit ruhiger Dominanz seinen Worten Nachdruck.

Es folgte die Ex-Nonne. Erst waren ihre Augen von Panik erfüllt, als sie jedoch den Jungen erblickte, nickte sie. Das Kissen landete auf dem Boden, sie schoss sofort auf den Jungen zu und riss ihn an sich. Tom drängte den Mann im Bademantel zu den beiden Sicherheitsleuten. Auch ihm ging die Szene nahe.

Er packte einen am Kragen. „Wie viele Männer sind hier? Wie viele haben Schusswaffen?"

Kurze, prägnante Fragen, wie man es von LKA-Leuten kannte. Rasch sammelte Carmen die Waffen der Männer ein. Die Beretta 92 verwendete das US-Militär. Leicht, zielsicher, kaum Ladehemmungen, und das martialische Aussehen machte kleinen Kindern besonders Angst. Während der fette Typ beteuerte, nichts zu wissen, schwiegen die beiden Securitymänner beharrlich und starrten teilnahmslos die Wand an. Wahrscheinlich würden sie später abstreiten zu wissen, was hier vor sich ging. Sie waren nur die Sicherheitsleute am Eingang. Es war ein Job, der die Miete zahlte, und, bei Gott, vielleicht kamen sie damit bei den Richtern sogar durch. Carmens Linke ballte sich zur Faust, während die Rechte das Griffstück der Walther eng umschloss und der Lauf auf den Kopf des Pädophilen gerichtet war. Am liebsten hätte sie abgedrückt, einfach sein Gehirn an der Wand verteilt oder ihm die Knarre so lange um die Ohren geschlagen, bis er keinen Ton mehr von sich gab.

Aber das durfte sie nicht. Hier gab es Gesetze, und sie hatte geschworen, sie zu beschützen. Manchmal fiel ihr das schwer. An Tagen wie diesen besonders.

Tom schien genauso zu denken. Da war es wieder, dieses unbändige Gefühl, weshalb sie sich vor etlichen Jahren in ihn verliebt hatte. Seine Augen glühten vor Leidenschaft, und jede Bewegung strotzte vor eigensinniger Kraft, als wollte er das Gebäude im Alleingang auseinandernehmen.

„Ich habe dich etwas gefragt, Meister Propper: Wo sind die ...?“

Als die Terrassentür aufschwang, meinte Carmen für einen Moment, dass ihr Verstand ihr einen Streich spielte. „Alexander Hartup“, flüsterte sie und richtete die Waffe auf den Politiker und seine beiden Begleiter.

Hartup sah wie geleckt aus. Dieser Unmensch. So schön sein Äußeres, so hässlich sein Inneres.

Der maßgeschneiderte Anzug spannte, als er die Hände hob. „Das ist alles ein Missverständnis.“

Weiter kam er nicht. Seine Begleiter, ebenfalls Glatze, reichlich Tattoos und grimmiger Blick, zogen sofort die Waffen und eröffneten das Feuer. Carmen sprang in die Deckung eines ausladenden Tischs, feuerte vier Kugeln in die Richtung, in der sie die Angreifer vermutete. Sie schaute zurück. Victoria hatte sich in Todesangst auf den Boden geworfen und hielt die Arme über den Kopf verschränkt.

„Fuck!“ Ohne nachzudenken, hastete Carmen zu der ehemaligen Nonne. Die Schüsse warfen ein dunkles Echo, als sie die Frau endlich erreichte und zu sich hinter den Tisch zog. Holzsplitter bohrten sich in ihre Wange, Blut lief ihr den Hals hinunter. Die Schüsse kamen unkontrolliert und vermischten sich mit den Rufen der Anwesenden zu einer Symphonie aus Chaos und Gewalt.

Aus dem Augenwinkel konnte Carmen erkennen, dass Tom in den Angriff schaltete. Gegen die Profis war eine gebündelte Attacke ihre einzige Chance. Carmen erhob sich und feuerte erneut. Zu ihrer Überraschung lag einer der Männer bereits am Boden und streckte die Arme in die Höhe. Den zweiten konnten Tom und sie mit gezielten Schüssen aus der Deckung locken. Auch er war an der Schulter getroffen und hatte sich offensichtlich entschlossen, lieber vor den Richter zu treten als vor seinen Schöpfer.

„Nicht schießen!", brüllte er und hob den unversehrten Arm.

„Polizei, die Hände über den Kopf", schrie Tom. „Schiebt die Waffen her!" Er sammelte die Pistolen ein und ließ sich die Männer vor die Wand stellen. Dann wandte er sich lächelnd zu Carmen und Victoria um. „Ich glaube, wir sind hier richtig."

Doch sein Lächeln erstarb beim nächsten Herzschlag. Erst jetzt bemerkte Carmen, dass sich Toms Hemd rot färbte. Wie in Zeitlupe packte er sich an die linke Schulter.

„So ein Dreck", murmelte er noch, bevor ihn die Kräfte verließen.

„Tom!" Carmen stürzte auf ihn zu. Sie steckte die Waffe zurück und drückte mit aller Kraft auf die Wunde. O Gott, es hatte ihn ziemlich erwischt. Die Kugel war ein glatter Durchschuss, wenn das Projektil die Lunge erwischt hatte … Sie durfte gar nicht daran denken. „Wir müssen die Blutung stoppen. Ich brauche etwas, um …"

Es war Victorias warnender Ruf, der sie verstummen ließ. Als sie sich umdrehte, zog gerade einer der Sicherheitsleute eine Waffe aus seinem Fußholster. Verdammt! Hektik und Adrenalin hatten ihre Konzentration gefressen und sie in Nachlässigkeit verwandelt. Die Zeit zwischen zwei Herzschlägen dehnte sich zu einer Ewigkeit und wurde so unerträglich, bis Carmen genauso den drohenden Schuss herbeisehnte, wie sie sich davor fürchtete.

Victorias Schreie rissen sie aus der Starre. Sie verfolgte, dass sich die ehemalige Ordensschwester auf den Arm des Mannes stürzte. Die Kugel schlug in den Boden ein. Diese Sekundenbruchteile genügten Carmen, um ihre Pistole erneut zu ziehen und sie auf den Mann zu richten.

„Die Waffe fallen lassen! Sonst blas ich dir den Kopf weg!"

Ihr Finger zitterte am Abzug. Dieser Typ hätte sie getötet, ohne mit der Wimper zu zucken, und er wachte über Monster, beschützte ihre Festung. Den Tod hatte er verdient, nichts anderes.

Carmens biss sich rasend vor Wut auf die Unterlippe, bis sie Blut schmeckte. Nein, das durfte nicht sein. Gleichgültig, wie sehr der Zorn in ihren Adern raste und wie verheerend die Flamme der Wut in ihr kochte, sie musste einen kühlen Kopf bewahren. „Die Waffe weg, sagte ich."

Endlich legte der Mann seine Pistole nieder, hob die Hände und kniete sich hin. Zu schade ...

Carmens Gesicht war taub, ihr Blick voller Hass. Die Pistole weiterhin auf die Sicherheitsleute gerichtet, presste sie die freie Hand mit aller Macht auf Toms Brustwunde. Victoria hatte sich schützend vor den Jungen gestellt. Kurz darauf trafen die Einsatzkräfte ein. Es dauerte, bis sie sich erlaubte, ihre Waffe sinken zu lassen, um den Kollegen ihren Ausweis zu zeigen.

Das Gebrüll und die vielen Menschen bewirkten, dass sie sich wie in Watte gepackt fühlte.

Selbst als die Sanitäter Toms Wunde versorgten und ihn auf eine Bahre hievten, kam es ihr so vor, als träumte sie.

„Halte durch, Tom!", hörte sie sich selbst sagen, ließ seine Hand los und drehte sich zu Hartup um.

Der Politiker wurde in Handschellen abgeführt. Er beteuerte unablässig seine Unschuld und faselte etwas von einem Masterplan. Seine Worte drangen nicht mehr zu ihr durch. Dafür sorgten drei Polizisten, die ein halbes Dutzend Kinder durch das Wohnzimmer führten. Aus ihren Gesichtern sprach die nackte Angst. Narben übersäten ihre Körper, die Augen waren leer. Die meisten waren dunkelhäutig, einige asiatischer Herkunft, doch alle hatte ein seltsames Zittern befallen, dass Carmen Angst hatte, dass sie jeden Moment zusammenbrechen würden.

Wortlos verfolgte sie, wie die Kinder in Mannschaftswagen der Polizei verschwanden. Dann zog sie es in den Keller. Auch hier herrschte Luxus pur. Die Luft war stickig und von Chlor geschwängert. Sie passierte einen Whirlpool und eine Eukalyptussauna. Ihre Kollegen führten gerade drei unscheinbare Männer in schneeweißen Bademänteln ab. Sie senkten die Köpfe. Vielleicht waren es Geschäftsstellenleiter von Sparkassen, Ingenieure oder Architekten, das war gleichgültig, denn sie alle einte eine perverse Passion, die nun ihr Ende gefunden hatte.

Bei jedem Einzelnen musste sie dem Drang widerstehen, ihm in die Weichteile zu treten. Oder sie gleich abzureißen.

Victoria folgte ihr dichtauf in die Höhle der Bestie. Schweigend stiegen sie eine weitere Treppe hinab. Was sie dort erwartete, ließ Carmens Gemüt wanken und den Zorn kochen. Insgesamt acht Zimmer gingen vom Gang ab. Die dicken Stahltüren schluckten jeden Laut. Im Inneren befanden sich jeweils eine Toilette, mit Buntstiften vollgekritzelte Tapeten und ein Haufen Spielzeug. Auch wenn es auf den ersten Blick nicht so wirkte, das waren nichts anderes als abscheuliche Verliese.

Victoria trat als Erste in eine der Kammern. Ein Kind hatte sich selbst mit ungelenken Strichen auf der Wand verewigt. Klein, mit Tränen in den Augen, während unzählige Männer über ihm aufragten. Sogar die weißen Bademäntel hatte es gut getroffen.

Carmen spürte, wie ihr erneut übel wurde. Welche Grausamkeiten waren in diesem Haus geschehen? Welche Qualen hatten diese kleinen Seelen ertragen müssen?

Sie schloss die Lider, atmete ein paarmal durch und ging langsam nach oben.

Im Wohnzimmer waren nur noch Polizisten und die Sicherheitsleute zugegen. Jetzt schon versuchten sie sich herauszureden. Sie hörte gar nicht mehr hin, wandte sich ab und lief an dem Mann vorbei, der ihr den Garaus hatte machen wollen. Ihr Arm zuckte. Sie musste alle Willenskraft aufwenden, um ihn nicht mit der Faust niederzustrecken.

Carmen drehte sich um, kramte mit blutigen Fingern nach dem Blister in ihrer Hosentasche und nahm die letzte Modafiniltablette.

„Wie geht es Ihnen?“ Sie spürte, wie Victoria zärtlich die Hand auf ihre Schulter legte. „Alles in Ordnung, Schwarz?“

„Danke!“

„Wofür?“

„Sie haben mir den Arsch gerettet.“ Carmen zündete sich eine Zigarette an. „Und nein, nichts ist in Ordnung.“

„Kann ich verstehen.“ Die Ex-Nonne nahm ihr die Zigarette ab und zog selbst daran. „Nur zu gut sogar. Doch so schrecklich es auch ist, das war ein Sieg für uns.“

Bedächtig nickte Carmen. „Es fühlt sich nicht so an.“

„Ich weiß“, erwiderte Victoria. Gleichzeitig schauten sie in Richtung Gang, der zum Keller führte. „Ich weiß.“

Kapitel 11 – Schatten der Vergangenheit

Lescale

Die Stimmung war so gedrückt, als hätten sie gleich mehrere Todesnachrichten auf einmal erhalten. Das Gegenteil war jedoch der Fall.

Sie hatten Leben gerettet.

Sieben Kinder hatten sie aus den Fängen der Sekte befreien können.

Sieben Seelen.

Kinder, die in keiner Datenbank registriert, nirgendwo gemeldet waren oder nur den Hauch einer Existenz besaßen. Bis vor zwei Stunden.

Victoria beobachtete Kommissarin Schwarz aus müden Augen. Gerade noch war Adrenalin durch ihre Adern geströmt, nun verließ es langsam ihre Blutbahnen. Der Schweiß auf ihrer Haut wurde kalt, ihr Herz schlug wieder gleichmäßig, während sie im beißenden Neonlicht des Krankenhausflurs warteten.

Die Polizistin schien nicht erschöpft oder gar schläfrig zu sein, im Gegenteil. Als würde einer Süchtigen der nächste Schuss fehlen, kratzte sie sich an den Armen, fuhr sich durchs Haar und blickte immer wieder zu den Aufzügen, als würde Gefahr von dort drohen.

„Wie geht es jetzt weiter?", wollte Victoria wissen, um Carmen Schwarz aus der Gefangenschaft ihrer Gedanken zu befreien. Dabei wusste sie ganz genau, dass ihre Berliner Kollegen gerade auf Hochtouren daran arbeiteten, den Rest der Sekte hochzunehmen.

„Na ja, die Jungfische sind dezentral organisiert." Ein angestrengtes Lächeln huschte über ihre Züge. Dennoch wusste sie das Gespräch zu schätzen. „Die Führungsebene kommuniziert nur mit den mittleren Lieutenants und die nur mit den einfachen Soldaten. Dazwischen sind Mittelsmänner geschaltet."

Ein tückisches System. Victoria nickte. „Das heißt, die Anführer treten nicht in Erscheinung?"

„Niemals. Und aus den Mitgliedern bekommen wir kein Wort heraus."

„Bringen die Verhöre etwas?"

Sie hatten nur zwei Stunden auf der Wache der Polizeidirektion 4 und dem Landeskriminalamt am Tempelhofer Damm verbracht, dann hatten sie gehen dürfen, sollten sich aber für weitere Aussagen bereithalten. Die Kommissarin war professionell geblieben, auch wenn Victoria sah, dass es in ihr brodelte.

Schließlich schüttelte Carmen Schwarz den Kopf. „Wenn man diesen Pädo-Arschlöchern glauben mag, hat die Sekte einen doppelten Schutzmechanismus etabliert. Die Mitglieder werden sorgsam rekrutiert. Alles reiche Männer mit Einfluss. Die Sekte erfüllt ihre ekelhaftesten Wünsche, selbstredend für eine hübsche Summe. Steigen sie weiter auf, partizipieren sie von den anderen Mitgliedern und den Geschäften der Sekte."

„Je mehr sie erzählen, desto stärker belasten sie sich selbst."

„So in der Art." Wieder schaute die Polizistin in den Gang und spielte mit dem leeren Tablettenblister.

Thomas Bramberg wurde einige Räume weiter operiert, und sie wussten nicht, ob er die Nacht überstehen würde. Er hatte ihnen geholfen, alles riskiert, weil er gedacht hatte, das Richtige zu tun, und nun stand sein Leben auf Messers Schneide.

„Und der zweite Mechanismus?"

Carmen Schwarz zuckte mit den Schultern. „Pure Gewalt."

„Wie bitte?"

„Wenn es stimmt, was die Kollegen in der kurzen Zeit herausgefunden haben, sorgen die Jungfische dafür, dass den Familien der Verräter ein langer und intensiver Besuch abgestattet wird."

Was für ein perverses System. Victoria presste vor Schreck eine Hand vor den Mund. „Sie verprügeln die Ehefrauen und Kinder?"

„Verprügeln?", stieß die Polizistin hervor und lachte resigniert. „Sie foltern sie stundenlang, töten die ganze Familie, und der Verräter kann nichts anderes tun, als im Gefängnis zu sitzen und es irgendwann aus den Medien zu erfahren." Sie amtete tief ein. Ihr schien bewusst zu werden, mit welch übermächtigem Gegner sie sich angelegt hatten. „Das ist der Grund, warum alle dichthalten, selbst wenn sie geschnappt werden, weshalb niemand aus der Sekte austritt oder ein Wort über sie verliert – es ist zu lukrativ und zu gefährlich."

„Das ist widerwärtig", spie Victoria aus. „Es ist menschenverachtend, es ist …"

„Willkommen in der Realität, Schwester."

Eine Weile schwiegen sie sich an, bis sich Victoria endlich traute, die Frage zu stellen, die ihr schon lange auf der Seele brannte. Ihre Stimme zitterte. „Was ist mit den Kindern?"

Der Ton der Kommissarin wurde versöhnlich, beinahe mild. „Ich weiß nicht, ob die so viel Glück haben werden wie Sie seinerzeit." Sie biss sich auf die Unterlippe, sah erneut zu den Aufzügen. „Sie werden psychologisch betreut und auf verschiedene Jungendämter verteilt. Ob sie jemals ein normales Leben werden führen können, ich weiß es nicht. Wir können nur hoffen …"

„… und für ihre Seelen beten."

„Das ist Ihr Part, Schwester."

Victoria erkannte, dass Carmen Schwarz noch etwas hinzufügen wollte, doch dann erstarben ihre Bewegungen. „O fuck! Wir sollten …" Ihr Gesicht war eigenartig verkrampft.

Die Stöckelschuhe der Frau klackten durch den Flur. Auch Victoria spürte die eisige Aura des Zorns.

„Das hätte ich mir denken können!" Der kalte Blick der Frau traf die Polizistin.

Die brachte keinen Ton mehr hervor.

Die kurzen schwarzen Haare der Frau waren modisch in Form gebracht und passten zu dem attraktiven Gesicht. Ein Kind hielt sie auf dem Arm, das andere an der Hand.

„Ich dachte, wir sind dich endlich los." Jedes Wort war von purer Feindseligkeit durchdrungen. „Immer wenn er dich sieht, passiert irgendein Unglück."

Victoria wusste, wer da vor ihnen stand.

Endlich konnte sich die sonst so toughe Kommissarin aus ihrer Starre lösen. „Hallo, Jeanny. Lescale, das ist meine ehemalige Zimmergenossin Jeanette Verhofen."

„Jeanette Bramberg", korrigierte die Frau mit unveränderter Miene. „Was habt ihr mit meinem Mann gemacht?" Ihr Sohn auf dem Arm fing an zu weinen. Sie beruhigte ihn, während ihre Augen so funkelten, als wollte sie Carmen Schwarz mit Blicken töten. „Zu welcher Dummheit hast du ihn jetzt schon wieder überredet? Als er angerufen und mir erklärt hat, dass er drei Tage lang ein Projekt verfolgen möchte, dachte ich an einen Einsatz oder Saufurlaub mit den Jungs." Sie schüttelte sich verächtlich. „Alles wäre mir lieber gewesen, als dich zu sehen. Aber Leben hast du ja damals schon gerne zerstört, nicht wahr, Blacky?"

„Jeanny, ich …"

„Du sollst mich nicht so nennen", wurde die Frau lauter. „Diese Zeiten sind vorbei, und schon damals bist du neidisch auf das gewesen, was wir uns aufbauen würden."

Victoria beobachtete Carmen. Aus jeder Regung konnte sie lesen, dass die Feindschaft zwischen den beiden Frauen bereits lange schwoll und der Stachel so tief saß, dass es unglaublich schmerzen musste.

„Du hast bekommen, was du wolltest", flüsterte die Kommissarin. „Ich habe die Finger von ihm gelassen."

„Ja, nach dem zweiten oder dritten Fehltritt." Sie kam näher, der Junge schrie lauter. Ihre Stimme war nicht mehr als ein Zischen, trotzdem ließ es die ersten Krankenschwestern die Köpfe aus den Zimmern stecken. „Bis zum heutigen Tag. Du siehst, was du angerichtet hast und dass du ihm nicht guttust, wenn du in seiner Nähe bist.“

In ihrer Aussage steckte ein Fünkchen Wahrheit. Die Vertrautheit zwischen Carmen und Tom war nicht von der Hand zu weisen, ebenso wie die sexuelle Spannung, die sich fast entladen hatte, wäre Victoria nicht ins Hotelzimmer geplatzt. Sie konnte spüren, dass die beiden ein untrennbares Band zusammenhielt und knisternde Erotik, dass selbst Victoria ein angenehmer und völlig unangebrachter Schauer über den Rücken lief.

„Wir sollten jetzt gehen“, meinte Carmen Schwarz.

Victoria hakte die kraftlose Kriminalkommissarin unter und zog sie zu den Aufzügen.

„Übrigens, wenn es euch interessiert, Thomas wird durchkommen.“

Die Polizistin blieb stehen, ohne sich umzudrehen.

„Die Kugel hat seine Lunge nur knapp verfehlt.“

Carmen Schwarz’ Muskeln entspannten sich. „Gott sei Dank“, sagte sie kaum hörbar und wollte auf dem Absatz kehrtmachen, doch Victorias Griff war hart wie Granit.

„Gehen Sie einfach weiter“, flüsterte sie und bemerkte, wie sich eine Träne im Augenwinkel der Polizistin löste.

Victoria musste dieser Frau helfen. Jeder durfte mal schwach sein. Sie konnte nicht verstehen, warum sich die Menschen so viel auf ihre Coolness einbildeten. Also stützte sie die Polizistin und schaute absichtlich in eine andere Richtung, bis sie die rettende Kabine des Aufzugs erreichten.

„Vielleicht sollte ich zurückfahren.“ Victoria zog die Autoschlüssel aus Carmen Schwarz’ Hosentasche. Die

Polizistin war nicht in der Verfassung, ein Fahrzeug zu führen, und, wenn sie ehrlich war, hatte sie schon immer einen Sportwagen fahren wollen. „Ich werde zwar nicht so schnell sein, aber ich verspreche Ihnen, dass ich Ihren geliebten Audi zumindest zum Hotel lenken kann."

Die Kommissarin sah in den Spiegel und wischte sich die Tränen weg. Victoria konnte sehen, dass ihr das Ganze unendlich peinlich war.

„'nke schön."

Hatte sie sich gerade wirklich bedankt? Doch das war nicht wichtig, denn, verdammt, sie hatten die *Puer Piscis* zerschlagen. Zumindest hoffte sie das.

Nur warum wurde sie das dumpfe Gefühl in ihrer Magengegend nicht los? Sie dachte an die Kinder und ihr unendliches Leid. Victoria atmete tief durch und blickte zur Decke. Für dich, Fayola.

Nur für dich.

***

Am nächsten Tag fühlte sie sich frischer, aber die bleierne Schwere wollte einfach nicht verschwinden. Carmen Schwarz schien es genauso zu gehen.

Victoria beschlich das Gefühl, dass die Polizistin oft in die Ferne sah und nicht darauf achtete, dass der Sportwagen auf der linken Spur in Richtung Düsseldorf schoss. Nur ab und zu griff sie ein, korrigierte ein wenig und betätigte die Lichthupe, wenn mal wieder jemand zu langsam die Spur wechselte.

Victoria gönnte ihr die Stunden der Reflexion. In den Jahren als Novizin hatte sie gelernt, dass sich manche

Probleme nur im Zwiegespräch mit sich selbst und Gott klären ließen. Ruhe war ein mächtiger Verbündeter, wenn man sie zuließ. Jeder fand auf seine Weise zu sich, und wenn Carmen Schwarz am besten bei hundertneunzig Stundenkilometern denken konnte, wollte sie ihr das zugestehen. Selbst wenn das bedeutete, dass ihr Top von Angstschweiß durchnässt war und sie ein Stoßgebet gen Himmel schickte, als sie endlich die Stadtgrenzen erreichten.

„Also, Frau Kommissarin, wie geht es weiter? Brauchen Sie etwas Ruhe?"

Die Frau schaute sie an, als hätte sie sich eine Pappnase aufgesetzt und die Worte auf Altaramäisch gesprochen. „Eine Pause? Zuerst hole ich mir meinen Job zurück, und dann geht es weiter." Sie fuhr sich erschöpft über die Stirn und kniff die Augen für Victorias Geschmack viel zu lange zu. Hatte sie Entzugserscheinungen von dem Aufputschmittel? „Die *Puer Piscis* sind längst nicht zerschlagen, und auch wenn mittlerweile das LKA die Ermittlungen aufgenommen hat, ist es noch lange nicht vorbei."

Beeindruckend, wie viel Wut diese Frau in sich vereinte, wo sie doch so müde und erschöpft wirkte. „Einverstanden. Wohin geht es als Nächstes?"

„Als Nächstes?" Sie kicherte auf, lenkte den Wagen mit einer Hand. „Wir fahren zum Hexenkessel, dort machen Sie Ihre Aussage, die Suspendierung wird aufgehoben, für Sie geht es dann nach Hause, und ich bearbeite den Fall weiter."

Das konnte nicht ihr Ernst sein!

„Es ist unser Fall!", protestierte Victoria.

„Haben Sie über Nacht eine Polizeiausbildung absolviert?“, wollte die Kommissarin wissen.

Victorias Miene verfinsterte sich. „Nein, aber ohne mich hätten Sie es niemals geschafft.“

„Und ich bin Ihnen sehr dankbar dafür“, erwiderte Carmen Schwarz. „Die Kinder ebenfalls und die gesamte Bevölkerung, ich habe jedoch eine reelle Chance, meinen Job zurückzubekommen, besonders jetzt, da Hartup im Knast schmort. Haben Sie bitte Verständnis … Ich kann keine Zivilistin in die Ermittlungen einbeziehen.“ Der Ton wurde fast entschuldigend. „Es ist nur eine Frage der Zeit, bis wir Fayola Bakares Mörder finden, doch das werden wir ohne Sie tun. Ich hoffe, das verstehen Sie. Tut mir leid.“

Ja, Victoria verstand. Nur zu gut, leider. Was hatte sie sich nur dabei gedacht? Sie war Krankenschwester, Ex-Nonne, aber, bei Gott, keine Ermittlerin. Sie hasste Gewalt. Obwohl der Schlag auf den Arm des Mannes ihr Herz so heftig hatte schlagen lassen wie lange nicht mehr, durfte sie nicht ihre Rachegelüste ausleben. Selbst wenn sie es noch so sehr wollte. Was diese Männer den Kindern, Fayola und John angetan hatten, war unaussprechlich. Nur zu gern hätte sie …

Victoria versank in ein stummes Gebet. Wie hieß es in den Römerbriefen?

Rächet euch selber nicht, meine Liebsten, sondern gebet Raum dem Zorn; denn es stehet geschrieben: Die Rache ist mein; ich will vergelten, sprach der Herr.

Sie musste darauf vertrauen, dass Hartup und die anderen Monster von Gott zur Rechenschaft gezogen wurden. Oder zumindest hier auf Erden von einem weltlichen Gericht.

„Hat er etwas gesagt?", wollte Victoria wissen.

„Wer?"

„Alexander Hartup, dieser Ketzer."

Carmen Schwarz schüttelte den Kopf. „Er beteuert, dass er Kinderschänder genauso hasst wie alle anderen, dass er nur zu Ermittlungszwecken dort gewesen ist, das Haus auskundschaften wollte und alles ein großes Missverständnis ist."

„Natürlich", zischte Victoria und spürte, wie der Hass sie überwältigte. Ein Kainsmal wäre noch das Mindeste, was dieses Ungetüm verdiente. „Wird er damit durchkommen?"

„Nein." Mit einem Ruck kam der Wagen am Polizeipräsidium in der Heroldstraße zum Stehen. „Dafür werden wir beiden sorgen." Sie streckte ihr die Hand entgegen. „Wenn Sie mir diesen letzten Gefallen tun möchten."

Victoria brauchte keine Sekunde, um zu überlegen, und schlug ein. „Nur zu gerne."

Kapitel 12 – Zombies

Schwarz

„Guten Tag, Kommissarin Schwarz."

Carmen drehte sich im Gehen um. Waren die Worte gerade wirklich über Poldners Lippen gekommen, oder hatte sie sich das eingebildet? Sie legte die Stirn in Falten und wollte gerade an Falkners Bürotür klopfen, als eine weitere Stimme erklang.

„Gute Arbeit, Schwarz", sagte Matusch, rang sich sogar ein Lächeln ab und klopfte ihr auf die Schulter. Dann war er wieder verschwunden, und sie standen wie angewurzelt vor Falkners Tür.

„Können Sie mich mal kurz zwicken, Lescale? Nur damit ich weiß, dass das kein Fiebertraum ist."

„Sind Sie so überrascht, dass Ihre Mitmenschen nett zu Ihnen sind, wenn Sie Gutes tun?"

„Unterhalten wir uns jetzt nur noch mit Gegenfragen?" Sie biss sich auf die Zunge, fuhr sich durchs Haar und atmete durch. Die ganze Sache mit Tom und Jeanny hatte sie mehr aufgewühlt, als sie gedacht hatte. „Entschuldigen Sie, ich bin ein wenig gereizt." Der Modafinilentzug war nicht gerade förderlich, ihre Stimmung zu heben. Wieder einmal hatte sie beschissen geschlafen und fühlte sich so gerädert, als hätte sie die ganze Nacht durchgevögelt. Dabei waren es nur ihre

Gedanken, die sie einfach nicht in die süße Erlösung des Schlafs hatten gleiten lassen. „Außerdem aufgeregt und erschöpft und trotzdem glücklich, weil wir die Kinder gerettet haben, und traurig, weil es so lange gedauert hat, und wegen Toms Verletzung und weil mir die Tabletten ausgegangen sind …"

„Vielleicht sollten Sie ganz auf darauf verzichten", meinte die ehemalige Nonne leise und trat von einem Fuß auf den anderen. „Ich bin mal Krankenschwester gewesen und könnte Ihnen helfen."

Carmen klopfte an der Tür. „Ja, vielleicht."

Ihnen beiden war klar, dass sie dabei eigentlich „Nein danke" meinte, aber höflichkeitshalber blieben sie bei dieser fadenscheinigen Absichtserklärung.

Es gab Wichtigeres zu tun. Zum Beispiel ihren Ruf wiederherstellen, den Mordfall zu klären und die Sekte endgültig zu zerschlagen, doch dafür brauchten sie Hilfe.

„Herein!"

„Guten Tag, Kriminalhauptkommissar Falkner."

„Ah, Schwarz und Lescale, das *Duo Infernale*."

Lächelte er? Gott, es sah wie ein Lächeln aus.

„Gegen jede Regeln verstoßen, alles auf eine Karte gesetzt und gewonnen. Nehmen Sie Platz." Er verschränkte die Arme und lehnte sich seitlich an seinen Schreibtisch. Carmen konnte sich nicht erinnern, wann sie zuletzt so freundlich von ihm empfangen worden war. Musste ihr letztes Mal gewesen sein, bevor sich dieses Arschloch entschieden hatte, wieder den treusorgenden Ehemann zu mimen. „Ihnen ist klar, dass ich Sie beide hätte verhaften müssen, wenn irgendetwas schiefgegangen wäre?"

Sie nickten.

„Gut, aber da Sie einen großen Pädophilenring ausgehoben haben, erhalten Sie statt Ihrer Kündigung eine Belobigung. Nicht schlecht, oder?“

„Vielen Dank, Herr Hauptkommissar.“ Carmen beugte sich nach vorne. „Was die weitere Ermittlungsarbeit angeht, ich denke, wir sollten mit den Berliner Kollegen …“

„… das ist nicht nötig, Frau Kommissarin“, unterbrach er sie. Dass er weiterhin freundlich lächelte, beruhigte sie nicht im Geringsten.

„Wie bitte?“

„Sie sind raus aus der Mordkommission. Wenn man es genau nimmt, waren Sie nie drin.“ Er zählte mit den Fingern. „Befangenheit, Zivilisten bei den Ermittlungen, Befragungen auf eigene Faust, Durchsuchungen ohne Befehl und Verhaftungen ohne Anordnung, das sind alles Dinge, die wir nicht in der Presse lesen wollen.“

Er trank einen Schluck aus seiner Tasse. Carmen meinte, den Hauch einer torfigen Note ausmachen zu können. Whisky kippte er sich nur in den Kaffee, wenn er unter Stress stand oder etwas zu feiern hatte. Die Frage war nur, was hier der Fall war.

„Ich bin also weiterhin suspendiert?“

„Natürlich nicht.“ Empört sah er sie an. „Ich ziehe Sie aus der Schusslinie. Sechs Wochen bezahlter Sonderurlaub, um sich zu erholen, und danach steigen Sie voller Elan wieder in die Mordkommission ein.“ Er breitete die Arme aus, dabei schwappte der Inhalt der Tasse auf den Boden. Was, zum Teufel, war los mit ihm? „Natürlich steht Ihnen nun Tür und Tor bei jeglichen Behörden offen. Das LKA in Bayern hätte eine Topstelle zu besetzen, ebenso in Sachsen. Ich war so frei und habe Ihnen ein äußerst großzügiges Zwischenzeugnis ausgestellt und mich umgehört." Er trank hastig und in großen Schlucken. „Frau Kommissarin, die wollen Sie alle haben. Das ist eine riesige Beförderung. Sie wären bescheuert, wenn Sie das ausschlagen würden."

Dieses miese, verlogene Arschloch.

„Das ist nicht dein Ernst", sagte sie tonlos.

„Eine Belobigung und eine Beförderung zum LKA. Das ist, was Sie immer gewollt haben!"

„Mit Mobbing hat es nicht geklappt, und jetzt versuchst du, mich wegzuloben?" Carmen musste sich zwingen, um ihn nicht an die Gurgel zu springen. „Außerdem entziehst du mir den Fall, den wir beide im Begriff sind zu klären?"

Seine Stimme wurde lauter, die Ader an seiner Schläfe schwoll wieder gefährlich an. „Nur um dich aus der Schusslinie zu holen, Carmen! Du willst nicht ewig die Nachthexe bleiben."

Victoria räusperte sich und erhob die Stimme. „Und damit keine dummen Fragen bezüglich Ihrer Verbindung zu Alexander Hartup, Vorsitzender der PSE und bald verurteilter Kinderschänder, gestellt werden." Sie lächelte zuckersüß und absolut tödlich. Es war ein Glück, sie an ihrer Seite zu wissen. „Habe ich recht?"

Die Farbe wich augenblicklich aus Falkners Gesicht und hinterließ eine verschwitzte Fahlheit. Er wollte trinken, bemerkte, dass die Tasse leer war, und schmetterte sie an die Wand. Der Vulkan war für eine Sekunde ausgebrochen. Mit aller Kraft schien er die aufkommende Wut herunterzukämpfen und rang sich ein Lächeln ab. „Es ist nicht dein Fall, Schwarz. Geh nach Hause und nimm die Beförderung an, verdammt."

Wenn er eine Comicfigur gewesen wäre, wäre nun Dampf aus seinen Ohren geschossen. Carmen hatte keine Ahnung, warum sie dieses Bild vor Augen hatte. Vielleicht versuchte ihr Verstand, die Situation etwas erträglicher zu machen. Eigentlich sollte jetzt alles besser werden. Eigentlich ...

„Du willst mich immer noch loswerden", stellte sie kühl fest. „Die Kinder, die Opfer, sogar deine Familie ist dir scheißegal. Hauptsache, du kannst einen persönlichen Vorteil daraus ziehen." Sie erhob sich, war kurz davor, ihm eine zu scheuern. Es wäre wie Balsam auf ihrer zerschundenen Seele, ihre Faust einfach in seine Visage zu schlagen. Aber damit hätte sie endgültig ihren Hut nehmen müssen.

Falkner seufzte auf. „Warum, um alles in der Welt, machst du es dir so schwer?"

„Warum machen Sie es ihr so schwer?" Victoria lief zur Tür und riss sie auf. „Lassen Sie uns gehen, Frau Kommissarin. Mich beschleicht das Gefühl, der werte Herr Falkner will dieses Verbrechen gar nicht aufklären. Er wird seine Gründe haben. Einen Kampf können Sie nicht gewinnen, wenn Ungerechtigkeit zum Himmel stinkt. Und hier stinkt es gewaltig."

Doch Carmen blieb sitzen. Sie fixierte ihren ehemaligen Liebhaber mit brennendem Blick. Wie konnte man jemanden so sehr lieben und gleichzeitig abgrundtief hassen?

Er schüttelte nur den Kopf, umrundete seinen Schreibtisch und ließ sich in den schweren Ledersessel fallen. „Die Personalabteilung ist bereits informiert. Teile mir in den nächsten sechs Wochen schriftlich mit, für welche Stelle du dich entschieden hast, ich leite alles in die Wege." Er deutete durch die Glasscheibe zum Kopierer auf dem Gang draußen. „Und bitte räume deinen Schreibtisch." Als unmissverständliches Zeichen, dass das Gespräch beendet war, wandte er sich seinem Monitor zu.

Das Klicken der Maustaste war das einzige Geräusch, das den Raum erfüllte. Es schien so laut zu sein, dass es Carmen in den Ohren schmerzte. Nach einer gefühlten Ewigkeit erhob sie sich und ging zur Tür.

Victoria hatte recht – die Ungerechtigkeit stank zum Himmel. Den einzigen Fehler, den sie begangen hatte, war, sich in den falschen Mann zu verlieben. Sie war müde, so unendlich müde und sehnte sich nach der alles fortspülenden Wirkung ihrer Tabletten. Wie viele nahm sie mittlerweile? Zwei oder drei am Tag? Dieses Arschloch hatte sie zum Junkie gemacht. Vielleicht sollte sie einfach aufgeben.

Alles hinschmeißen.

Wenn sie nur nicht so verflucht kraftlos gewesen wäre.

Sie spürte, wie die ehemalige Nonne sie bestimmt aus dem Raum schob. Carmen wehrte sich nicht. Warum auch? Victoria war der einzige Mensch, der das Gleiche wollte wie sie.

Bis auf ...

„Wir müssen John Bakare befragen", drang es über ihre Lippen.

„Wie bitte?"

„John Bakare. Neben uns ist er der Einzige, der ebenso großes Interesse daran hat, den Mörder seiner Schwester zu finden." Sie blieb abrupt stehen. „Nur durch ihn konnten wir die *Puer Piscis* ausfindig machen. Mit an Sicherheit grenzender Wahrscheinlichkeit besitzen die Jungfische noch mehr Dependancen. Wenn wir sie aufstöbern, finden wir auch den Mörder von Fayola Bakare."

„Wir?" Ein Mundwinkel zuckte in Victorias Gesicht. Sie kreuzte die Arme vor der Brust und legte die Stirn in Falten. „Sie benötigen also doch noch meine Hilfe?"

„Ach kommen Sie, der selbstgerechte Ton steht Ihnen gar nicht." Carmen wusste, was die Ex-Nonne wollte. Ihr herausfordernder Blick ließ keinen anderen Schluss zu. „Ja, ich brauche Ihre Hilfe, und ja, Sie haben einen besseren Draht zu John Bakare und sollten ihn befragen." Sie kam einige Zentimeter näher. „Aber kein Wort darüber! Danach geben wir unsere Ergebnisse an LKA, BKA und Interpol weiter, und Sie sind raus. Ist das okay für Sie, Schwester?"

„Ist es." Victoria ging voran. „Alles ist gut, solange es hilft, das Verbrechen aufzuklären. Also, wo halten sie ihn fest?"

„Das klären wir jetzt", sagte Carmen entschlossen und bedeutete der früheren Ordensschwester, ihr zu folgen.

Vor den Schreibtischen von Poldner und Matusch bauten sie sich auf. Dick und Doof machten gerade tatsächlich mal etwas, wofür sie bezahlt wurden, und telefonierten mit den Kollegen von Interpol. Nicht dass sie schlechte Ermittler waren, im Gegenteil. Sie dachten allerdings zu eindimensional, sahen nicht das große Ganze. Sie waren ganz passabel im einfachen Befragen von Zeugen, machten aber keinen Schritt zurück, um das Panorama zu erfassen.

Beinahe ein wenig verängstigt beendeten sie ihre Telefonate und schauten zu ihnen hoch.

Poldner räusperte sich. „Was können wir für dich tun, Schwarz?"

Offensichtlich war noch nicht zu den beiden durchgedrungen, dass man wieder fies zu ihr sein musste. Gut so, das konnten sie ausnutzen. „Der Chef hat gesagt, dass ihr mir bei etwas helfen sollt."

Matusch lächelte zuckersüß. Es musste ihm beinahe körperliche Schmerzen bereiten, so nett zu ihr zu sein. „Klar. Alles, was du willst."

„Wir möchten zu John Bakare." Carmen stützte sich auf dem Schreibtisch ab und gab den Blick auf ihr Dekolleté frei. „Und er besteht darauf, dass ihr es mit dem Verhörprotokoll nicht allzu ernst nehmt." Sie deutete mit den Daumen auf Victoria. „Ihr Name muss nicht auftauchen, wenn ihr versteht, was ich meine."

Ein lang gezogenes „Okay" ließ ihre Hoffnung wachsen. Doch als die beiden fragende Blicke wechselten, wusste Carmen, dass etwas nicht stimmte.

„Da gibt es nur ein Problem."

„Natürlich", stöhnte sie. „Und das wäre, Matusch?"

„Wir wissen nicht, wo sich John Bakare aufhält."

Hatte sie nicht richtig gehört? Carmen stemmte die Hände in die Hüften und wartete, bis die beiden ihren blöden Scherz auflösten. Doch leider taten sie das nicht. Es war ihr Ernst.

„Wie bitte?" Victoria durchbrach die aufkommende Stille. „Was soll das bedeuten?"

„Dass wir ihn auf freien Fuß gesetzt haben", antwortete Poldner und rückte mit seinem Stuhl ein Stück zurück. Sein massiger Bauch bewegte sich mit, sodass zwischen den Knopflöchern die behaarte Haut zum Vorschein kam. „Wir haben die Anweisung von Falkner bekommen, ihn aus der Untersuchungshaft zu entlassen. Es bestand kein Tatverdacht mehr, die Ergebnisse der kriminaltechnischen Untersuchung bestätigten, dass der Angreifer um einiges größer gewesen sein muss, und Zeugen dürfen wir nicht so lange festhalten. Zusätzlich hat er weder Telefonnummer noch Adresse hinterlassen. Die Kollegen auf der Straße halten zwar die Augen offen, allem Anschein nach ist er jedoch untergetaucht." Ein verstohlener Seitenblick von seinem Partner ließ die Abneigung gegen sie aufblitzen. „Aber das hat man dir in Yale wahrscheinlich nicht beigebracht."

Matusch lachte wie ein Esel, auch Poldner musste breit grinsen. Eine kleine Spitze konnten sie sich wohl nie verkneifen.

„Wird er überwacht?", platzte es aus Carmen heraus. Wer konnte ihm verdenken, dass er untergetaucht war? Nachdem das Vertrauen in die Polizei völlig zerstört worden war, hätte sie unter Umständen genauso gehandelt.

Dick und Doof schüttelten gleichzeitig die Köpfe.

„Haben zu wenige Leute dafür", erklärte Matusch. „Falkner hat etliche Kollegen abgestellt, um den Fall der pädophilen Sekte aufzuklären."

Beflissen nickte Poldner und ergänzte: „Bezüglich des ermordeten Pinguins läuft gerade einiges schief."

Carmen kam noch näher. „Wieso? Was ist mit Fayola Bakare?"

Wieder räusperte sich Matusch, diesmal verlegen. „Nun, sie ist nicht mehr da. Gestohlen."

„Bitte?", schrie Victoria. „Sie haben die Leiche meiner Zimmergenossin verloren?"

„Nicht wir", entgegnete Matusch und hob entschuldigend die Hände. „Sondern dein Freund Harald."

Der lief gerade draußen am Büro vorbei.

Carmen raufte sich die Haare und stellte sich auf die Zehenspitzen. „Das gibt es doch nicht!"

„Wer ist das?", wollte die ehemalige Nonne wissen.

„Doktor Harald Zyrkwas. Er ist Rechtsmediziner und hat die Obduktion Ihrer Zimmergenossin vorgenommen." Sie sprach die Worte schnell und gepresst, während sie Harald auf den Flur folgte, um ihn zu sich zu rufen.

Was, in Herrgotts Namen, war hier los?

Sie hörte noch, wie Matusch und Poldner etwas von *Popopiraten* und *Hinterladern* faselten und sich weiteren schwulenfeindlichen Witzen hingaben, das war ihr jedoch für den Moment egal. Die beiden waren Idioten, ein Anschiss würde daran nichts ändern.

„Hardy, was höre ich da?"

Erschrocken sah er sie an. „Süße, was machst du hier? Ich dachte, du wärst in Berlin." Erst nach einigen Sekunden erschien ein Lächeln auf seinem Gesicht. „Ich bin gerade dabei, meine Aussage zu machen. Hast du schon gehört, was passiert ist?"

„Sie haben die Leiche von Fayola Bakare gestohlen."

„Ja, es ist unglaublich. So was ist mir in all den Jahren noch nie passiert." Hardy fuhr sich über den Vollbart.

„Ein verlorenes Ohr kommt vor, wir haben auch schon mal eine Probe vertauscht – aber eine gestohlene Leiche?" Er schüttelte den Kopf. Ihm war anzusehen, wie unwohl er sich fühlte. „Und das vor meiner Schicht. Ich wollte sie mir noch einmal anschauen, Bauchgefühl, tue ich sonst nie. Ich mache die Kühlkammer auf, und, zack, ist dort keine schwarze Schönheit mit Lungenkrebs mehr vorhanden." Erst jetzt sah er zu Victoria. „Oh, verzeihen Sie bitte. Wie taktlos von mir. War die Verstorbene eine Freundin?"

Es dauerte, bis sie sich zu einer Antwort durchringen konnte. „Ja, ich glaube, ja, war sie." Sie schluckte und wurde kreideblich. „Ich muss hier raus."

Die Ex-Nonne stapfte davon und ließ einen verdutzten Hardy zurück. „Habe ich etwas Falsches gesagt?"

„Nein, alles gut", erwiderte Carmen, „es scheint allerdings, wir haben in ein Wespennest gestochen. Mach dir keinen Kopf, Hardy. Und pass bitte auf dich auf!"

„Mach ich, Hübsche", rief er ihr hinterher, während sie durch die Notausgangstür trat.

Wie ein Häufchen Elend saß Victoria gegen die Wand gelehnt in der Gasse neben dem Polizeipräsidium. Die Dämmerung legte sich allmählich über die Stadt und ließ die Skyline in einem kräftigen Orange erstrahlen. Die brütende Hitze verschwand allmählich, sodass Carmen nicht wusste, ob es Schweißperlen waren oder Tränen, die Victorias Wange glänzen ließen.

„Haben Sie auch eine für mich?", wollte die ehemalige Ordensschwester mit zitternder Stimme wissen, als sich Carmen eine Zigarette anzündete.

„Klar, nur lassen Sie das nicht zur Gewohnheit werden. Sie wissen, woran Ihre Zimmergenossin gestorben ist." Sie gab ihr den Glimmstängel und zündete sich einen zweiten an.

„Dabei hat sie nicht einmal geraucht."

Carmen kniete sich zu ihr. „So etwas passiert manchmal. Wie in der Fernsehserie *Breaking Bad*."

„Kenne ich nicht", erwiderte Victoria. „Vielleicht war es Gottes Wille."

„Wer weiß das schon?"

Gemeinsam bliesen sie den Qualm in die Luft.

„Und schon wieder sitzen wir in dieser beschissenen Gosse, neben diesem beschissenen Polizeipräsidium, rauchen und vergießen Tränen, während wir einen übermächtigen Feind im Schatten bekämpfen."

Langsam wandte Victoria den Kopf. „Nicht dass das zur Gewohnheit wird." Sie rang sich ein Lächeln ab. „Sonst werde ich noch zur Raucherin."

„Lassen Sie es am besten ganz bleiben, Lescale. Das passt nicht zu Ihnen." Carmen schnippte die Zigarette weg, erhob sich und zog Victoria auf die Füße. „Kommen Sie, ich bringe Sie nach Hause, in Ihren Schuhkarton. Schlafen Sie sich aus, morgen ist ein neuer Tag, mit neuen Möglichkeiten." Sie lächelte. „Sie haben mehr als genug getan, um den Tod Ihrer Freundin aufzuklären, nebenbei eine Handvoll Kinder aus den Fängen von pädophilen Monstern befreit, und Sie haben zu mir gestanden, als ich mich mit dem halben Präsidium angelegt habe."

„Das habe ich gerne gemacht. Aber auch ich muss mich bei Ihnen bedanken." Sie war kaum zu verstehen.

„Wie bitte?"

„Ohne Sie wäre das alles nicht möglich gewesen. Die Jungen und Mädchen werden Ihnen auf ewig dankbar sein, auch wenn Sie weder Ihren Namen noch Ihr Gesicht kennen. Und Gott ebenfalls."

„Ach, hören Sie auf." Verdammt, sie hatte die ehemalige Nonne echt lieb gewonnen. Umständlich richtete Carmen ihre Haare und versuchte, die Tränen zu unterdrücken, die sich in ihren Augenwinkeln sammelten. „Vielleicht kann der da oben mir ja bei dem Haufen von chauvinistischen Alphamännchen helfen, die alle ihr Revier mit so viel Urin markieren möchten, dass der ganze Boden klebt."

„Wie sinnbildlich." Victoria lachte. „Auch wenn Sie es nicht wollen, er wird da sein." Für einen Moment machte es den Anschein, als würde die ehemalige Schwester sie umarmen wollen.

Mehrfach setzte sie an, bis Carmen auf sie zuging. Unbeholfen drückten sie sich.

„Freut mich, wenn Sie ein gutes Wort für mich einlegen, Lescale. Und jetzt fahre ich Sie in Ihre Wohnung. Wir können beide eine gute Portion Schlaf gebrauchen."

***

„Wie geht es für Sie weiter?" Carmen hatte schon vor einigen Sekunden den Wagen zum Stehen gebracht, doch noch immer wollte die ehemalige Nonne nicht aussteigen.

Sie beide wussten, wenn sie jetzt aufstand, war es vorbei. Auf irgendeine Art war Carmen dankbar, dass Victoria sitzen blieb und den unvermeidlichen Abschied hinauszögerte. Natürlich hätten sie Telefonnummern austauschen können. Carmens Handy war in Berlin

151

Teil von Victorias genialem Plan gewesen und damit nicht mehr zu gebrauchen. Ein Stück Papier und ein Stift hätten sich jedoch bestimmt gefunden. Daran lag es nicht.

Die beiden hatten gemeinsam die Spur des Verbrechens verfolgt, und ihnen wurde bewusst, dass sie nun raus waren. Carmen, weil patriarchische Männerseilschaften es ihr nicht erlaubten, und Victoria, weil sie schlichtweg keine Ermittlerin war.

Sie mussten sich nichts vormachen, ihr gemeinsamer Weg war beendet. Es war wie mit der besten Freundin im Ferienlager – man schrieb sich ein paar Briefe, eine Karte zu Weihnachten vielleicht noch, aber dann war es vorbei.

Sie kannte dieses Gefühl nur allzu gut. Carmen war nicht mit vielen Freundschaften gesegnet, eigentlich nur mit Bekanntschaften, und selbst die waren zu flüchtig, als dass sie einen großen Teil ihres Lebens einnehmen würden.

Tja, danke, Mum und Dad, für die Bindungsängste!

„Ich habe keine Ahnung", gab Victoria nach einer gefühlten Ewigkeit zu. „Ich war schon Krankenschwester, Nonne, hab in Jugendheimen ausgeholfen, alles ohne Abschluss." Sie sah nach draußen. „Kennen Sie einen Beruf, in dem man ohne Prüfung arbeiten kann?"

„In Deutschland? Wir brauchen für alles einen Schein und eine Prüfung." Carmen zuckte mit den Schultern. „Etwas Freiberufliches eventuell? Sie haben einen guten Riecher. Wie wäre es mit einer Detektei?"

„Ich?" Sie lächelte tapfer. „Vielleicht versuche ich es noch mal als Krankenpflegeassistentin im Nachtdienst. Mit ein wenig Glück gelingt es mir, mich um die Prüfung zu drücken."

„Sie haben viel mehr drauf."

Ein kurzes Nicken folgte. „Danke. Die Nacht ist jung, ich werde spazieren gehen und im Gebet meine nächsten Schritte überdenken."

„Machen Sie es gut, Lescale."

„Leben Sie wohl, Schwarz, und Gottes Segen Ihnen."

Carmen lächelte und startete den Motor. „Erinnern Sie ihn bitte daran, dass er auch die schwarzen Schafe im Auge behält. Selbst wenn sie keine Fans von ihm sind."

„Werde ich, versprochen." Traurigkeit schwang in ihrer Stimme mit. Sie schloss behutsam die Tür, holte ihren Koffer hervor und verschwand in der viel zu warmen Nacht.

Carmen blieb länger stehen, als sie musste. Sollte sie ihr hinterher, sie auf einen Kaffee einladen? Missmutig schüttelte sie den Kopf. Diese Frau war seit langer Zeit das Nächste, was an einer Freundin dran war, dabei kannte sie Victoria erst ein paar Tage.

Dumme Kommissarin. Für die ehemalige Ordensschwester war sie bestimmt nicht mehr als eine Zweckbeziehung. Oder schätzte sie Victoria falsch ein? Eigentlich ...

Carmen wischte den Gedanken mit aller Macht beiseite. Die Ex-Nonne war weg, unter Umständen würden sie ein paarmal telefonieren, über den Mordfall reden, das war es dann. Wie immer. Und, verdammt, das war auch gut so.

Sie trat das Gaspedal durch. Kompromisse waren nicht ihre Sache. Sie wollte ihr Ding durchziehen, da brauchte sie keinen Klotz am Bein, der sie behinderte. Sie war ihr ganzes Leben lang alleine gewesen, wenn man von drei Dutzend Nannys absah, die sie mal betreut hatten. Weder einen Typen noch eine Partnerin noch eine Freundin – und auch keine Hilfe von dem da oben.

Die Reifen quietschten trotzig wie ein Kind, als sie vor ihrem Apartmenthaus hielt. Jogger trugen alberne Stirnlichter und liefen in Richtung des Wäldchens, um die tierischen Bewohner auch nachts zu stören. Ein Uhu begrüßte die Dunkelheit mit seinem Ruf, ansonsten waren nur wenige Fahrzeuge unterwegs.

Carmen bemerkte einen Geschäftsmann mit schickem Anzug und großem Wagen, der sich aus dem benachbarten Wohnkomplex schlich. Sie kannte die Abgründe der Menschen. Oft genug hatte sie in die Krater der Seelen hinabgesehen und dort Schreckliches erspäht. Genau solche Männer waren es, die kleine Kinder als Sklaven hielten. Gut betuchte Arschlöcher mit Ehefrauen und Kindern, mit Hobbys und guter Ausbildung, von denen man Bausparverträge kaufte oder die Aktienfonds verwalten ließ.

Es passierte nicht in einer anderen Epoche, sondern jetzt gerade, in dieser Sekunde, während dieser viel zu warmen Nacht in irgendwelchen herrschaftlichen Villen mitten in Europa.

Carmen konnte den Kerl nicht aus den Augen lassen. Die Chance war so unendlich klein, dass er einer von ihnen war, dennoch projizierte sie den ganzen Hass auf diesen einen Mann im Anzug. Erst als seine Frau aus dem Haus trat, ihm einen Kuss auf die Wange drückte und auf dem Beifahrersitz Platz nahm, realisierte Carmen, wie sehr ihre Gefühle sie im Griff hatten. Wahrscheinlich wollten sich die beiden nur einen schönen Abend machen, im Fast-Food-Restaurant noch ein Eis essen oder die Spätvorstellung im Kino besuchen. Es waren unschuldige Menschen, die nichts dafür konnten, dass Monster auf dieser Welt existierten.

Carmen atmete durch und schloss die Lider. Mechanisch tastete sie nach ihrer Hosentasche und spürte den leeren Blister. Ihr Blick wanderte hoch zu ihrem Loft auf der obersten Etage.

Der Entzug machte sie noch reizbarer, als sie ohnehin schon war. Sie musste endlich Schlaf finden, würde die Tabletten, die im Badezimmerschrank auf sie warteten, mit einer halben Flasche Rotwein nachspülen, damit die süße Traumwelt sie ein paar Stunden in ihrer festen Umarmung behielt.

Schnell schlug Carmen die Autotür zu und setzte sich in Bewegung. Die Aussicht auf einen Rausch ließ sie schneller gehen. Bereits im Aufzug verspürte sie die Erleichterung, dass in wenigen Herzschlägen die beruhigende Wirkung des Aufputschmittels ihre Blutbahnen fluten würde. Wenige Meter vor der Tür holte sie den Schlüssel hervor und schaltete das Licht an.

„So ein Mist." Fast wäre ihr nicht aufgefallen, dass ihr der Blister aus der Tasche gefallen war. Das Letzte, was sie gebrauchen konnte, war, dass ihre ohnehin neugierigen Nachbarn etwas gegen sie in die Hand bekamen, um es der Hausverwaltung leichter zu machen, ihr endlich die Kündigung auszusprechen. Sie hörte die alten Schachteln jetzt schon reden. Neben ihrem Gewerbe als vermeintliche Prostituierte würde sie dann bestimmt auch noch als Junkie verschrien sein, wobei Letzteres gar nicht so weit von der Wahrheit entfernt war.

Also bückte sie sich, um den Blister aufzuheben. Dabei fiel ihr ein Wagen auf, der gerade vor der Haustür das Licht anschaltete. Komisch, wieso war ihr der gerade nicht ...?

Im nächsten Moment zerriss ohrenbetäubender Lärm jeden Gedanken. Ein flammendes Inferno breitete sich vor ihrer Wohnung aus. Eine Feuersbrunst fegte über ihren Kopf. Hätte sie direkt vor der Tür gestanden, ihre eigene Mutter hätte sie nicht mehr erkannt. Anscheinend hatte doch jemand da oben ein Auge auf sie. Mehrere Erschütterungen rissen sie zu Boden, der Qualm presste sich in ihre Lungen. Carmen sah, wie die Wände unter den Detonationen erzitterten. Mehrere Holzbalken lösten sich und stürzten herab.

Das Letzte, was sie spürte, war diese unendliche Hitze auf ihrer Haut. Sie schien Carmen mit in den Abgrund reißen zu wollen, erlosch jäh und hinterließ nichts außer Dunkelheit, in der sie kaum atmen konnte.

Kapitel 13 – Übermächtig

Lescale

Die Luft war so klar und rein, dass Victoria dachte, sie würde ihren ganzen Körper mit jedem Atemzug reinigen – den Schmutz wegwaschen, den sie in den letzten Stunden gesehen und in ihr Herz gelassen hatte, der jeden Gedanken an das Schöne und Reine auslöschte.

Sie wusste nicht, wie lange sie bereits spazieren ging. Erst als sich die Düsseldorfer Innenstadt vor ihr ausbreitete, wurde ihr bewusst, wie tief sie in ihren Gedanken versunken gewesen war. Laut und bunt flanierten die nächtlichen Besucher über die Partymeilen. Unzählige Junggesellenabschiede, egal ob weiblich oder männlich, setzten dem Ganzen eine alberne Krone auf. Peniskostüme für die Damen, Hausmädchenuniformen für die Herren. Dazu floss der Alkohol in Strömen, ein Kleister, der die Feierwütigen auf magische Weise miteinander verband und sie mit jeder Minute weiter von den Konventionen der Höflichkeit befreite. Es wurde geknutscht, gefummelt, uriniert, gesoffen und gefeiert. Die Hitze schien das ungezügelte Temperament der Menschen noch befeuern zu wollen. Junge Mädchen in BHs animierten zum Gruppenkuscheln, feuchte Männerhände bahnten sich in dunklen Ecken ihren Weg in die Slips der Frauen. Gierige Blicke wurden ausgetauscht, während die Musik den Puls antrieb.

Sie alle hatten keine Ahnung.

Die Frauen und Männer waren glücklich. Victoria schloss die Lider. Sofort flackerten die Bilder wieder auf.

Die Augen der Kinder, als sie aus dem Keller der Villa begleitet wurden, waren tot. Als hätte die Tortur ihnen jeglichen Glanz geraubt und nur leere Hüllen zurückgelassen. Selbst als die Polizistinnen sie an den Händen hinausgeführt hatten, war da weder Angst noch Freude oder Glück zu erkennen gewesen. Wie kleine Zombies hatten sie sich dirigieren lassen, und wären die Beamtinnen mit ihnen von einer Brücke gesprungen, war sich Victoria sicher, sie hätten keine Gegenwehr geleistet.

Die Monster hatten sie gebrochen und zu Spielzeugen gemacht, die sie nach ihrem Gutdünken in den Keller sperren konnten und wieder herausholten, wenn ihnen danach war. Ein eisiger Schauer rieselte ihr den Nacken hinab, und sie schlug die Augen auf.

Sofort waren die Bilder verschwunden, und sie stand inmitten der grölenden Masse aus Lust und Schweiß. Die Menschen lachten, tanzten, feierten – warum auch nicht, schließlich sollten sie sich am Feierabend etwas Kurzweil gönnen. Der Alltag würde sie schnell genug wieder einholen. Sie konnten nicht wissen, dass unter ihnen Monster lauerten. Vielleicht waren sie sogar hier und tranken genüsslich, nachdem sie die Kinder wieder in ihre Kerker gebracht hatten. Nur davon bekamen die Menschen nichts mit.

Sie alle hatten keine Ahnung.

Und vielleicht war das auch gut so.

Victoria wandte sich ab. Niemals würde sie vergessen, was sie gesehen und gespürt hatte, gleichzeitig musste sie sich zwingen, den Blick nach vorne zu richten. Sie hatten die Ungetüme aus dem Schatten gezerrt. Nur wenige Stunden, dann dürfte die Berliner Polizei mit allen schrecklichen Details an die Presse gehen. Sondersendungen würden über die Mattscheiben flackern und tiefe Abscheu in den Menschen auslösen. Unter den Augen der Öffentlichkeit würden die Ermittlungen mit Hochdruck vorangetrieben werden, und hoffentlich, wenn es Gottes Wille war, würden die Verantwortlichen zur Rechenschaft gezogen werden.

Victoria hoffte inständig, dass es Kommissarin Schwarz nicht nur gelang, die Monster hinter Gitter zu bringen, sondern auch ihre eigenen Dämonen zu besiegen. Zu gerne wäre sie Teil der Ermittlungen gewesen, aber sie musste sich nichts vormachen. Für einen kurzen Moment schien sie tatsächlich so etwas wie ein wichtiger Teil des Teams gewesen zu sein. Doch es war wie bei einem Kind, das ein Superheldenkostüm anzog. Selbst wenn die ganze Welt mitspielte und so tat, als könnte man fliegen, landete man bei dem Versuch am Ende auf der Nase.

Victoria musste den Tatsachen ins Auge sehen. Sie brauchte einen Job, um sich über Wasser zu halten, und musste das wohlige Kribbeln, das sie empfunden hatte, als die Kommissarin und sie auf der Jagd gewesen waren, einfach vergessen.

Ob es auch in dieser Stadt solch schreckliche Folterhöhlen gab? Victoria verdrängte die Überlegung und beschleunigte ihre Schritte. Das war nicht mehr ihre

Sache, und wenn sie Informationen wollte, konnte sie die den Medien entnehmen. Sie würde Carmen Schwarz nicht mehr anrufen – warum einen Abschied verlängern? Die Polizistin würde ihren Weg gehen und, mit Gottes Hilfe, würde auch Victoria endlich irgendwann mal irgendwo ankommen.

So war der Plan. Irgendwie.

Als sie an den mit Graffiti beschmierten Wänden ihres Blocks vorbeilief, breitete sich ein mulmiges Gefühl in ihr aus. Dies sollte nun ihr Zuhause sein? Der Kontrast konnte nicht größer sein. Vorher die altehrwürdigen Mauern des Marienklosters, jetzt eine Bruchbude im Erdgeschoss des Düsseldorfer Ostens, wo es nie ruhig wurde.

Victoria füllte noch einmal ihre Lungen mit Sauerstoff, dann nahm sie die letzten Meter bis zur Haustür des Mehrfamilienhauses. Ein leichter Wind war aufgekommen und trug ein seltsames Pfeifen zu ihr. Für einen Moment meinte sie, ein Rufen zu hören.

Eine Erinnerung ließ sie innehalten. Zu tief saß der Schock des nächtlichen Besuchers John Bakare. So wollte sie sich nicht noch einmal überraschen lassen. Mit gezücktem Schlüssel, den sie wie eine Waffe vor sich hielt, ging sie zum Eingang, als der Wind eine Stimme zu ihr trug, diesmal lauter.

Spielte ihr Verstand ihr nun vollends einen Streich, oder verließ er sie allmählich? Victoria drehte sich um. Einen Steinwurf von ihr entfernt, zündete der Motor einer dunklen Luxuskarosse. Dahinter schien jemand wie von Sinnen zu winken. Alkohol und die Ekstase der Nacht hatten der schreienden Frau jeglichen Anstand genommen. In zerfetzter Kleidung lief sie auf sie zu und brüllte ihr etwas entgegen.

Moment ...

Victoria schärfte ihren Blick. Dies war keine betrunkene Bordsteinschwalbe, sondern Kommissarin Schwarz, die ihren Namen rief. Sie wollte antworten und sich von dem Wohnhaus entfernen, da heulte der Motor des Wagens auf.

Dann spürte sie eine unerträgliche Hitze, die ihren Körper erfasste. Alles wurde in ein schmerzendes Inferno getaucht, als sie den Boden unter den Füßen verlor, gegen Sträucher geschleudert wurde und erst eine Hauswand ihren Sturz schmerzlich beendete. Es war wie ein Donnerschlag, der brachiale Kuss einer Dampframme, der sie in die Finsternis abgleiten ließ und die Luft aus ihr herauspresste. Für einen Herzschlag meinte Victoria zu ersticken. In der einen Sekunde war die Luft noch kühl und klar, in der nächsten brannte ihr Qualm in den Augen.

Mit letzter Kraft richtete sie sich auf. Schüsse krachten in der Nacht und vereinten sich mit dem düsteren Rauschen des Feuers zu einer höllischen Melodie. Sekunden später war Carmen Schwarz bei ihr. Auch sie war dunkel vor Ruß, Brandwunden zeichneten ihre Haut, und die Kleidung hing in Fetzen von ihr herunter.

„Fuck! Lescale, geht es Ihnen gut?"

Wo war sie? Warum lag sie hier? Weshalb war alles so heiß?

„Habe ich das Abendgebet verpasst?" Sie schluckte, die Kehle blieb jedoch trocken wie Wüstenwind. „Gott scheint erzürnt, wenn er seine Tubaengel schickt."

„Tubaengel? Ach, Sie werden schon wieder." Die Polizistin steckte ihre Waffe weg und packte sie. „Nur dass
es keine Posaunen waren, sondern die Handlanger der
Sekte."

Als Victoria hochgehoben wurde, ließ die schmer-
zende Hitze auf ihrer Haut endlich nach. Wenige Sekunden später konnte sie wieder klare Luft atmen und
spürte, wie die Lebenskraft zurückkehrte.

Ihre kleine Wohnung stand in Flammen. Sie stützte
sich ab und erkannte, wie die Kommissarin die Tür auf-
riss und in das Gebäude stürmte, um die übrigen Bewohner zu warnen. In Schlafanzügen und Morgen-
mäntel verließen sie panisch das Mehrfamilienhaus.
Auch Victoria wollte helfen, doch die Beine versagten
ihren Dienst und sie fiel auf die Bordsteinkante. Alles
um sie herum drehte sich, die Flammen waren so hell,
dass ihre Augen schmerzten. Die Schreie der Nachbarn
ließen sie zusammenzucken. Erst als die Stimme der
Kommissarin erklang, konnte sie wieder einen klaren
Gedanken fassen.

„Alle in Sicherheit", keuchte sie und wischte sich den
Ruß vom Gesicht.

„War es die Sekte?", wollte Victoria mit zitternder
Stimme wissen.

Carmen Schwarz nickte, spähte in die Straße und biss
sich auf die Zähne. „Ich wollte Sie anrufen, aber mein
Handy ist von jemandem zerstört worden." Sie zwinkerte, dann tastete sie Victoria ab. „Die Schweine wollten uns nur verletzen, unsere Gesichter wegbrennen,
Arme brechen, so was in der Art." Sie zog die Waffe.
„Hätten Sie uns töten wollen, wären wir jetzt Asche." In
ihren Augen erkannte Victoria etwas, das ihr Angst

und gleichzeitig Mut machte. „Bei Verletzungen ist das Medienecho nicht so groß. Und diese Leute meiden das Rampenlicht. Es war nur eine Warnung. Eine letzte rote Linie. Ihr ganz persönlicher Rubikon.“

„Was bedeutet das?“

Die Kommissarin erhob sich, die Waffe im Anschlag. „Das heißt, dass wir die Klappe halten sollten, ansonsten haben Sie die Möglichkeit herauszufinden, ob die ganzen Gebete etwas genutzt haben.“

Sie zielte auf einen herannahenden Wagen. Doch es waren Polizisten, die sie mit energischer Stimme aufforderten, die Pistole niederzulegen.

Sah sie nun überall Feinde? Verübeln konnte Victoria es ihr nicht. Vor nicht allzu vielen Tagen hatte sie noch zu Gott gebetet, war stundenlang in stille Andacht versunken, und jetzt trachtete man ihr unverhohlen nach dem Leben. Sie hatten sie zu weit in die Höhle der Monster gewagt, waren von Dunkelheit und Hass umschlossen.

Victoria versuchte aufzustehen und musste sich mehrfach abstützen. Ihre Knie schlotterten, als würde sie sie zum ersten Mal benutzen. Sie rieb sich übers Gesicht und zuckte zusammen, als sie auf Schnittwunden traf. Das gesplitterte Fensterglas musste sie ganz schön erwischt haben.

Sie hatten sich mit einem übermächtigen Feind angelegt, wussten nicht, wie weit der Einfluss der Sekte reichte, und waren ihr ausgeliefert. Dabei stank die Ungerechtigkeit bis zum Himmel, und weitere Kinder würden ihr anheimfallen.

Übelkeit überkam sie plötzlich und ließ sie wanken. Victoria blickte hoch. In der Ferne näherten sich Krankenwagen, die Polizei war überall, während Carmen Schwarz wild gestikulierend ihre Kollegen ins Bild setzte. Blut tropfte ihr aus der Nase. Mit den Fingerspitzen berührte sie die Stelle und rieb den dünnen Film zwischen Daumen und Zeigefinger.

Die Sekte würde nicht aufhören, bis sie endlich ruhig waren. Niemals. Es gab nur eine Möglichkeit, ihre Seele zu retten. Sie mussten selbst zu Jägern werden, auch wenn ihre Erfolgsaussichten gegen null tendierten. Alles besser, als still dem Unrecht zuzusehen. Victoria wusste, was sie zu tun hatte. Zumindest versuchen musste sie es.

Der Gedanke begleitete sie in die Schwärze, als ihre Muskeln versagten und Erschöpfung ihre unbarmherzige Hand nach ihr ausstreckte. Victoria schloss die Augen. Den Schmerz des Aufpralls spürte sie schon nicht mehr.

***

„Hey, Dornröschen, aufwachen!"

Nur langsam konnte sich Victoria durch die Schemen des Traums an die Oberfläche ihres Bewusstseins arbeiten. Alles zog sie hinab und wollte sie nicht durch die Barriere brechen lassen.

„Lescale, jetzt kommen Sie zu sich."

Grelles Licht blendete sie, als Victoria die Augen aufschlug. Als Erstes erkannte sie das Gesicht von Carmen Schwarz. Ihre Wunden waren versorgt, sie trug ein Patientenleibchen und saß neben ihrem Bett. Dabei trank sie aus dem Becher einer Fast-Food-Kette Coke, zusätzlich roch sie Alkohol.

„Waren Sie die ganze Zeit hier?" Victoria sah an sich hinab. Definitiv hatte man sie entkleidet, versorgt und ebenfalls mit einem Leibchen in ein Bett gelegt. Draußen war es dunkel, sie konnte nicht allzu lange geschlafen haben. Oder etwa …?

„Keine Angst, Sie waren nur eine Stunde weg", sagte die Kommissarin, als könnte sie ihre Gedanken lesen, schlürfte ihre Coke mit Schuss und legte die nackten Beine auf ihr Bett. „Komisch, das wollen die Menschen immer als Erstes wissen. Als wäre es eine Straftat, einen Tag zu verschlafen."

„Müßigkeit ist aller Laster Anfang", murmelte Victoria und befühlte ihren Kopf. Anscheinend hatte sie keine größeren Blessuren davongetragen, nur ihr Kopf dröhnte, und ihr Magen knurrte.

„Gehirnerschütterung, ein paar Schürf- und Brandwunden, ansonsten geht es Ihnen prima." Carmen Schwarz grinste breit. „Na ja, bis auf die Tatsache, dass man uns töten wollte. Und jetzt gucken Sie nicht so gierig." Sie warf die Papiertüte der Fast-Food-Kette aufs Bett. „Hardy, also Doktor Zyrkwas, war hier. Ich habe ihn gebeten, für uns beide Essen zu besorgen. Sie müssen hungrig sein." Die Kommissarin band ihre Haare zu einem strengen Zopf zusammen, griff in die Tüte und biss in einen angeknabberten Burger. „Lassen Sie es sich schmecken."

Noch immer mit staubtrockener Kehle, griff Victoria zu ihrem Getränk. „Da ist ja Wodka drin!"

„Haben Sie Lust, die Schmerzen zu ertragen?"

Victoria tippte auf den Zugang an ihrem Arm. „Wurden dafür nicht Schmerzmittel erfunden?"

Carmen Schwarz nickte beflissen. „Ja – und Wodka. Also, trinken Sie."

Nach ein paar Sekunden zog Victoria die bittersüße Flüssigkeit durch den Strohhalm und biss in eine Pommes. „Danke schön."

„Wofür?"

„Sie wissen genau, wofür."

„Keine Ursache." Die Polizistin sah aus dem Fenster. „Tut mir leid um Ihre Wohnung."

„Danke. Es war nur eine bescheidene Bleibe." Sie riss die Augen auf. „Ist irgendjemand zu Schaden gekommen?"

Die Kommissarin schüttelte den Kopf. „Das sind Profis, Schwester. Es waren kontrollierte Sprengsätze, die nur darauf abgezielt haben, unsere Apartments zu zerstören und uns damit ein Zeichen zu setzen."

„Beim Allmächtigen", flüsterte Victoria. „Meine Wohnung." Erst jetzt fiel ihr auf, dass sie nirgendwo hin konnte. Würde sie jetzt auf der Straße landen? Furcht erfasste sie. Obwohl es warm war, zog sie die Decke ein Stück höher.

„Es war ein Schuhkarton", korrigierte Carmen Schwarz mit hochgezogener Braue. „Sie finden etwas Besseres."

„Und Ihr Loft?"

Die Beamtin schnalzte mit der Zunge und trank zwei große Schlucke. Das genügte als Antwort. „Das Haus steht noch, doch all meine Sachen sind dem Feuer zum Opfer gefallen. Die Sekte macht keine halben Sachen."

„Nein“, bestätigte Victoria und fuhr sich noch einmal übers Gesicht. Diese gottlosen Ketzer, diese Dämonen, die ihre Seele dem Teufel verkauften. Eine nie gekannte Wut stieg in ihr auf. Ihre Atmung wurde schnell und heftig. Sofort begann das Pulsmessgerät, nervös zu piepen. „Wir sollten sie alle zur Strecke bringen. Wir suchen sie, jagen sie und legen ihnen das Handwerk, damit nie wieder einer von ihnen seine Hand an wehrlose Kinder anlegen kann.“

„Bleiben Sie ruhig, Lara Croft.“ Wie versteinert sah Carmen Schwarz sie an. „Generell bin ich Ihrer Meinung, aber ich glaube, Sie haben vergessen, dass ich eine beurlaubte Kommissarin ohne Unterstützung bin und Sie eine ehemalige Krankenschwester, Schrägstrich Nonne, deren Wohnungen gerade explodiert sind.“ Sie nahm den letzten Schluck und entsorgte alles im Mülleimer. „So wie ich das sehe, haben diese Aschlöcher eine ziemlich klare Botschaft gesandt, und alles, was wir jetzt unternehmen, ist nichts anderes als Selbstmord.“

„Sie feiges Huhn!“

„Feiges Huhn?“ Die Kommissarin musste einen Lachkrampf unterdrücken. Sie erhob sich mit schmerzverzerrtem Gesicht. „Das habe ich zum letzten Mal im Kindergarten gehört.“

„Und doch ist es wahr“, spie Victoria aus. „Wo die Starken nicht aufstehen, wenn die Schwächen Hilfe brauchen, ist die Hölle auf Erden.“

Nervös schüttelte Schwarz den Kopf. „Und Sie halten uns beide für die Starken? Haben Sie vergessen, dass die Sekte schier unendliche Ressourcen besitzt? Geld,

Macht, Manpower, Einfluss, und das auf allen Kontinenten."

„Ja." Ihr Blick war so fest, als könnte ihn nichts erschüttern.

Die Sekunden verstrichen schweigend.

„Was meinen Sie mit ‚ja'?"

„Ja, ich halte uns für stärker als die Kinder, die jeden Tag von Fremden in dunklen Kellern gehalten und auf bestialische Weise vergewaltigt werden. Wenn es verrückt ist, den Menschen zu helfen, dann bin ich das gerne. Sie allerdings sind ein feiges Huhn, und Sie verdienen es nicht, sich Polizistin zu nennen."

Kein Wort drang mehr über die Lippen der Kommissarin. Sie nickte verstehend. Als hätte die Erkenntnis sie getroffen wie ein Schlag, schwankte sie, als sie den Raum verließ und die Tür leise hinter sich schloss.

Es kam ihr wie eine Unendlichkeit vor, bis Victoria den Blick von der Klinke losreißen konnte und das unbändige Inferno der Wut langsam zu einer kleinen Flamme wurde, die sie wieder kontrollieren konnte. Victoria faltete die Hände zum Gebet.

Sie war eigentlich nicht so.

Gemein. Hässlich. Beleidigend. Das alles waren Attribute, die Gott verabscheute. Man sollte jeden Menschen behandeln, wie man selbst gerne behandelt werden möchte. Bei diesen Monstern war es kaum mehr möglich. Vielleicht war sie nicht nur eine schlechte Christin und eine schlechte Krankenschwester, sondern auch ein schlechter Mensch. Sie heilte die Leute nicht, sie verletzte sie. Gerade die einzige Frau, die am nächsten an einer Freundin dran war, nachdem Fayola ...

Etliche Minuten waren vergangen, als sie die Augen wieder aufschlug. Obwohl sich ihre Beine anfühlten, als würden sie aus Wackelpudding bestehen, zwang sich Victoria auf die Füße. Geflüster wogte durch den Gang, als sie nach draußen trat. Den Infusionsständer zog sie neben sich her. Sie schaute in alle Richtungen und entschied sich, einfach der Alkoholfahne zu folgen. Vor dem letzten Zimmer des Gangs stoppte sie. Unter dem Türspalt hindurch drang Licht. Das musste es sein.

Schweigend betrat sie den Raum und setzte sich neben Carmen Schwarz, genauso wie sie es vor wenigen Minuten getan hatte.

„Lescale, Sie kennen Alexander Hartup ja bereits. Seines Zeichens Neonazi im maßgeschneiderten Anzug", zischte die Kommissarin und blickte finster in eine Ecke des Raums.

Im Halbschatten lehnte er an der Wand, die Hände locker in den Hosentaschen. Wie, um alles in der Welt, war das möglich? War sie noch so lädiert und blind vor Wut, dass sie diesen Teufel nicht bemerkt hatte?

„Warum sind Sie hier?", schoss es aus ihr hervor.

Die Polizistin beantwortete die an ihn gerichtete Frage mit beißendem Zorn. „Um es zu beenden. Habe ich recht?"

Er lächelte gewinnend und seufzte auf. „Mitnichten, meine Damen. Nichts könnte mir ferner liegen. Ich bin hier, um Ihnen zu helfen."

„Uns zu helfen?" Carmen Schwarz' Stimme wurde lauter. „Sie sollten bis zu Ihrem Lebensende im Knast schmoren." Sie lehnte sich nach vorne. „Und wenn es nach mir ginge, nicht einmal das."

Nicht schwer zu erraten, was sie damit meinte.

Victoria füllte ihre Lungen mit Sauerstoff und versuchte, Haltung zu bewahren. „Wieso sind Sie hier?"

Hartup sah aus dem Fenster. „Nun, die Frage kann man auf zwei Arten interpretieren. Wenn ich der ersten folgen möchte, würde ich sagen: Die Untersuchungen sind nicht abgeschlossen, und ich konnte glaubhaft vermitteln, dass weder Verschleierung noch Fluchtgefahr drohen und ich deshalb auf freiem Fuß bin." Er drehte sich um, trat ins Licht. Im nächsten Moment funkelten seine wasserblauen Augen. „Und die zweite Interpretation habe ich Ihnen schon mitgeteilt: Ich würde Ihnen gerne meine Hilfe anbieten, sollten Sie diese benötigen. Auch wenn unsere Beziehung nicht gerade auf einer Vertrauensbasis beruht."

„Wenn haben Sie geschmiert? Wie viele Gefallen für Ihre Freilassung eingefordert? Sind die Kontakte der Sekte so weitreichend?", giftete die Polizistin.

Hartup fixierte Victoria. „Es ist nicht so, wie es den Anschein macht, Frau Kommissarin."

Carmen Schwarz stöhnte auf. „Natürlich. Wenn ich jedes Mal einen Euro dafür bekäme, wenn ich ..."

„Ich sage die Wahrheit." Hartup verlor für einen Moment die Kontrolle, während seine Stimme noch im Raum widerhallte. „Manchmal sind die Dinge nicht, wie sie scheinen."

„Raus hier!" Der Polizistin war der Geduldsfaden gerissen.

„Ich wollte nur ..."

Die Worte der Kommissarin waren leise und doch voller Hass. „Wenn Sie nicht beenden wollen, was Ihre Sektenfreunde begonnen haben, dann verschwinden Sie endlich!"

„Mir ist durchaus bewusst, dass es schwer zu glauben ist, aber …“

„Raus hier!“, wiederholte Victoria und wandte sich ab. Es fiel ihr schwer, sich von seinem hypnotischen Blick zu lösen. Irgendetwas in seinen Augen war voller Trauer und gleichzeitig durchzogen von Leidenschaft, dass sie sich zwingen musste, den Kopf nicht wieder zu ihm zu drehen.

Wortlos verließ er den Raum und schloss sanft die Tür hinter sich.

„Die Sekte hat ihre giftigen Tentakel überall“, sagte Victoria gedankenverloren und sah ins Leere.

„Wundert Sie das?“ Carmen Schwarz holte ihr Handy hervor.

Minuten vergingen schweigend. Das Zimmer war besser ausgestattet, mit einem größeren Bett und Entertainmentsystem. Die Kommissarin ignorierte sie, tippte wie verrückt auf ihrem Mobiltelefon herum.

„Neues Handy?“

„Hardy hat es mir gebracht.“

Victoria holte tief Luft. Vergeben war nie einfach, um Verzeihung zu bitten, manchmal sogar schwerer. „Sie haben recht.“

„Nein.“ Die Stimme der Kommissarin strotzte nur so vor Energie, obwohl die Explosion sie ziemlich mitgenommen hatte.

„Nein?“

„Nein.“ Sie fixierte weiterhin das Display. „*Sie* sind diejenige, die recht hat. Ich bin eine beschissene Polizistin, wenn ich bei Unrecht einfach weggucke.“ Sie zog die Decke hoch, sah an sich hinab, murmelte irgendetwas von *schicker Unterwäsche* und tippte weiter. „Verstehen Sie mich nicht falsch, man kann nicht jeden retten. Manchmal muss man es jedoch einfach versuchen. Und, verdammt, wenn ich so eine toughe Schwester an meiner Seite habe, *werden* wir es versuchen."

Die Worte drangen wie durch Watte zu Victoria durch. Erst nach einigen Lidschlägen fand sie ihre Stimme wieder. Trotzdem brauchte sie mehrere Anläufe, bis die Worte ihre Kehle verließen. „Sie halten mich für tough?"

Endlich blickte Carmen Schwarz sie an. „Jeder, der Sie nicht für tough hält, ist ein Idiot."

Victoria musste schlucken. Komplimente waren für sie als Waisenkind und in der Nonnenschule ein kostbares Gut gewesen. „Danke. Sie sind aber auch nicht von schlechten Eltern." Als sie es aussprach, hätte sie sich am liebsten auf die Unterlippe gebissen.

„Doch bin ich." Die Beamtin lachte auf und musterte sie. „Welche Größe haben Sie?"

„Äh, ich ..."

„Kein Problem." Sie wandte sich wieder ihrem Mobiltelefon zu, und ihre Finger flogen übers Display. Dann zückte sie ihre goldene Kreditkarte und las die Ziffern ab. „Ich bestelle uns was Schönes. Und nicht das biedere Zeug, das Sie sonst so tragen."

„Bieder?"

„Na ja, hochgeschlossen, gedeckte Farben, alles ein wenig zu groß. Etwas enger und farbenfroher darf es ruhig sein. Sie wissen, dass die meisten Frauen für ihre blonden Locken und die grünen Augen töten würden, oder?"

Peinlich berührt griff Victoria in ihre Mähne. „Meinen Sie wirklich?"

„Jep. Ich unter anderem." Kurz hielt sie inne. Ihre Blicke trafen sich. „Das war ein Witz, Schwester." Endlich legte sie das Telefon zur Seite. „Morgen Nachmittag wird unsere Kleidung per Express geliefert werden und ein paar Taschen, damit wir sie transportieren können. Bis dahin müssen wir wohl hierbleiben."

„Einverstanden."

„Und wie ist der Plan, Schwester?"

Darüber hatte Victoria bereits fieberhaft nachgedacht. Zu ihrem Leidwesen war sie auch im Gebet zu keiner Lösung gekommen. Außer ...

„Ich habe eine Idee, allerdings keine Ahnung, ob sie funktioniert."

„Das ist mit Ideen doch immer so, oder?", erwiderte die Polizistin und hob die Arme. „Ich beginne mal: Zuerst beantragen wir morgen Personenschutz. Versuchen noch einmal, Falkner zu überzeugen, dass er mehr Leute für den Fall abstellt und Interpol einschaltet."

„Wo ist das Problem mit Interpol, dem LKA und allen anderen Organisationen? Warum scheuen sich die Behörden so?"

Carmen Schwarz grinste. „Das Problem ist die Schwanzlänge der Männer."

Victoria bemerkte, wie ihr die Röte ins Gesicht schoss. „Wie bitte?"

„Jeder Ermittler ist von einem riesigen Ego angetrieben, den Fall im Alleingang zu lösen. Sobald andere Behörden, besonders europäische oder gar Interpol, einbezogen werden, werden die Zuständigkeiten aufgeteilt oder ganz übernommen. Mit anderen Worten, Falkner und die Sonderkommission versuchen es alleine, denn sobald Interpol im Spiel ist, ist das Geschacher um die Kompetenzen intensiver als der Handel auf einem türkischen Basar. Und da wird Interpol den besseren Deal machen. Dreimal dürfen Sie raten, welche Polizisten am Ende die Beute präsentierten und auf den Pressefotos zu sehen sein werden.“

Victoria schüttelte verständnislos dem Kopf. „Das heißt, die Behörden gefährden Menschen wegen des Prestiges eines Einzelnen?“

Die Polizistin zuckte mit den Schultern. „Jeder Chefermittler würde sich lieber ein Bein abhacken, als Kompetenzen abzugeben. Es ist also nichts anderes als ein gigantischer Schwanzvergleich.“

„Gut.“ Victoria räusperte sich. Diese Bilder in ihrem Kopf waren ihr zuwider, rissen alte Wunden auf und stachelten auf groteske Art ihre Lust an. „Wir werden diesen Herrn Falkner also bitten, nicht beim Messwettbewerb seines primären Geschlechtsorgans teilzunehmen und sich freiwillig mit dem LKA und Interpol an einen Tisch zu setzen. Und dann ...“ Sie konnte verstehen, dass die Polizistin bei dem Gedanken an ihren Ex-Lover schwach wurde. Doch er war verheiratet und ein ziemliches Scheusal. Victoria kämpfte ihre verwirrende Lust herab.

„Und dann, Lescale?“

„Dann würde ich vorschlagen, wir verfolgen meine Idee.“

„Ich bin für jeden Vorschlag offen. So viel Glück, dass wir John Bakare in die Arme laufen, werden wir nicht haben." Carmen Schwarz rückte nach vorne. „Dann lassen Sie mal hören."

Kapitel 14 – Finten

Schwarz

„Hätten Sie das für möglich gehalten, Lescale?"

„Nie im Leben, Schwarz."

Aus jeder Silbe tropfte beißende Ironie. Die beiden Frauen standen mit verschränkten Armen im Polizeipräsidium vor Falkner und blitzten ihn aus tiefliegenden Augen an.

„Verzeihung, Ladys, aber ich kann Ihnen keinen Polizeischutz gewähren."

Carmen nickte und tat überrascht. „Damit hätten wir niemals gerechnet."

„Absolut. Niemals", ergänzte Victoria lang gezogen.

„Es stehen mir einfach keine Leute zur Verfügung." Falkner blickte durch die Glasscheibe seines Büros. „Sie sehen ja, was hier los ist. Wir können Sie beide in ein sicheres Haus verfrachten, und dort verbringen Sie einige Tage. Das kriege ich vielleicht noch abgebildet."

„Ein sicheres Haus?" Die ehemalige Nonne verzog keine Miene. An ihr war eine gute Pokerspielerin verloren gegangen. „Haben Sie gehört, Frau Kommissarin? Ein sicheres Haus mit einer Handvoll Beamter, damit wir uns nicht in die Ermittlungen einmischen."

Es war ein Vergnügen, sich die sarkastischen Kommentare zuzuspielen. Carmen nickte. „Ja, das wäre praktisch. Zwei Fliegen mit einer Klappe. Wissen Sie, was helfen könnte, mehr Beamte in die Arbeit einzubinden?"

Falkner schüttelte den Kopf. „Ich habe bereits eine Urlaubssperre verhängt und ..."

„Sie waren nicht gemeint", fuhr ihm Carmen über den Mund. Sie konnte sehen, wie die Zündschnur in seinem Kopf mit jeder Silbe schneller abbrannte. Bald schon würde er explodieren, bis dahin würde sie jede Sekunde genießen. „Also, wie könnte man das Problem lösen? Haben Sie einen Vorschlag, Lescale?"

„Nun, man könnte das Landeskriminalamt, das Bundeskriminalamt und Interpol um Amtshilfe bitten." Sie lächelte zuckersüß. „Das würden natürlich nur Ermittler tun, denen eine Auflösung des Falls am Herzen liegt."

Falkner fletschte die Zähne. Für einen Wimpernschlag war er nicht von einem tollwütigen Hund zu unterscheiden, der einem jederzeit an die Kehle springen konnte. „Was haben Sie gesagt?", zischte er.

„Ich glaube, die Schwester wollte nur darauf hinweisen, dass in einem Fall solcher Größenordnung ein Untersuchungsausschuss nicht unüblich ist. Sollten die internen Ermittler auf die Idee kommen, dass zu spät Informationen weitergegeben wurden, würden sicherlich einige Köpfe rollen. Kein guter Start in die Politkarriere."

Victoria nickte. „Ein sehr schlechter, um genau zu sein. Wenn den Menschen die Illusion von Sicherheit genommen wird, werden sie radikal und fangen an, die Gesetze in die eigene Hand zu nehmen."

Ihr Chef sagte nichts. Das Zucken seiner Wangenmuskeln war die einzige Regung, die er preisgab.

„So was geht nie gut aus", schloss Carmen ihre Drohung. „Aber was wissen wir schon? Immerhin stehen wir auf der Abschussliste einer Sekte, die vor nicht allzu langer Zeit von jedermann verleugnet wurde." Langsam drehte sie sich um, Victoria tat es ihr gleich. „Stellen Sie sich vor, es passiert etwas. Wenn die Leichen einer ehemaligen Nonne und einer Kommissarin dazukommen, weil der diensthabende Chefermittler keinen Polizeischutz gewährt hat …"

„… gefährlich", sagte Victoria gedankenverloren. „Sehr gefährlich. Auch das werden die internen Ermittler herausfinden."

Sie entfernten sich einen Schritt.

„Gut." Falkners Stimme war tief und voller Hass. „Ich ziehe ernsthaft in Betracht, weitere Vorkehrungen zu treffen, um Kompetenzen zu bündeln."

„Eine hervorragende Idee", jubilierte Carmen viel zu euphorisch, trat auf ihn zu und klopfte ihm auf die Schulter. „Brillante Idee, Chef."

Seine Ader pochte so stark, dass sie zu platzen drohte. Poldner, Matusch und die anderen Kollegen draußen vor der Glasscheibe zogen die Köpfe ein. Am liebsten wären sie unter die nächstbesten Tischplatten gekrochen. Alle konnten sehen, wie sehr sich Falkner zurückhalten musste. „Und was den Personenschutz angeht …"

Carmen winkte ab. „Ach, der ist nicht nötig. Wir passen selbst auf uns auf."

Sein Unterkiefer mahlte. „Wie bitte?"

Sie schenkten ihm ein strahlendes Lächeln.

„Wir würden dann auf Sie zukommen. Der Gedanke behagt uns nicht, eingesperrt zu sein. Konzentrieren Sie sich auf die Ermittlungen. Wenn wir etwas haben, melden wir uns." Carmen ging als Erste.

„Versprochen", ergänzte Victoria und folgte ihr.

Sie mussten sich nicht umdrehen, um zu wissen, dass der Erste Kriminalhauptkommissar Ingo Falkner, allmächtiger Chef der Mordkommission, gerade vor Wut kochte und ihnen einen Blick hinterherwarf, bei dem sie definitiv zu Staub zerfallen wären, wenn er eine Nuance hitziger gewesen wäre. Doch sie gingen einfach weiter, verließen die Kriminalinspektion und passierten das Foyer, ohne sich noch einmal umzudrehen.

Victoria war anzusehen, wie viel Spaß ihr diese kleine Scharade bereitet hatte. „Es tut gut, die Polizei mal nicht mit gesenkten Augen über den Nebenausgang zu verlassen und in einer Gasse zu enden", sagte sie und straffte den Rücken, als sie durch den Haupteingang traten und die Abenddämmerung sie mit rötlichem Licht begrüßte. „Manchmal fehlt nur ein wenig Mut."

„Da bin ich absolut Ihrer Meinung, Schwester." Carmen öffnete den Audi TT und stieg ein. Der Inhalt der Tüten auf den Rücksitzen raschelte. „Liegt vielleicht auch an Ihrem neuen Outfit."

„Kleidung macht keine Persönlichkeit." Erst hatte sich Victoria offensichtlich unwohl gefühlt, als sie jedoch einmal die knallenge schwarze Jeans und die rote Bluse über die Flure des Krankenhauses spazieren geführt hatte, hatte sich das schlagartig geändert. Pfleger, Ärzte und sogar eine Schwester hatten ihr anzügliche Komplimente gemacht. Nun wollte sie die Kleidung nicht mehr hergeben und strich über den Stoff, wenn sie glaubte, unbeobachtet zu sein.

„Nein, aber sie verstärkt sie manchmal." Dass sich Carmen mit einem knielangen Rock, einer weißen Bluse und einem dunklen Jackett begnügte, war der Tatsache geschuldet, dass sie ihre Waffe gerne versteckt trug. Außerdem hatte die Männerwelt ohnehin nur Augen für die schlanke Blondine mit dem lockigen Haar und dem unschuldigem Blick neben ihr. Sei's drum. Victoria tat die Aufmerksamkeit gut, und selbst die Pflaster in ihrem Gesicht konnten nichts daran ändern.

Carmen startete den Motor. „Sind Sie bereit, Lescale?"

Sie konnte sehen, wie sehr die ehemalige Schwester mit sich kämpfte. Schließlich atmete sie durch. „Ziehen wir es durch."

„Sicher?"

„Nein, aber das macht keinen Unterscheid. Bringen Sie uns zum Kloster."

Kaum hatte sie die Sätze ausgesprochen, als Carmen schon das Gaspedal durchdrückte. Es gab keinen Grund abzuwarten, sie hatten ohnehin zu viel Zeit im Krankenhaus verbracht, bis die Ärzte sie auf eigenen Wunsch endlich in die späte Nachmittagssonne entlassen hatten. Jetzt war es Abend, und mit jedem Meter, mit dem sie sich dem Kloster Marienburg näherten, schien Victoria nervöser zu werden.

„Ganz ruhig, Lescale." Carmen tätschelte ihr Bein. „So schlimm wird es nicht. Immerhin haben Sie dem Kloster jahrelang gut gedient. Sagt man das so?"

„Ja“, murmelte Victoria grübelnd und ließ den fast vollen Mond nicht aus den Augen. „Gedient ja, nur ‚gut‘ …“

Sofort begannen Carmens Alarmglocken zu schrillen. Immer wieder schaute sie zu der Ex-Nonne hinüber. Es war, als würde der Mond eine hypnotische Wirkung auf Victoria haben. „Gibt es da etwas, was ich wissen sollte?“

Victorias Lippen öffneten sich langsam, doch es verließen nur Laute ihre Kehle, die sich nicht zu Sätzen formen wollten. Schließlich schüttelte sie den Kopf. Carmen sah ihr an, dass sie noch etwas sagen wollte, es fehlte ihr nur das letzte Quäntchen Mut, um es auszusprechen. Sie bohrte nicht weiter nach.

Denn das hatte sie in stundenlangen Verhören gelernt. Manchmal musste man die richtigen Worte finden, manchmal war Schweigen das Mittel der Wahl. Bei Victoria, einer Frau, die Stunden im stillen Gebet verbrachte, war es definitiv Ruhe, die sie nun brauchte.

Selbst auf dem Parkplatz des Marienklosters ließ sie sich Zeit, bis Carmen wieder redete. „Wir müssen das nicht tun.“

„Doch“, widersprach Victoria. Ihr Blick wanderte vom Mond über die dicken mittelalterlichen Mauern bis hin zu den kalten Stufen, auf denen ihre Freundin den Tod gefunden hatte. „Ich bin es ihr schuldig.“

Dem war nichts hinzuzufügen.

Carmen öffnete die Tür und wartete, bis Victoria die Kraft fand auszusteigen. Als wäre sie in einer anderen Welt, in der nur Trauer und Schmerz regierten, nahm sie die Stufen, ohne den Blick aufzurichten. Sie warteten vor der riesigen Holzpforte. Die ehemalige Nonne war zur Salzsäule erstarrt.

„Lescale, ich kann das auch alleine erledigen.“

„Nein.“ Trotz und Traurigkeit lagen in ihrer Stimme. „Tut mir leid. Es ist nur … zu viele Erinnerungen, die plötzlich in meinem Kopf herumschwirren.“

„Kann ich gut verstehen.“ Carmen füllte ihre Lungen mit Sauerstoff. „Trotzdem müssen wir nicht …“

Bam! Bam! Bam!

Victoria hatte die Faust gewählt, um anzuklopfen. Mehrere Sekunden hallte das Geräusch im Inneren des Klosters nach, als würde es nur schwer seinen Weg durch die Gänge finden. Lange Zeit passierte nichts.

„Ganz schön gruselig“, sagte Carmen und fummelte in ihrer Tasche. Als der leere Blister zum Vorschein kam, wurde ihr bewusst, dass ihre Vorräte dem Feuer zum Opfer gefallen waren. Sie schloss die Lider. „Fuck.“

„Braucht die Nachthexe Drogen, um zu denken oder ihre Angst zu unterdrücken?“

„Nein“, antwortete sie so entschieden, wie es ihr möglich war. „Aber es hilft manchmal.“ Sie schaute sich um. „Besonders an solchen Orten.“

„Ohne die Aufputschmittel wären Sie besser dran.“ Victoria hielt die Augen starr auf die verschnörkelte Holztür gerichtet.

„Vielleicht … wahrscheinlich.“ Sie atmete durch, versuchte, ihre Nerven zu beruhigen. Während sie zu aufgedreht war, schien Victoria beinahe lethargisch. „Ich kann nicht verstehen, warum Sie das hier beruhigt.“

„Tut es nicht", erwiderte die ehemalige Nonne und drehte den Kopf. Erst jetzt konnte Carmen erkennen, wie sehr ihre Lippen zitterten. „Ganz und gar nicht."

Als sich die Tür öffnete, zuckten sie zusammen. Sie sahen in das faltige Gesicht von Oberin Marie. Es lag so viel Abscheu in ihrem Blick, dass es die reinste Untertreibung gewesen wäre, es als mangelnde Gastfreundschaft zu interpretieren.

„Sie schon wieder."

„Mutter Marie, wir brauchen Ihre Hilfe."

War Victorias Stimme höher als sonst? Diese alte Vogelscheuche musste ihr eine wahnsinnige Angst bereiten.

„Sie brauchen jede Hilfe, die Sie kriegen können", entgegnete die Frau unterkühlt. „Es herrscht Nachtruhe. Kommen Sie morgen wieder. Vielleicht habe ich dann Zeit."

Gerade als sie die Tür schließen wollte, schoss Carmens Hand vor. „Oh, Sie haben jetzt Zeit, Schwester.

„Oberin, wenn ich bitten darf." Sie machte einen Schritt nach draußen und blickte in alle Richtungen, als wäre das Gespräch höchst illegal und sie in einem schlechten Spionagestreifen. „Ungehobelte Weibsbilder." Ihre Stimme war nicht mehr als ein Flüstern. „Also, was wollen Sie, Fräulein Lescale? Buße tun? Sich entschuldigen, für das unaussprechliche Leid, das Sie über die heiligen Hallen gebracht haben? Zu Kreuze kriechen?"

Carmen sah zu ihr. Überlegte Victoria etwa, ob sie nicken sollte? Es war an der Zeit, das Reden zu übernehmen, während die ehemalige Nonne in Schockstarre verfallen war. „Uns schien es, als hätten Sie nicht alles zu Fayola Bakare mit uns geteilt."

„Lassen Sie die Toten ruhen!", zischte Oberin Marie und drückte noch einmal gegen die Tür.

Carmen hielt dagegen. „Würden wir zu gerne, aber dann könnten wir ihre Mörder niemals finden." Ihre Stimme hallte durch die Gänge.

Sofort erhob Oberin Marie den Finger, als wäre Carmen eine ihrer Schülerinnen in der Klosterschule. „Ich habe der Polizei alles gesagt, was zur Lösung des tragischen Dahinscheidens von Schwester Fayola beitragen könnte."

„Wie war das mit dem dritten Gebot? Du sollst nicht lügen."

Victoria drehte sich um, und ihre Stimme war nicht mehr als ein Wispern im Wind. „Es ist das achte."

„Wie auch immer." Carmen seufzte auf und wurde absichtlich lauter. „Wollen wir das hier besprechen? An der Tür?"

Wenn Blicke töten könnten, wäre Carmen zu Staub zerfallen. Kam in letzter Zeit öfter vor. Anscheinend hatte sie ein nicht zu unterschätzendes Talent, die Leute zur Weißglut zu bringen.

„Kommen Sie rein", presste Oberin Marie hervor und trat zur Seite. „Zehn Minuten, danach verschwinden sie." Sie bekreuzigte sich und sah noch einmal in alle Richtungen, bevor sie die massige Tür verschloss. „Hier entlang."

Sie folgten der Nonne wortlos durch einen langen Gang. Erneut wurde Carmen das Gefühl nicht los, dass die Statuen der alten Männer und Frauen sie mit ihren Augen verfolgten. Andere fanden Ruhe und Kraft im

Glauben. Für sie war es nichts anderes als ein alberner Grund, um Kriege zu beginnen und den Willen der Menschen zu unterdrücken.

„Wow, ich fühle mich wie im achtzehnten Jahrhundert“, meinte Carmen, als sie das Büro der Schwester Oberin betreten hatten. Sofort nahm sie Platz, Victoria blieb stehen. „Was machen Sie, wenn Sie Ihre Mails checken wollen?“

Die alte Nonne setzte sich, warf ihr erneut einen Todesblick zu und griff unter ihren Schreibtisch. Sie hob den brandneuen Laptop an und verzog dabei keine Miene. „Örtliche Provider waren so nett, uns einen Gigabitanschluss zur Verfügung zu stellen.“

Das überraschte Carmen. Sie nickte interessiert. „Gut, dann sind Sie über unseren kleinen Trip nach Berlin ja gut informiert.“

„Bin ich.“

„Und Sie wissen, was wir dort gesehen haben.“

„Weiß ich.“

„Und was sagen Sie dazu?“

Sie saß kerzengerade, mit ineinander gefalteten Fingern, und verzog keine Miene. „Gott, unser allmächtiger Vater, wird über diese Dämonen richten und ihnen die Bestrafung zukommen lassen, die irdische Gerichte nicht fällen können.“

„Endlich sind wir mal einer Meinung.“ Sie sah zu Victoria. Ihre Augen waren zu Boden gerichtet, als erwarte sie die Todesstrafe, wenn sie ihren Blick hob. „Sind wir doch, oder, Lescale?“

„Absolut.“ Ah, sie konnte sprechen. „Sie müssen uns helfen, Mutter Oberin. Die Augen der Kinder ... Es war schrecklich, das mit anzusehen.“ Victoria machte einen

Satz nach vorne, flehte beinahe. „Sagen Sie uns, was Sie über Fayola wissen, wo sie herkam und wo ihr Tagebuch geblieben ist. Alles kann uns helfen, noch mehr Verstecke dieser Sekte zu finden und, so Gott will, auch Fayolas Mörder. Ich bitte Sie von ganzem Herzen, diesen Kindern zu helfen."

Die Oberin fixierte erst Victoria, dann Carmen. „Wären Sie beide bloß nicht so eitel." Sie ließ sich zurückfallen, als hätte sie einen Kampf verloren. Sie griff in eine Schreibtischschublade, holte einen Aschenbecher hervor und zündete sich eine dicke, kurze Zigarre an. „Ich helfe den Kindern seit Jahrzehnten. Kein anderer Gedanke bestimmt mein Handeln. Wissen Sie, wie vielen ich bereits Schutz geboten haben in den heiligen Hallen des Klosters? Wie viele gebrochene Seelen wir in die Schule aufgenommen haben?" Sie paffte ruhig und musterte die ehemalige Nonne von oben bis unten. „Sie waren eine davon, Victoria."

Für einen Moment schien die Zeit langsamer zu laufen.

Victoria wurde kreideweiß. „Ich dachte ..."

„Ja, Sie dachten, Sie wären damals in eine Kinderklappe gelegt worden, im nahen Marienhospital. Doch das ist Unsinn." Sie lächelte traurig, ihre Augen wurden feucht. „Sie sind eines der Kinder, die John ein paar Jahre nach dem glücklichen Unfall hat retten können. Zu klein, um ein Brandzeichen zu tragen und für die perversen Vorlieben der *Puer Piscis* herzuhalten, hat John Sie hierhergebracht, als er selbst noch ein Teenager gewesen ist."

„Ich bin ... Sie meinen, ich sollte ...?"

„… eine Sklavin der Sekte werden. Früher oder später wären Sie auf der Straße gelandet, an einer Bahnhofsecke stehend, mit einer Nadel im Arm, das weiß nur der Herrgott." Sie paffte, ließ sich Zeit und schüttelte den Kopf. „Die leider verstorbene Schwester Victoria hat vor siebenundzwanzig Jahren dieses Bündel Mensch an sich genommen. John hat nur gesagt, dass er Sie in der französischen Gemeinde L'Escale aus den Fängen der Sekte befreit habe. So haben wir Ihre Legende mit der Babyklappe gesponnen." Sie zog nun immer schneller an der Zigarre. „Manchmal muss man eine Lüge wie eine Wahrheit verbreiten, damit sie glaubwürdig ist."

„Warum überhaupt eine Lüge?", wollte Victoria wissen. „Warum nicht direkt die Wahrheit?"

„Sie haben es immer noch nicht verstanden." Ihr Tonfall wurde beunruhigend milde. „Bis zu dem Tag, als Sie das Kloster verlassen wollten, und Fayolas Ableben glaubte ich die Schwestern in Sicherheit." Sie deutete mit der Zigarre in Richtung der Schlafräume, an denen sie vorbeigekommen waren. „Ich habe diese Kinder aufgenommen, ich habe eine Verantwortung für ihr Leben. Was meinen Sie, was passiert, wenn die Sekte herausfindet, wohin ihre ganzen Mädchen verschwunden sind?" Ihre Finger umschlossen die Zigarre so fest, dass sie zu zerbröseln drohte. „Jahrzehntelang konnten wir uns verstecken, und Sie führen die Jungfische mit Ihren Ermittlungen genau hierher!"

„Das kann nicht sein!", schrie Victoria auf. Carmen versuchte, eine Hand beruhigend auf ihre Schulter zu legen, sie schüttelte sie jedoch von sich ab. „Und zur Polizei konnten Sie nicht, weil …"

„Ich bin alt, Victoria, nicht dumm. Auch ich kenne die Berichte aus Berlin und weiß um die Macht der *Puer Piscis*. Alles hat mit John und Fayola angefangen. Sie sind zu mir gekommen, waren die Ersten, doch beileibe nicht die Einzigen.“ Ein stolzes Lächeln huschte über ihre Lippen. „Für jeden gab es die passende Geschichte, niemand sollte über die Vergangenheit reden, und manches Brandzeichen wurde im Kleinkindalter operiert.“

„Moment.“ Carmen konnte nicht glauben, was sie da hörte. Sie stützte sich auf ihren Knien ab. „Das heißt, es gibt im Kloster noch mehr Frauen, die von den *Puer Piscis* missbraucht worden sind?“

„Beinahe alle jüngeren Nonnen“, antwortete die Oberin. „Alle, die John damals hat retten können. Während Schwester Fayola hier ihrem Dienst am Herrn nachgegangen ist, hat John immer mehr Kinder gefunden, die das Zeichen der Jungfische trugen. Ich weiß nicht, ob er sie befreit hat oder ob die Sekte sie hat gehen lassen, das spielte keine Rolle. Wenn er sie zu uns gebracht hat, haben wir sie versorgt und ihnen ein Heim gegeben, Ausbildung und Essen. Bis es irgendwann aufhörte.“ Sie bekreuzigte sich. „Ich dachte, John wäre von uns gegangen. Von der Sekte getötet – unser Engel in der Nacht.“

„Er hörte irgendwann auf, Ihnen Kinder zu bringen?“, hakte Carmen nach.

Die Oberin nickte traurig. „Es muss nun zehn Jahre her sein. Wir sind davon ausgegangen, dass Gott ihn zu sich gerufen hätte.“

„Und die Jungen?“, wollte Victoria wissen. Ihre Stimme überschlug sich.

„Wurden Mönche in einem Benediktinerkloster bei München", erwiderte die Oberin wie aus der Pistole geschossen. Dabei funkelten ihre wachen Augen. „Ich wusste, dass der Tag kommen wird, an dem ich alles beichten müsste. Ich hätte nur nicht gedacht, dass es eine Polizistin und eine ehemalige Schülerin sein würden, die diese Fragen stellen."

Einen Moment herrschte Ruhe. Der süßliche Qualm erfüllte das Büro. Carmen widerstand dem Drang, sich eine Zigarette anzuzünden und erneut nach dem Tablettenblister zu tasten. „Wieso dachten Sie, dass John tot wäre?"

Die Oberin zog am Zigarrenstummel und blies Ringe an die Decke. „Weil er keine Kinder mehr an unsere Pforte gebracht hat. Plötzlich ist einfach Schluss gewesen. Wir alle dachten, dass die Häscher der Sekte seiner habhaft geworden wären – bis zu jener schicksalhaften Nacht."

Carmen riskierte einen Seitenblick. Victorias Lippen bebten.

„Ich habe ihn gesehen, und Sie wussten, dass es John sein musste."

Bedächtig nickte Oberin Marie. „Irgendetwas musste sich geändert haben, Victoria, wenn eine Leiche von den Toten aufersteht, um seine jüngere Schwester aufzusuchen."

„Deshalb wollten Sie, dass die Ermittlungen so schnell wie möglich für beendet erklärt werden. Zur Not mit fremdenfeindlichem Motiv."

„Alles ist mir recht, wenn der Fokus vom Kloster verschwindet." Voller Zorn drückte sie die Zigarre im Aschenbecher aus. „Hören Sie? Alles! Und nun bringen

Sie die Lakaien des Teufels direkt an unsere Pforte. Auch die Jungfische werden irgendwann ihre Schlüsse ziehen und Fehler, die sie damals begangen haben, nun ausmerzen."

Victoria und Carmen wechselten einen Blick. Sie beide wussten, was das zu bedeuten hatte. Sollte die Sekte sie tatsächlich verfolgen, und danach sah es gerade aus, hatten sie alle Nonnen in furchtbare Gefahr gebracht. Unbehagen erfasste sie.

„Das heißt, sie könnten längst hier sein", flüsterte Carmen. Ihre Fingerspitzen berührten den Griff ihrer Pistole.

„Seien Sie nicht naiv." Entrüstet erhob sich Oberin Marie. „Die Sekte wird kein Massaker in einem Kloster veranstalten. Nicht heute Nacht. Es wird subtil sein. Ein Autounfall, ein Gasleck oder ein Großbrand." Sie öffnete die Tür. „Aber glauben Sie mir, die *Puer Piscis* werden ihre Rache bekommen, und daran haben auch Sie Ihren Anteil."

Plötzlich fühlte sich Carmen unendlich elend. Doch das war nichts im Vergleich zu dem, was in Victoria vorgehen musste. Es war, als würde sie aufhören zu atmen, während ihr das ganze Ausmaß ihres Handelns klar wurde.

Bestimmt berührte sie die Oberin an der Schulter. „Gehen Sie nach Hause, schlafen Sie sich aus."

„Das ist leider nicht möglich", gab Carmen leise zurück, als hätten die Wandbilder Ohren und würden für ihren Feind arbeiten. Ihr wurde nur allzu bewusst, dass sie die Jungfische zum Refugium der gebrochenen Seelen gelotst hatten. Ein beschissenes Gefühl. „Die Sekte hat unsere Wohnungen in die Luft gejagt, als Warnung, als wir ihnen zu nahe gekommen sind."

Oberin Marie zog ihren Arm zurück und nickte verstehend. „Deshalb diese Verletzungen." Sie musste ein Lachen unterdrücken. „Schön, damit hätten wir den letzten Beweis, dass Ihnen die Fußsoldaten des Teufels auf den Fersen sind." Sie schaute zu Victoria. Es war ein vernichtender Blick, voller Abscheu und Bosheit. „Ich hätte Ihnen mehr Weitsicht zugetraut ... und Glauben ... Selbst für jemanden, der ihn verloren zu haben scheint."

„Lescale, was meint Ihre frühere Chefin damit?"

„Hat sie es Ihnen nicht erzählt?" Oberin Marie faltete die Hände vor der Brust. „Es gab einen Grund, warum sie das Kloster verlassen musste. Möchten Sie den nicht Ihrer hochgeschätzten Freundin mitteilen? Oder ist sie bereits Ihre Liebhaberin, und Sie haben den rechten Pfad vollends verlassen?"

„Reden Sie nicht so einen Blödsinn", fiel Carmen ihr ins Wort und trat näher. „Was ist hier los, Lescale?"

Sie schwieg und war kurz vorm Hyperventilieren, die Augen eisern zu Boden gerichtet.

„Lescale? Was ist passiert, zum Teufel?"

„Ich habe mich verliebt, okay?" Ihre Stimme hallte in dem Gemäuer wider. So hell und klar, dass jede Silbe noch Sekunden später zu verstehen war.

„Verliebt?"

„Ein Handwerker", schluchzte sie trotzig. „Ein Schreiner, um genau zu sein. Sein Name ist Tim, er ist groß, hat pechschwarzes Haar und Grübchen, wenn er lacht. Er und sein Vorgesetzter mussten nur um ein paar

Bänke in der Kapelle restaurieren. Ich sollte sie beaufsichtigen, und da kamen wir ins Gespräch." Sie hielt den Atem erneut an, fast so lange, dass es Carmen angst und bange wurde. Die ehemalige Nonne war in ihren Gedanken gefangen, ihr Blick ging in die Ferne „Er war nett, fragte viele Dinge, wollte vieles wissen. Wir redeten über Gott, die Welt und Kuchen."

„Kuchen?", echote Carmen.

„Einfach über alles. Über mehrere Wochen ging das so." Der Ton war weder feindselig noch traurig, ihm wohnte nur ein Hauch Enttäuschung inne. „Ich bemerkte, wie ich mich mehr und mehr auf die Tage, an denen ich ihm begegnen würde, zu freuen begann. Irgendwann berührte er meine Hand wie zufällig, als wäre es ein Versehen gewesen, und dann ..."

„... dann haben Sie Unzucht getrieben." Die Stimme der Oberin musste wie tausend Klingen in ihre Seele schneiden.

Victoria schüttelte vehement den Kopf. „Es war nur ein Kuss. Ein einziger Kuss, und ich war wirklich in ihn verliebt."

Oberin Marie nagelte sie mit ihrem Blick an die Wand. „Nur er leider nicht in Sie, habe ich recht?"

Wieder senkte sie den Kopf. „Es war eine Wette. Eine dumme, dumme Wette unter Kollegen. Er nahm unsere Gespräche auf, machte sogar ein heimliches Video, als wir uns küssten, als Beweis, dass er sogar ..." Ihre Stimme versagte und ging in schnelle Atemschübe über.

„... als Beweis, dass er sogar eine Nonne rumkriegen konnte", erklärte die Oberin mit kalter Stimme, während Carmen ihre Hand auf Victorias Schulter legte.

„Die Wahrheit schmerzt manchmal, nicht wahr? Das ist der Grund, warum wir sie verschleiern. Warum wir Geschichten erfinden, um die Realität erträglicher zu machen. Für Sie und für die anderen Schwestern."

Carmen reichte es. Demonstrativ stellte sie sich vor Victoria. „Genug Wahrheiten für einen Tag, finden Sie nicht?"

„Wie Sie meinen."

„Können wir die anderen Nonnen befragen? Vielleicht erinnert sich die ein oder andere an Details. Nur so können wir noch mehr Standorte der Sekte finden."

Die Oberin schloss die Augen. Es war nicht schwer zu erraten, wie sehr ihr dieser Gedanke widerstrebte. „Damit würden Sie die Geschichten zerstören, die wir über Jahrzehnte hinweg zu ihrem Schutz aufgebaut haben."

„Wir tun es hier, im Geheimen, um nicht noch mehr Aufmerksamkeit zu erregen, und Sie können jederzeit dabei sein", erwiderte Carmen und streichelte tröstend Victorias Schulter.

Die ehemalige Nonne zog ihre Nase hoch und fing sich allmählich wieder. „Sie wissen, dass wir nur mit Ihrer Hilfe mehr Kinder retten können?"

„Und damit andere in höchste Lebensgefahr bringen. Sie vernichten die einzige Zuflucht für die Opfer der *Puer Pisics.*"

„Ich bitte Sie, Mutter Oberin. Es ist unsere einzige Chance. Für Polizeischutz können wir sorgen."

Erbost seufzte die Oberin. „Die Polizei ... Sie konnte uns damals nicht helfen und wird es heute nicht. Niemand weiß, wie weit der Einfluss dieser gottlosen Kreaturen reicht. Ich vertraue nur mir und Gott, um die Mädchen zu beschützen."

„Und das haben Sie über Jahrzehnte getan", warf Carmen ein. „Nun ist es an der Zeit, das Richtige zu tun."

Etliche Momente zog sich die hochgewachsene Frau in ihre Überlegungen zurück. Das Ticken der Wanduhr wurde unerträglich. Die Sekunden dehnten sich zu Minuten, bis sie wieder aufblickte. Sie sah unendlich alt und erschöpft aus. „Einverstanden. Aber erst im Morgengrauen. Und was Sie angeht, ich nehme nicht an, dass Sie einen Schlafplatz ihr Eigen nennen können?"

Carmen und Victoria schauten sich an und schüttelten die Köpfe. „Wir würden in ein Hotel gehen", antwortete Carmen und befühlte ihre Hosentasche, ob sie ihre Geldbörse dabei hatte.

„Auf keinen Fall. Mit ein wenig Glück und Gottes Hilfe blieb Ihr Besuch im Kloster unbeobachtet. Ich möchte, dass es so bleibt. Holen Sie Ihre Habseligkeiten. Sie werden bei uns übernachten."

„Aber …" Carmen wollte protestieren, der schneidende Ton der Oberin ließ jedoch keine Widerrede zu.

„Sie beide nehmen die alte Stube von Schwester Fayola und Schwe... Fräulein Lescale. Sie wurde selbstverständlich nicht neu vergeben. Und seien Sie bitte leise. Morgen reden wir über alles. Gute Nacht und Gottes Segen." Die alte Nonne wies mit der Hand aus ihrem Büro, als Zeichen, dass das Gespräch beendet war.

„Kommen Sie mit, ich zeige Ihnen alles", flüsterte Victoria an Carmen gerichtet und ging voran.

Anscheinend war es nicht das erste Mal, dass Gespräche auf diese Weise beendet wurden. Sie holten ihre Taschen aus dem Wagen, gingen gemeinsam ins Bad und bezogen ihre Betten in der Stube schweigend.

Erst als das Licht gelöscht wurde und sich ihre Herzschläge beruhigten, fand Victoria ihre Stimme wieder. „Es ist ein seltsames Gefühl."

„Wieder hier zu sein?"

„Wieder in meinem Bett zu liegen und mit meiner Zimmergenossin zu reden, als wäre das alles ein furchtbarer Albtraum."

Sie konnte die ehemalige Schwester nur allzu gut verstehen. „Es tut mir leid, dass ich in ihrem Bett übernachte. Das muss schlimm für Sie sein."

„Nein, ganz im Gegenteil", erwiderte sie. Victoria klang tatsächlich gelöst, fast erleichtert. „In widrigen Zeiten hat mir das Reden immer geholfen."

„Das freut mich. War ein langer Tag heute."

„Verurteilen Sie mich?"

Die Frage kam aus dem Nichts.

„Weil Sie mal mit dem falschen Mann rumgeknutscht haben?" Lächelnd schüttelte Carmen den Kopf. „Wenn ich dafür jedes Mal einen Euro bekommen hätte, dann ... Ach, lassen wir das. Was ich damit sagen will, das ist bestimmt alles andere als ideal, und ich kann Ihre Mutter Oberin Schreckschraube verstehen, dass sie Sie rausgeworfen hat, aber Sie müssen bestimmt nicht für alle Zeiten das Büßerhemd tragen."

„Nein", erwiderte Victoria leise. „Er wird mich richten."

„Und feststellen, dass Sie vielen Menschen geholfen haben, obwohl der Start Ihres Lebens alles andere als glücklich gewesen ist." Carmen machte eine kurze Pause. „Denken Sie daran, jeder trägt sein Päckchen." Sie richtete sich auf. Der Mond beschien Victorias Gesicht und ließ es bleicher wirken, als es ohnehin war.

„Sie sind immer noch derselbe Mensch. Vielleicht sogar stärker, weil Sie jetzt noch einen Grund haben, diesen Sumpf auszutrocknen."

„Sie haben recht", gab sie nach einer Weile zurück. „Um ein Haar wäre ich noch tiefer in die Fänge dieser Dämonen geraten. Es ist an der Zeit zurückzuschlagen."

„Das ist ein Gedanke, mit dem ich gerne einschlafe."

Ohne es zu wollen, breitete sich ein Lächeln auf Carmens Gesicht aus. Sie hatten die Monster verärgert, nein, herausgefordert. Ihre Botschaft war unmissverständlich. Wenn zwei Explosionen die Stadt erschütterten, interessierten sich die Medien einen Tag dafür, und schon am nächsten Morgen stand etwas anderes in den Gazetten. Doch dass die Jungfische im Ernstfall nicht vor Mord zurückschrecken würden, war so klar wie eine wolkenlose Nacht. Also mussten auch sie zu allem bereit sein. Die rote Linie war überschritten, und alles, was vor ihnen lag, würde anders sein als das, was sie hinter sich ließen.

Carmen konnte es kaum erwarten, diesen Arschlöchern das Handwerk zu legen, und sie wusste, dass Victoria genauso dachte. Ein verdammt gutes Gefühl …

Kapitel 15 – Dunkle Vorboten

Lescale

Es war mitten in der Nacht, als Victoria von Geräuschen aus dem Schlaf gerissen wurde. Mit klopfendem Herzen schreckte sie hoch.

Das war nicht das Knacken eines Holzbalkens oder das Fiepen der Mäuse im Gemüsegarten. In all den Jahren war kein vergleichbarer Ton an ihre Ohren gedrungen. Hier stimmte etwas nicht.

„Schwarz? Sind Sie wach?"

Ein missmutiges Knurren verwandelte sich in einen verneinenden Ton. „Was wollen Sie, Lescale?"

„Haben Sie das gehört?"

„Was gehört?"

Victoria zog die Decke zurück und horchte in die Stille. Sie hielt den Atem an. „Rascheln, Klopfen, kaum zu vernehmendes Stimmgewirr. Schwarz, hier geht etwas vor sich."

Endlich war die Polizistin vollends wach, fluchte und richtete sich auf. „Ich höre nichts."

„Jetzt hat es aufgehört."

Carmen Schwarz ließ sich zurück ins Bett sinken. „Das ist bei alten Gebäuden immer so."

Damit gab sich Victoria nicht zufrieden. Sie stand auf und lauschte angestrengt in die Dunkelheit. „Mir sind die nächtlichen Geräusche des Gemäuers bekannt. Ich weiß, wie es sich anhört, wenn Schwester Petunia Blasenprobleme hat und das Bad aufsucht oder wie Schwester Sieglinde schnarcht. Diese Töne gehören definitiv nicht dazu."

Die Kommissarin zog sich knurrend die Decke übers Gesicht. „Dann hören Sie Gespenster."

„Ganz im Gegenteil." Victoria knipste die kleine Tischlampe an, sehr zum Missfallen ihrer Zimmergenossin. „Ich habe die Dunkelheit immer geschätzt. Sie allerdings fanden schon die Eingangspforte gruselig." Sie öffnete die Tür zum Flur. „Beinahe ironisch, wenn man bedenkt, wie Ihr Spitzname lautet."

„Das ist kein Spitzname", zischte Carmen Schwarz. „Es ist eine Verballhornung. Und, verdammt, könnte ich mal erfahren, was Sie vorhaben?"

„Wenn Sie aufhören zu fluchen, vielleicht." Langsam steckte sie den Kopf durch den Türrahmen. „Ich will den Ursprung der Geräusche herausfinden. Und Sie kommen mit!"

„Sie haben eine Macke", knurrte die Polizistin und kroch tiefer unter die Bettdecke. „Können Sie das nicht alleine?"

„Sollten es wider Erwarten doch die Sekte und ihre Häscher sein, wäre eine Schusswaffe von Vorteil." Energisch lief sie auf das Bett zu und zog der Kommissarin die Decke weg. „Also, wenn ich bitten dürfte."

„Dürfen Sie nicht." Widerwillig stand Carmen Schwarz auf, rückte ihr Top zurecht und zog ihr Schulterholster an. „Der Morgenkaffee geht auf Ihre Rechnung."

Victoria entzündete eine Kerze und trat in den Flur. „Sie wissen, dass ich kaum Geld habe."

Die Polizistin trottete hinterher, stieß sich den Fuß und fluchte erneut. „Dann müssen Sie spülen, mir egal. Gehen Sie vor und zeigen Sie mir, wo Sie die Geister vermuten, damit wir schnell wieder ins Bett kommen." Sie rieb sich die Oberarme. „Wieso ist es hier so kalt?"

„Sie haben es selbst gesagt – altes Gemäuer. Außerdem finde ich es angenehm."

„Ihre Brustwarzen sagen etwas anderes."

Diese Frau war manchmal unglaublich. Victoria bedeckte ihre Oberweite und entschied sich, einen Kapuzenpullover überzuziehen und dann erst ihren Weg fortzusetzen.

„Also, wohin?", wollte Carmen Schwarz mit einer gewissen Langeweile in der Stimme wissen. Die Pistole hielt sie locker in der Hand und bedeckte mit der Armbeuge ihren Mund, während sie herzhaft gähnte. „Wo sind Ihre Geister jetzt?"

Ein lauter Knall hallte durch die Gänge, ließ sie erbeben und beantwortete die Frage auf eindringliche Weise.

„Was war das?", wollte die Kommissarin wissen und hob die Waffe.

„Das waren Ihre nicht vorhandenen Geister." Solche Geräusche hatte Victoria hier nie zuvor vernommen. Dieser Ton war wütender, energischer als alles, was sie im Kloster jemals gehört hatte. „Finden wir es heraus."

Sie musste allen Mut zusammennehmen, um den ersten Schritt auf den kalten Steinboden zu setzen. Sie vermutete, dass die Geräusche aus der Kapelle herrührten, dem ältesten Teil des Klosters. Sie öffnete die Tür. Das Quietschen der Scharniere verursachte ihr eine Gänsehaut.

„Die Cellitinnen haben die Mauern um das Gotteshaus herum gebaut."

Mit gezogener Waffe folgte ihr Carmen Schwarz und schaute beeindruckt die meterhohen Wände hoch. „Fast wie eine Festung."

„Ganz genau." Victoria entspannte sich ein wenig. „Es war damals eine andere Zeit. Klöster wurden nicht selten Opfer von Überfällen und Marodeuren. Die dicken Mauern sollten zumindest ein wenig Schutz bieten."

Als sie erkannte, dass niemand anwesend war und lediglich die Statue von Jesus Christus sanft auf sie herabsah, ließ die Aufregung nach und hinterließ eine wohlige Wärme. Wie oft war sie hier im tiefen Gebet versunken gewesen? Wie lange hatte sie ihre Knie gebeugt, in der Hoffnung, endlich Antworten zu finden? Das Schicksal musste einen interessanten Humor haben, wenn es sie hierhinführte. Dutzende Fragen hatten ihr für lange Zeit auf der Zunge gelegen und waren still an den Herrgott gerichtet worden. Nun kamen etliche hinzu.

„Hier ist nichts", stellte Carmen Schwarz fest und ließ die Waffe sinken. „Ich nehme nicht an, dass es für das Gebäude Baupläne oder dergleichen gibt."

Ein Seitenblick musste als stumme Antwort genügen. Sie gaben sicherlich ein lächerliches Paar ab, vollkommen fehl am Platz in einer Kapelle. Eine dunkelhaarige

Frau mit Waffe, in Shorts und mit viel zu großem Shirt und eine blonde ehemalige Schwester in biederer Schlafanzugshose mit einem bunten Kapuzenpullover.

Sie trennten sich, suchten die Kapelle ab. „Also hier sind sie nicht reingekommen", stellte Carmen Schwarz fest.

„Nein." Irgendetwas war seltsam. „Vielleicht sollten wir die Mutter Oberin über die Geräusche informieren.

„Meinen Sie nicht, dass die alte Schreckschraube längst wach ist?" Die Polizistin ließ ihre Wirbelsäule knacken. „Und dann muss sie nur noch ihre Flügel ausbreiten und ihren Schlafplatz an der Decke räumen."

Victoria konnte sich ein Schmunzeln nicht verkneifen, als sie wieder auf den Gang traten. Die Oberin als bissige Fledermaus – wie passend.

Carmen Schwarz sah sich um, senkte die Stimme. „Also, in welcher Höhle schläft der Obervampir?"

Mit gebotener Zurückhaltung führte Victoria die Polizistin zum Schlafplatz der Vorsteherin, direkt gegenüber ihrem Büro. Noch nie hatte sie das Zimmer betreten, geschweige denn, die Oberin in ihrer Nachtruhe gestört. Ihre Hand zitterte, als sie anklopfen wollte. Etwas hielt sie davon ab, ihre Knöchel tatsächlich gegen das Holz zu schlagen.

„Lassen Sie mich mal." Carmen Schwarz donnerte ihre Faust gegen die Tür. Sie zog die Brauen hoch und zuckte mit den Schultern. „Ich kann verstehen, dass Sie sich unwohl fühlen. Jeder hat sein Kryptonit. Meins ist ein Meter neunzig groß, muskelbepackt und Chef der Mordkommission."

„Und der Herr in Berlin?"

Sie seufzte genervt. „Gut, ich habe zwei Kryptonits. Sagt man das so? Ach, ist ja auch egal."

„Wie geht es ihm eigentlich, Blacky?"

Sie zwickte Victoria in die Schulter. „Ich wollte Tom anrufen, seine Frau ist allerdings ans Handy gegangen."

„Sie haben aufgelegt, oder?"

„Jep. Wieso dauert das so lange?" Bevor Victoria einschreiten konnte, drückte Carmen Schwarz die schwere Klinke hinunter und stürzte in den Raum. „Das gibt es doch nicht!"

Zögerlich trat Victoria ein. Es war ihr Refugium, ihre Heiligkeit, und, das musste sie zugeben, unter den Schwestern hatte das Zimmer einen mythischen Ruf. Jetzt war sie jedoch enttäuscht.

Ein hölzerner Schreibtisch, eine saubere alte Toilette, eine Duschwand, ein paar Bücher und ein frisch bezogenes Bett. Verlassen.

„Ist das normal?"

„Nein. Sie sollte hier sein." Victoria rieb sich die Schläfen. Ein leichtes Pochen hinter ihrer Stirn ließ sie zusammenzucken. „Aber was weiß ich? Mittlerweile ist gar nichts mehr normal." Sie warf der Jesusfigur an dem einsamen Kreuz an der Wand einen kühlen Blick zu. Ein wenig Unterstützung wäre nicht schlecht.

„Moment mal." Die Kommissarin hob den Finger, schien in die Stille zu lauschen und sprach nicht mehr im Flüsterton, sondern mit starker, fast zu lauter Stimme. „Hören Sie das?"

„Was denn?"

„Ganz genau!" Die Polizistin lief energisch aus dem Raum, schaltete das Licht im Flur an, ging zum nächsten Zimmer und riss die Klinke nach unten. Ein kurzer Blick, dann war das nächste Zimmer dran, dann das nächste und ein weiteres. „Es ist ruhig. Zu ruhig. Mittlerweile sollte selbst die schwerhörigste Nonne aus ihrem Dornröschenschlaf erwacht sein."

Ein dicker Kloß drückte sich Victorias Hals hinab, als sie in das erste Zimmer lugte. Es war leer. Außer ihnen beiden war im Kloster keine Menschenseele. Die Habits lagen sorgsam gefaltet auf den gemachten Betten, als würden in der nächsten Sekunde die neuen Novizinnen das Zimmer beziehen.

„Sie sind weg", sprach Carmen Schwarz Victorias Gedanken aus und riss die Schränke auf. „Alle ausgeflogen, wie die Vöglein. Verdammte Ninjanonnen."

„Nicht fluchen."

„Jaja, Verzeihung." Die Polizistin kontrollierte die anderen Schränke. „Ihre Schwestern tragen ihre Privatkleidung, damit sie nicht auffallen." Mit Schwung schlug sie die Schranktür zu. „Die alte Fledermaus hat uns gehörig verarscht. Das letzte Geräusch muss von einem Nebenausgang oder eine Geheimtür gestammt haben." Sie steckte ihre Pistole zurück ins Schulterholster. „Ich wette, die ganzen Mönche aus dem Partnerkloster in München sind ebenfalls ausgeflogen."

„Wahrscheinlich." Victoria nickte und ließ sich auf eines der Betten fallen. Sie konnte nicht glauben, dass die Oberin sie so hinters Licht geführt hatte. Kälte drang mit einem Mal in sie ein. Unbarmherzig und ohne Gnade. Sie hatte zu der Oberin aufgesehen, ihr vertraut, und diese Frau hatte ihnen Sand in die Augen gestreut und sie in einer trügerischen Sicherheit gewiegt, doch hinterrücks war Verrat ihr Mittel der Wahl.

„Ich kann die alte Schachtel verstehen." Das Bett wippte nach, als sich Carmen Schwarz neben ihr niederließ. Es tat gut, die Wärme ihrer Haut zu spüren. „Wenn es stimmt, was sie sagt, ist die Chance groß, dass wir die Attentäter der Sekte genau zu ihrem Zufluchtsort geführt haben. Ihr ist gar nichts anderes übriggeblieben, als ihre Schwestern zu schnappen und die Flucht zu ergreifen. Nur während Nacht und Nebel hatten sie eine reelle Chance, aus dem Fadenkreuz der Jungfische zu entwischen. Außerdem entgehen sie auf diese Weise unseren unangenehmen Fragen, und die Oberin kann ihre Lügengeschichten aufrechterhalten." Die Kommissarin lehnte sich gegen die Wand. „Eigentlich sogar ziemlich geschickt von der Alten. Sie schützt ihre Mädchen. Nicht mehr, nicht weniger."

Victoria nickte. Wie so oft brachte es die Polizistin auf den Punkt. Nur warum schmerzte es diesmal, als würden Nägel ihr Herz malträtieren? „Fühlt sich trotzdem scheiße an."

„Hey, wie war das mit dem Fluchen?", raunte Carmen Schwarz und zog sie an einer Hand auf die Beine. „Gewöhnen Sie sich dran. Die Menschen sind halt die schlimmste Spezies auf diesem Planeten. Am besten, Sie finden sich gleich damit ab."

„Wie zynisch."

„Wie wahr!" Sie sah sich um. „Und jetzt, Schwester? Haben Sie eine Idee?"

Victoria zuckte kraftlos mit den Schultern.

„Sie haben hier doch Jahre auf den Knien verbracht, die Ecken mit einem alten Lappen geschrubbt und Lieder geträllert", meinte Carmen Schwarz. Der Sarkasmus tropfte aus jeder Silbe. „Sollten Ihnen dann nicht alle Geheimgänge bekannt sein?"

Victorias Augen verengten sich zu Schlitzen. „Ich glaube, Sie haben eine sehr antiquierte Vorstellung vom Bild der Nonne. Wie ich bereits gesagt habe, wir sind Cellitinnen und widmen uns der Krankenpflege. Unsere Schwestern unterrichten, arbeiten in Krankenhäusern und Hospizen. Wir unterstützen Hebammen, um neues Leben auf die Welt zu bringen, oder begleiten die Menschen auf ihrem letzten Weg."

„Niemand will Ihre Leistungen schmälern. Aber wenn jemand etwas merkwürdig finden sollte, dann wohl eine Nonne mit ausgeprägtem Spürsinn."

Das Kompliment ließ ihre Mundwinkel zucken. „Ich habe keine Ahnung", flüsterte sie und fixierte einen weit entfernten Punkt.

Carmen Schwarz packte ihr Handgelenk. „Denken Sie nach, Lescale. Wo würden Sie etwas verstecken? Wo würde Sie einen Geheimgang platzieren?"

Victoria biss sich auf die Unterlippe. „Ich weiß nicht, unterm Altar vielleicht? Neben dem Büro der Oberin ist es der älteste Bau."

„Das ist es." Als hätten die Worte ein inneres Feuer entfacht, lief Carmen los. „Kommen Sie mit!"

Als sie das Büro betraten, war alles wie immer. Lediglich der schwere Qualm und der Zigarrenstummel im Aschenbecher deuteten noch darauf hin, dass dies kein normaler Abend im Leben der Oberin gewesen war.

„Und jetzt?"

„Sie haben es selbst gesagt, Klöster wurden damals oftmals Opfer von Überfällen. Wenn Sie die damalige Oberin wären, was wäre Ihre Exit-Strategie?"

Düstere Gedanken lähmten Victorias Verstand. Erst jetzt fiel der Groschen. „Ein Ort, wo ich mich am meisten aufhalte." Sie sah sich um, berührte jede Steinfuge und schob den Schreibtisch beiseite. „Suchen Sie weiter."

Sie stellten das Interieur auf den Kopf, begutachteten alle Ecken und suchten nach Schlüsseln oder dergleichen. Doch selbst nach intensiven Bemühungen war ihnen kein Erfolg vergönnt. Erschöpft ließen sie sich auf die knarrenden Holzstühle sinken.

„Vielleicht sind sie einfach durch die Vordertür raus." In ihrer Stimme schwang Enttäuschung mit. „Obwohl das ziemlich auffallen würde. Wäre ja auch zu schön gewesen, wenn es mal einfach wäre, hab ich recht, Lescale?" Sie stupste Victoria in die Seite. „Hey, Schwester, alles gut mit Ihnen?"

„Cellitinnen", flüsterte sie und ließ eines der Wandbilder nicht aus den Augen. Als hätte der Blick des bärtigen Mannes sie in einen hypnotischen Bann gezogen, war es ihr nicht möglich, den Kopf zu bewegen. „Cellitinnen", flüsterte sie erneut. „Wir sind Cellitinnen."

„Sie erwähnten es das ein oder andere Mal." Carmen Schwarz erhob sich, wedelte mit der flachen Hand vor Victorias Augen und löste sie erst dadurch aus ihrer Trance. „Was ist los mit Ihnen?"

„Wir sind Cellitinnen, kein Franziskanerorden, der von Franz von Assisi gegründet wurde." Sie deutete auf die Steinfigur des Mannes.

„Ah, ich habe mich schon gefragt, was dieser Mittelalterhipster hier zu suchen hat.“

Diesmal war es Victoria, die aufstand, als wäre sie von einer Tarantel gestochen worden. Mit hektischen Bewegungen berührte sie die Statue, tastete und drückte, bis sie sich zu seinem Stab vorgearbeitet hatte. „Dort liegt kein Staub.“

„Und das bedeutet?“

Ihre Blicke trafen sich. Mit aller Kraft zog Victoria den Stab zu sich heran. Ihr Herz blieb beinahe stehen, als er sich löste und die Entriegelung mit einem lauten Klacken die Sicht in eine Kammer freigab.

„Beim Allmächtigen!“ Sie musste sich bekreuzigen und widerstand dem Drang, auf die Knie zu fallen. Als Nächstes überkam sie eine Welle der Glückseligkeit, die für einen Moment all das Böse verdrängte.

„Verdammt, das war Indiana-Jones-mäßig, richtiger Lara-Croft-Scheiß!“, jubilierte Carmen Schwarz und drückte Victoria an sich.

„Nicht fluchen bitte.“

„Sorry.“ Die Kommissarin zog ihre Waffe. „Ich glaube ja nicht an den Großen da oben, aber eins muss man seinem Bodenpersonal lassen: Geheimnisse können sie bewahren.“

„Ja“, stöhnte Victoria. „Leider manchmal zu gut.“

Es gab weder Lichtschalter noch Lampen, sodass der Schein ihrer Mobiltelefone ausreichen musste, um das Zimmer zu erhellen.

Sie zögerten, bevor sie die Fackeln an den Wänden entzündeten. Zu ihrer Überraschung hatten die Erbauer sogar an Luftschächte und einen Kamin gedacht.

„Würde mich nicht wundern, wenn wir gleich noch eine Eiserne Jungfrau oder eine Streckbank finden“, murmelte Carmen Schwarz vor sich hin und sicherte den Raum in alle Richtungen. „Dort sind sie raus.“ Sie deutete mit dem Lauf der Waffe auf eine Tür, die gerade einmal einen Meter groß und breit war. „Das muss Ihr geheimnisvolles Geräusch gewesen sein.“

„Offensichtlich.“ Victoria drückte ihr gesamtes Körpergewicht gegen die Tür. Erst beim zweiten Anlauf gab das Holz nach, und ein Luftzug wehte ihnen entgegen. „Der Gang geht tief hinter die Kapelle. Vielleicht führt er zum Stadtpark.“ Sie widerstand der Versuchung, ihren ehemaligen Schwestern zu folgen, und leuchtete mit ihrem Handy lediglich in den Gang. Ein Windstoß fegte durch den Korridor und blies eine Fackel aus. Weißlicher Rauch stieg vom noch glühenden Docht auf und hinterließ einen angenehmen Geruch.

„Sie sind längst über alle Berge.“ Carmen Schwarz’ Interesse galt nicht den uralten Bücherregalen, dem massigen, antiken Schreibtisch oder gar den Schriftrollen in der Kammer. Sie interessierte der moderne Eisenschrank in der Ecke. Mit einem Ruck waren die Türen geöffnet. „Was haben wir denn hier?“ Sie hielt etwas in die Höhe, das Victoria erst auf den zweiten Blick einzuordnen vermochte. „Schauen Sie mal, Schwester. Sie sind doch unschuldig.“

„Wie bitte?“

„Die Akte und das Tagebuch von Fayola Bakare“, sagte sie, ließ es im hohen Bogen auf den Schreibtisch fallen und wirbelte dabei so viel Staub auf, dass beide husten mussten. „Na ja, zumindest, was davon übrig ist.“

Victoria traute ihren Augen nicht. In all den Jahren hatte sie gedacht, dass ihre Zimmergenossin nur ein paar Gedanken aufschrieb, vielleicht Bilder malte oder Gedichte notierte. Jahrelang hatte es unter ihrem Kopfkissen gelegen, in Reichweite, und nun waren es die letzten Ängste einer Toten und ihre einzige Chance, dieser widerwärtigen Sekte das Handwerk zu legen.

Ein Schauer überkam Victoria, nachdem sie über den Bucheinband gestrichen und das weiche Leder befühlt hatte. Das Tagebuch sah abgenutzt aus, als hätte es Fayola eine halbe Ewigkeit mit sich herumgetragen, und wog schwer, als wäre die Last der ganzen Welt auf den Seiten zu finden. „Verzeih mir, Fayola", hauchte sie und öffnete das Buch.

„Und?" Carmen Schwarz leuchtete kurz zu ihr und sichtete im Anschluss weiter die Unterlagen. „Was steht drin?"

„In der Mitte sind Dutzende Seiten herausgerissen worden." Ihr Blick fiel auf den Ofen. Ein paar verkohlte Papierschnipsel waren noch zu erkennen. Mutter Oberin musste die Schilderungen nur schwerlich ertragen und daher verbrannt haben. Sie konnte es ihr nicht verdenken. „Scheinbar im Zorn", erklärte Victoria und blätterte auf die ersten Seiten. „Es beginnt in der Schulzeit. Ein paar Tage, nach dem Unfall in Berlin."

„Dann lassen Sie mal hören", forderte die Kommissarin sie auf, kniete sich hin und unterbrach für einen Moment ihre Suche. „Natürlich nur, wenn das okay für Sie ist."

Mühsam kämpfte Victoria das Verlangen nieder, das Buch wieder auf den Tisch zu legen. Ihr stiegen Tränen in die Augen. Sie räusperte sich, versuchte, ein paar Sekunden zu gewinnen, doch das Unvermeidliche zögerte sie damit nur hinaus.

„Ich spüre die Peitschenhiebe immer noch auf meinem Rücken. Sie tun so weh, dass ich jedes Mal weinen muss, wenn die Nonnen mir ein neues Hemd anziehen. Schlafen kann ich auch nicht, und ich vermisse John. Er ist wieder losgezogen, dabei ist er nur ein paar Jahre älter als ich. Am liebsten wäre ich mit ihm gegangen, doch ich muss hierbleiben, hat er gesagt. Vielleicht ist das auch besser so. Da unten bin ich immer noch wund, aber es wird besser. Schwester Marie ist mit mir zu einem Arzt gegangen. Ich mag Schwester Marie. Sie sagt, dass sie irgendwann mal Oberin werden will, damit sie noch mehr Mädchen helfen kann. Ich weiß nicht, warum sie als Oberin mehr helfen kann, das ist mir eigentlich egal, denn sie ist nett und liest mir abends vor. Außerdem kommen keine Männer mehr nachts in mein Zimmer, sagt Schwester Marie, da passt sie ganz doll auf. Auch der Arzt wäre ganz nett, hat sie gesagt, nur deshalb habe ich aufgehört zu weinen und bin mit ihr gegangen. Er hat gesagt, dass alles gut wird, und hat mir eine Spritze gegeben. Es hat gepikst. Danach wollte er mir Bonbons geben. Ich wollte nicht, denn ich habe Angst, dass ich ihn danach küssen muss wie die anderen Männer. Ich will keine Bonbons mehr bekommen, denn dann muss ich mit den Männern spielen, die mich ..."

Ihr versagte die Stimme.

Die Kommissarin erhob sich langsam, legte ihre Hand auf Victorias Schulter und drückte sie an sich.

„Überlassen Sie mir das", sagte Carmen Schwarz leise und nahm das Buch an sich. Im Stillen las sie die unzähligen Torturen und den Leidensweg von Fayola, bis die wenigen intakten Seiten endeten. „Kein Anhaltspunkt, wo die *Puer Piscis* residieren. Selbst die letzte Seite wurde herausgerissen." Sie kniete sich neben Victoria an die kalte Steinwand. „Tja, das war es dann wohl."

„Nicht ganz." Mit einem Ruck zog die Schwester das Buch an sich. „Haben Sie früher nie die Mickey-Mouse-Hefte gelesen?"

„Doch, aber mich wundert, dass Sie – oh!"

Sie nahm sich einen Bleistift, ein leeres Blatt und schraffierte die letzten eingedrückten Eintragungen von Fayola.

„Eigentlich waren Comics in der Klosterschule verboten. Aber die Kinder haben sie von außen mitgebracht, und dann, auf der Mädchentoilette ..."

„... haben sie Starschnitte aus der *Bravo* gesammelt, Ihre ersten Penisse bei Doktor Sommer begutachtet, sich gefragt, wie jemals ein Tampon passen soll, und per Test herausgefunden, welcher Schwarm am besten zu Ihnen passt", beendete die Polizistin ihren Satz.

„Woher wissen Sie das?" Behutsam ließ Victoria den Bleistift über die letzte Seite des Tagebuchs gleiten. Schon bald wurden die Worte ihrer Zimmergenossin sichtbar.

„Haben wir auch gemacht. Das ist bei allen Mädchen gleich. Glauben Sie mir." Sie rückte näher heran. „Und? Können Sie etwas erkennen?"

„Eine ganze Menge sogar." Zärtlich pustete sie über das Blatt. Das Graphit tanzte, und zum Vorschein kam Fayolas winzig kleine krakelige Schrift. „Es sieht so aus, als hätte sie die letzten Absätze in großer Eile geschrieben."

„Wusste sie, welches Schicksal ihr blühte?"

Ein paar Herzschläge ließ Victoria ihren Gedanken freien Lauf, dann zuckte sie mit den Schultern. „Das werden wir vielleicht nie herausfinden." Sie musste das Blatt so nah an die lodernde Fackel halten, dass sich die Hitze unangenehmen auf ihre Haut legte.

„Und?"

„Ich spüre die kalte Umarmung des Todes."

Aus Carmen Schwarz' Augen sprühte Unverständnis. „Bitte was?"

„Das war der erste Satz: *Ich spüre die kalte Umarmung des Todes.*"

„Oh." Die Polizistin lächelte aufmunternd. „Das tut mir leid."

„Danke." Victoria erwiderte das Lächeln. „Sie hatte schon immer einen Hang zu Theatralik und blumigen Worten."

„Sie scheint eine interessante Persönlichkeit gewesen zu sein."

„Das war sie", bestätigte Victoria. „Und ein toller Mensch." Sie hielt die Seite erneut ins Licht.

„Ich spüre die kalte Umarmung des Todes. Immer näher schleicht sich das Unvermeidliche heran und belastet mit jedem Atemzug schwerer mein Gewissen. Vielleicht ist es die Strafe, die mir zusteht. Ich weiß es nicht, aber schon bald werde ich die Gelegenheit haben, ihn zu fragen. Seine Taten sind unergründlich. Doch in der wenigen Zeit, die mir geblieben ist, beginne ich, sie zu verstehen. Zumindest meine letzten Atemzüge muss ich nutzen, um das Richtige zu tun, rechtschaffen zu sein und meine Sünden zu tilgen. Auch wenn es mir das Herz zerbricht.“

„Sie wusste, dass sie sterben wird.“

„Scheint so. Und vielleicht wollte sie sich jedoch in den letzten Stunden mit John aussprechen. Zumindest würde ich das wollen, wenn ich wüsste, dass der Krebs meine Lunge zerfrisst. Kurz davor muss sie den Schlächtern der Sekte in die Hände gefallen sein.“ Victoria schärfte ihren Blick. Die Schrift wurde unleserlicher. Beinahe schien es, als hätte sie die letzten Sätze kurz vor ihrem Tod niedergeschrieben.

„Selbst wenn es mir gelingt, bin ich in tiefer Sorge, dass das Jüngste Gericht mir meine Angst nicht verzeihen wird und ich auf ewig Höllenqualen leiden werde für das, was ich getan habe. Noch immer schmecke ich in dunklen Nächten die salzige Brise des Tajo auf meiner Zunge und rieche den holzigen Geruch der Tannenbäume, die die Villa in Almada Olho de Boi umgeben. Ich zucke zusammen, wenn ein Lastkraftwagen hupt, da es den Signalhörnern der riesigen Containerschiffe gleicht. Jede Nacht glitzerten ihre Lichter auf dem Tajo *und spiegelten sich auf der Ponte fünfundzwanzig de Abril. Die Männer standen auf der anderen Küstenseite, als wollten sie die ankommende Ware begutachten. Mehr waren wir nicht. Ware, die ein Millionengeschäft fütterte wie ein gefräßiges Monster und dabei die Seelen der Schwächsten im Mahlstrom der Macht in winzig kleine Teile zerbersten ließ."*

„Jackpot", flüsterte Carmen Schwarz, zückte ihr Handy und hatte schon bald eine Karten-App geöffnet. „Der Umschlagplatz der Sekte liegt in Portugal, in der Nähe des Lissabonner Containerhafens. Dort werden also die Menschen aus Afrika und Asien hin verschifft und über ganz Europa verteilt." Sie vergrößerte die Karte. „Wenn es stimmt, was Ihre Zimmergenossin schreibt, muss das Hauptquartier in einer der Villen auf der gegenüberliegenden Seite in Almada liegen. Steht da noch etwas?"

„Ein letzter Absatz", antwortete Victoria.

„Die Machtkämpfe innerhalb Europas haben sie verwundbar gemacht. Gott ruft mich zu sich, doch bevor ich vor meinen Schöpfer trete, muss ich noch eine Aufgabe erfüllen. Eine letzte. Der Allmächtige stehe mir bei."

Ihre schlimmsten Befürchtungen waren zu einer noch grausameren Wahrheit geworden. „Sie wusste es. Sie wusste es die ganze Zeit. Warum hat Fayola nichts unternommen?"

Carmen Schwarz nahm das Buch an sich und strich über die Seiten. „Weil sie der Polizei nicht vertraut hat, seit den Vorkommnissen in Berlin. Sie wusste nicht, an wen sie sich wenden sollte und wie weit die Macht der Jungfische reicht. Es ist auch denkbar, dass sie den Aufenthaltsort ihrer Schwestern nicht verraten wollte." Sie hob das Buch in die Höhe und sah sich um. „Das Gleiche gilt für die Oberin. Nur ein Wort und die Sekte hätte all ihre befreiten Kinder wiedergefunden, die Anzeige wäre im Sand verlaufen, und die Presse …" Sie seufzte wütend. „Was die Chefredakteure der Zeitungen angeht, bin ich ratlos." Sie stand auf und drückte ihr Kreuz durch. „Damals schienen sie kein großes Interesse daran gehabt zu haben, weiter zu recherchieren. Also vielleicht reichen die Arme der Sekte schon in die Presseorgane, und die Medien bedienen sich am üppigen Fleischbüfett, das ihnen diese widerliche Sekte präsentiert."

Victorias Knochen mussten Tonnen wiegen. Nur unter größter Kraftanstrengung konnte sie aufstehen. „Aber vielleicht", sie hielt einen Augenblick inne, „vielleicht war sie einfach feige." Sie fixierte die Kommissarin. „Jahrelang hat sie neben mir geschlafen und das Geheimnis gehütet, während unschuldige Kinder Opfer von perversen Gelüsten wurden." Der Ton wurde schärfer und ihre Stimme so laut, dass die Gemäuer ihre Worte zurückwarfen. „Es ist gleichgültig, wie oft sie auf Knien um Vergebung bat, solange sie nicht handelte. Wenn Sie mich fragen, lasten die Verbrechen auch auf ihren Schultern. Es war feige, nicht zu versuchen, an die Öffentlichkeit zu gehen, es war feige, sich nicht an die Polizei zu wenden, und feige sich zu verstecken, während unzählige Seelen zerstört wurden. Selbst wenn es ihren Tod bedeutete hätte." Sie redete

sich in Rage. Sie nahm ihr das Buch ab und beförderte
es in die Flammen. Kurz loderte es auf, dann landete es
mit verkohlten Rändern auf dem staubigen Boden.

*„Wer aber Unrecht tut, der wird empfangen, was er Un-
recht getan hat.* Brief des Paulus an die Kolosser.“

Mit wachsender Nervosität sah sich Carmen Schwarz
um. „Lescale, ich kann verstehen, dass Sie wütend sind.
Nur bedenken Sie Schwester Fayolas Lage. Sie hatte
das Vertrauen in alle Institutionen verloren. Wahrscheinlich hätten Sie genauso gehandelt. Ich kann nur
erahnen, wie schwer es ihr Gewissen belastet haben
muss. Unter Umständen war Ihre Freundin sogar
klug.“

„War sie nicht“, schrie Victoria. Tränen schossen ihr
in die Augen und ließen die Sicht verschwimmen. „Sie
war feige, eine Heuchlerin, die Barmherzigkeit predigte
und Gleichgültigkeit lebte.“

Die Polizistin kam näher, fasste ihre Schultern.
„Manchmal ist Recht nicht das Gleiche wie Gerechtigkeit. Sie müssten das am besten wissen.“ Mehrfach versuchte sie, ihren Blick einzufangen, und wartete mit ihren nächsten Worten, bis es ihr gelang. „Es gibt nur eine
Sache, die wir jetzt tun können. Wir sollten smart sein
und einen kühlen Kopf bewahren.“

„Sie wollen auch aufgeben.“ Trotzig, fast wütend zog
Victoria die Nase hoch. „Sich verkriechen, weil unser
Leben hier im reichen Deutschland ja ach so wundervoll und sorgenfrei ist. Alles andere blenden wir aus
oder kleben ein dickes Konsumpflaster darüber.“ Sie
spuckte verächtlich auf den Boden. „Die reiche Tochter

hat genug von Moral." Sie schlug die Arme der Kommissarin weg. „Demonstrieren gegen Globalisierung – gerne, aber danach eine Coke und einen Burger bitte. Anschließend regen wir uns noch ein wenig über Kinderarbeit auf, kaufen jedoch das neueste Handy, gucken die Fußball-WM in Wüstenstaaten, obwohl wir genau wissen, dass unter den Stadien die Leichen der Billigarbeiter liegen, essen Würstchen für neunundneunzig Cent und spenden fürs Tierheim, damit wir uns nicht so scheiße fühlen müssen."

„Sie fluchen", stellte Carmen Schwarz kühl fest.

„Ich habe allen Grund dazu."

Auch die Stimme der Polizistin nahm an Intensität zu. „Was Ihre Zimmergenossin getan hat – oder nicht getan hat –, tut mir leid. Sie wird ihre Gründe gehabt haben. Nur Wut ist und bleibt ein verdammt schlechter Ratgeber."

„Besser, als sich zu verstecken."

„Wir werden uns nicht verstecken, Lescale. Das können Sie allerdings nur hören, wenn Sie mal von Ihrem verdammt hohen Ross runtersteigen würden", presste sie hervor. Ihr Kiefer mahlte vor Zorn. „Ich will diese Widerlinge genau wie Sie in die Hölle schicken. Doch das geht nur mit einem Plan!" Sie fuhr sich durchs Haar. „Und entschuldigen Sie bitte die Ausdrucksweise."

Victorias Puls beruhigte sich. „Schon in Ordnung." Sie hätte nicht gedacht, dass die Tochter aus gutem Hause, die Yale-Studentin und baldige leitende Ermittlerin im Landeskriminalamt für so etwas ihren Kopf riskieren würde. „Danke schön."

„Es gibt nichts, wofür Sie sich bedanken müssten. Es ist unser Fall, wir holen die Kinder da raus und lösen ihn gemeinsam. Selbst wenn wir niemandem vertrauen können.“

Victoria spürte, wie ihre Augen erneut einen feuchten Glanz bekamen. Diesmal vor Freude. „Was schlagen Sie vor?“

„Wir brauchen erst einmal eine Portion Schlaf.“ Sie dehnte sich, als könnte sie das Grauen einfach aus den Gliedern drücken. „Wir suchen uns ein Hotel mit flauschigen Betten und wägen ab, wem wir vertrauen können, einverstanden?“

„Einverstanden.“

„Dann nichts wie los. Ich will keine weitere Sekunde in diesem Gemäuer verbringen.“

Zu gerne hätte Victoria die Ermittlerin an sich gedrückt. Das Gefühl in ihr war schwer zu beschreiben. Irgendetwas zwischen glücksseliger Euphorie, abgrundtiefer Angst und unbändigem Zorn. Sie taten zumindest etwas, auch wenn der liebe Herrgott sie vielleicht zu sich rufen würde. Inständig hoffte sie, dass es sein Plan war, obwohl es gleichzeitig vermessen war zu denken, dass der Allmächtige selbst sie auf diese Mission schickte.

Sie wischte den Gedanken fort, ging im Laufschritt zu ihrem Zimmer, packte ihre Sachen, zog sich eine andere Hose an, und keine zehn Minuten später saßen sie draußen in Carmen Schwarz' Sportwagen.

„Kennen Sie ein gutes Hotel?“, wollte die Kommissarin wissen.

Ein fragender Blick war die Antwort. „Meinen Sie wirklich, dass ich als Nonne in vielen Luxushotels genächtigt hätte?“

„Hätte ja sein können. Einige Bischöfe haben sehr wohl einen Hang zum Luxus und …“

„Drehen Sie das lauter!“

„Wie bitte?“

Mit einem Mal pochte Victorias Herz so laut, dass sie Angst hatte, es würde ihr aus der Brust springen. „Das Radio, machen Sie es lauter!“ Ihr gefror das Blut in den Adern, als die Stimme von Alexander Hartup erklang. Den samtweichen Ton und die ausgewählte Wortwahl hätte sie überall wiedererkannt.

„Das gibt es doch nicht! Er müsste längst im Knast schmoren und keine …“

„Sch!“

Gemeinsam lauschten sie der Stimme.

„… es war also keine Verhaftung, Herr Hartup?“, wollte die Moderatorin wissen.

„Auf keinen Fall“, widersprach der Politiker und lachte, als wäre er auf einen Aprilscherz hereingefallen. „Es war eher eine Art Überprüfung. Sehen Sie, wir von der *Partei für ein starkes Europa* sind für einen schlagkräftigen Rechtsstaat. Ich persönlich begebe mich dahin, wo es wehtut, damit ich am Puls der Zeit sein kann, und erkenne, was die Ängste der Menschen sind.“

„Manche würden sagen, Sie haben Ihre Kontakte spielen lassen, um einer Strafverfolgung zu entgehen.“

„So? Wer würde das sagen?“

„Nun, unsere Quellen …“

„Ihre Quellen wurden mit Fake News gefüttert, davon können Sie ausgehen.“ Der Mann sprach die Worte so, dass sie wie ein Kompliment klangen. Er holte tief Luft. „Bei einer Razzia war ich zufällig anwesend, weil ich in diesem Bereich recherchiere. Ich wäre nicht entlassen worden, wenn ich nicht unschuldig wäre. Sie können sich bestimmt vorstellen, dass die Bundesrepublik einigen Nachholbedarf hat, was die innere Sicherheit betrifft. Dafür haben die Politiker der letzten Jahre mit ihren Grenzöffnungen und einer falsch verstandenen Willkommensmentalität gesorgt.“

„Und da haben Sie gedacht, Sie sehen persönlich nach dem Rechten?“

Wieder dieses charmante Lachen. Es klang wie Hohn in Victorias Ohren. Mit jedem Herzschlag wuchs ihre Wut.

„Was für ein wunderbares Wortspiel: nach dem Rechten sehen. Wirklich treffend“, fuhr er mit sanfter Stimme fort. „Aber es stimmt, man kann kein Land führen, wenn man die Probleme nicht kennt. Das ist der Fehler der etablierten Politiker. Die Bürger entfremden sich von den vermeintlichen Eliten. Ich halte meine Parteifreunde an, das Gleiche zu tun, was meine Recherche am Rand der Gesellschaft und den Brennpunkten betrifft. Sie können sich sicher sein, dass ich das alles zum Wohle meines Landes tue. Nur den Schutz der Bürger und ihre Interessen habe ich im Sinn, nichts anderes.“

„Selbstverständlich. Niemand hat die Absicht, eine Mauer zu errichten.“ Jetzt war es die Moderatorin, die spöttisch lachte. „Sie meinen also, die Menschen denken genauso?“

Hartup holte erneut Luft. „Wenn man sich unsere Umfragewerte ansieht, lässt es keinen anderen Schluss zu, als dass unsere Arbeit Früchte trägt. Innerhalb weniger Wochen haben wir noch einmal drei Prozentpunkte zugelegt. Ich bin fest davon überzeugt, dass die Menschen die PSD brauchen, sie wollen und bei der kommenden Bundestagswahl wählen werden."

„Wir werden sehen." Ein lang gezogenes Räuspern drang aus den Lautsprechern. Zu abwertend, um als normale Gesprächsinteraktion durchzugehen. Die Moderatorin machte unverhohlen klar, was sie von diesem Mann hielt. „Das war Alexander Hartup, Bundesvorsitzender der PSE, nach seiner Verhaftung in Berlin. Vielen Dank für das Gespräch."

„Auch ich möchte mich bei Ihnen ..."

„Dieses Arschloch", ätzte Carmen Schwarz und schaltete das Radio aus. „Wie konnte er das nur drehen? Ich sage Ihnen, auch er steckt bis zum Scheitel in den *Puer Piscis* und hat seine Beziehungen zur Polizei ausgenutzt. Diese Sache ist groß. Verdammt groß, Schwester."

„Ich glaube, damit ist unser Plan durchkreuzt, dass wir abwägen, wem wir vertrauen können." Die Antwort war so einfach wie niederschmetternd – gar keinem.

Die Polizistin nickte. „Wir müssen es alleine schaffen."

Victoria sah hinaus in die finstere Nacht. Anscheinend fand die Kommissarin nicht den Mut, den Schlüssel umzudrehen. Alles von diesem Zeitpunkt an würde sie in höchste Gefahr bringen. Ihnen beiden war das nur allzu bewusst. Der Feind war ein übermächtiger Krake. Schlugen sie einen Arm ab, peitschten ihnen die anderen ins Gesicht. Es war beinahe gleichgültig, an wie viele Polizisten und Presseleute sie sich wandten. Sie konnten sich nie sicher sein, dass jemand sie nicht verriet.

„Es gibt nur eine Möglichkeit", sagte Victoria tonlos.

„Und die wäre?"

„Die Menschen." Ihre Lider flatterten. „Wir müssen die ganze Sache direkt an die Menschen bringen."

„Und wie …?" Carmen Schwarz hielt inne und schaute hinab. „Ist das Ihr Handy, Lescale?"

Erst hatte Victoria gedacht, dass es sich um ein Signal des ultramodernen Autos handeln würde. Doch tatsächlich vibrierte und klingelte das Mobiltelefon in der Tasche ihres Kapuzenpullovers. „Unbekannte Nummer."

„Stellen Sie den Lautsprecher an", forderte Carmen Schwarz sie auf und rückte näher.

Ein dünner Schweißfilm legte sich auf ihre Haut. Wer, in Herrgottsnamen, rief sie um drei Uhr morgens an? Verwundert nahm sie den Anruf entgegen.

„Hallo?"

„Schwester Victoria Lescale?"

Ihr Magen krampfte, als sie die Stimme hörte. Eine tiefe Beklommenheit hielt sie fest im Griff. „Hartup?" Sie spie seinen Namen aus.

„Ich nehme an, Kommissarin Schwarz nimmt ebenfalls an diesem Gespräch teil."

„Ja, tut sie", zischte sie. „Was wollen Sie pädophiles Arschloch von uns?"

„Mit Ihnen sprechen", antwortete er mit melodischer Stimme. „Warum sollte ich Sie sonst anrufen?"

Er tat so, als wäre ihr Gespräch das Normalste auf der Welt. Dabei zog sich Victorias Magen bei jedem Wort schmerzhaft zusammen. „Woher, zum Teufel, haben Sie diese Nummer?“

„Sie haben Ihre Mobilfunknummer der Polizei gegeben, Schwester Victoria. Erinnern Sie sich? Als Sie auf den Stufen des Klosters Ihre Zeugenaussage gemacht haben.“

Beim Allmächtigen, er hatte recht. Ihr Blick flog zu den Stufen des verlassenen Klosters. Es war nur wenige Tage her, seit dieser Abend Dinge in Gang gesetzt hatte, die ihr ganzes Leben verändern sollten.

„Schön. Sie haben Ihre Kontakte bei der Sekte oder der Polizei spielen lassen, um an die Nummer zu gelangen.“ Carmen Schwarz war in Bestform. Sie lehnte sich zum Telefon. Hass schwang in jedem Satz mit. Am liebsten wäre sie wohl durch die Leitung gekrochen. „Noch mal die Frage: Warum, zum Teufel, rufen Sie uns an?“

„Zuallererst – ich bin kein Mitglied der Sekte. Das kann ich Ihnen versichern.“

„Sah anders aus“, sagte Victoria ruhig. Sie hatte nicht mehr die Kraft, ihn anzubrüllen, und empfand es auch nicht als notwendig. Warum mit dem Teufel streiten? Jeder wusste, dass er böse war.

„Mir ist durchaus bewusst, dass mein Erscheinen einen, sagen wir, zwielichtigen Eindruck bei Ihnen hinterlassen hat. Allerdings verfolgen wir die gleichen Ziele.“

Carmen Schwarz seufzte verächtlich. „Du grenzdebiler Scheißkerl glaubst das nicht wirklich.“

„Selbstverständlich, Frau Kommissarin. Nur weil jemand anderer politischer Auffassung ist, können wir trotzdem das Gleiche wollen. Sie aus persönlichen Gründen, ich aus humanitären."

Die Kommissarin schnalzte mit der Zunge. „Wenn das Ihre rechten Parteifreunde hören. Die stellen Sie direkt an die Wand und laufen einem neuen Mini-Hitler hinterher. So hat man das doch früher gemacht, oder?"

„Das ist nicht unser Ziel, und das wüssten Sie, wenn Sie sich nur die Mühe machen würden, unser Parteiprogramm zu lesen. Dass einige unserer Maßnahmen an den rechten Rand gerückt werden, ist das Ergebnis einer aggressiven Lügenpresse." Er atmete genervt aus. Ein kleiner Riss in der sonst so perfekten Fassade des Charismatikers. Wie oft er diese Lüge schon hatte wiederholen müssen? „Aber zurück zum Thema: Wir wollen das Gleiche, und deshalb will ich Ihnen meine Hilfe anbieten."

„Ihre Hilfe?" Victoria sah weiterhin aus dem Fenster. „Sie bieten uns Ihre rechte Hand an und stechen uns mit der linken ein Messer in den Rücken."

„Mitnichten, Schwester Victoria."

„Ich bin keine Schwester mehr."

„Wie auch immer. Die Sekte soll ruhig denken, dass ich mich für eine Mitgliedschaft interessiere. Glauben Sie mir, es fällt mir ebenso schwer, die armen Kinder zu sehen und dabei dämlich zu grinsen. Es ist nur der einzige Weg, einen Einblick in den Führungszirkel der Jungfische zu erhaschen. Die *Puer Piscis* sind jahrhundertealt, es begann mit der großen Sklavenverschiffung nach Amerika und zieht sich bis heute in die höchsten Ebenen der Eliten. Die Führungsriege ist jedoch zerstritten, die Dependancen der Länder bekämpfen sich gegenseitig. Das gedenke ich auszunutzen."

„O ja, Sie sind ein guter Samariter", raunte Victoria und schüttelte den Kopf. „Es ist eine Falle. Sie wissen das, wir wissen das, und dennoch werden Sie uns nicht von unserem Weg abbringen."

„Seien Sie versichert, das ist nicht mein Begehr." Hartup wartete ein paar Sekunden, seine Atmung beschleunigte sich. „Alles, was ich sage, ist: Wenn Sie Hilfe benötigen, rufen Sie mich an. Die Nummer haben Sie jetzt." Danach klickte es in der Leitung, und seine melodische Stimme verlor sich im Innenraum des Sportwagens.

„So ein Wichser", giftete Carmen Schwarz. „Wahrscheinlich ist das sein Initiationsritus. Er muss uns in die Falle locken, um Vollmitglied zu werden."

„Wahrscheinlich." Nachdenklich tippte Victoria das Mobiltelefon gegen ihr Kinn. „Irgendetwas stimmt nicht."

„Was denn?"

„Hartup hat viel zu verlieren. Wir hätten das Gespräch aufzeichnen können. Er hat zu offen darüber gesprochen, und seine Stimme ..."

„Was ist damit, Lescale? Sie glauben ihm doch nicht etwa?"

„Nein, auf keinen Fall. Ich habe mit eigenen Augen gesehen, wie er grinsend durch die Villa gelaufen ist, während im Keller die Kinder gehalten wurden wie Tiere." Sie steckte das Telefon zurück in die Bauchtasche des Pullovers. „Aber irgendetwas stimmt da nicht."

„Sagt Ihnen das Ihr Draht nach oben?"

„Nein, mein Bauchgefühl."

„Seien Sie vorsichtig mit Ihren Gefühlen. Auch unser Bauch liegt manchmal falsch." Endlich startete Carmen

Schwarz den Wagen, suchte im Navigationssystem ein Vier-Sterne-Hotel heraus und drückte das Gaspedal durch. „Also, wie war das mit Ihrem Plan? Wir müssen an die Menschen?"

„Ich erkläre es Ihnen, wenn Sie ordentlich fahren."

„Versprochen, Schwester."

„Ich bin keine … Ach, vergessen Sie es."

Kapitel 16 – Das Tor zur Hölle

Schwarz

„Grauer Lkw, rechte Seite fast verrostet, Kennzeichen fünfundneunzig-AZ-fünfundvierzig." Beinahe im Befehlston drang Victorias Stimme durch das Funkgerät.

„Kam über die Brücke, ist durchgefahren", erwiderte Carmen gelangweilt. „Wie die letzten fünfhundert in den letzten acht Tagen."

„Roter Lkw mit der Aufschrift *Brandenburg Logistik*, Kennzeichen D-NB-hundertvierundfünfzig."

Carmen rieb sich die Schläfen und wartete ein paar Minuten, bis das Fahrzeug die Brücke passierte. „Ist auch nicht zu den Villen abgebogen", flüsterte sie und hielt den Sprechknopf gedrückt. „Und was ist, wenn Fayolas Informationen falsch oder veraltet waren? Wenn die Sekte mittlerweile andere Routen benutzt? Schwester, ich möchte ehrlich zu Ihnen sein: Wir könnten hier bis zum Sankt-Nimmerleins-Tag sitzen und Lastkraftwagen überprüfen, falls die Sekte ihre Lokalität gewechselt hat."

„Haben Sie eine bessere Idee?"

Sie zog Luft durch die geschlossenen Zähne, schloss die Lider und lehnte das Funkgerät gegen die Stirn.

Acht Tage saßen sie nun hier. Acht lange Tage ohne Ergebnis.

„Nein, habe ich nicht."

„Gut. Weißer Transporter eines Obsthandels, mit einer übergroßen lachenden Kirsche an den Außenwänden, Kennzeichen dreiundachtzig-ST-dreizehn."

Carmen legte den Kopf auf den Tisch des Cafés. Exakt drei Minuten, dreiunddreißig Sekunden – kleine Abweichungen nicht einberechnet –, so lange brauchten die Lkw im Durchschnitt, um vom Containerterminal des Hafens auf die Brücke und von dort aus zu der Kreuzung vor ihr zu gelangen. „Dort kommt er", gab sie im monotonen Tonfall durch. „Und er fährt … Moment."

Sie traute ihren Augen nicht. Spielte der Schlafmangel ihr einen Streich? Nein. Der Transporter bog tatsächlich in die Seitenstraße ein, hielt vor der größten der Villen am Flussrand, wartete, bis das Tor aufschwang, und fuhr schließlich auf das nicht einsehbare Grundstück.

Schnell drückte sie das Funkgerät an ihren Mund. „Lescale, wir haben einen." Die Worte sprudelten nur so aus ihr hervor. „Der Lieferwagen vom Hafen hat tatsächlich vor einer der Villen gehalten und das Tor passiert. Es ist die größte, direkt an der Flussmündung des Tajo."

Carmen wusste nicht, warum sie sich so freute. Wenn sie mit ihrer Vermutung recht behielten, kauerten im Inneren des weißen Kraftfahrzeugs verängstigte Kinder. Es konnte aber auch der Obstlieferant sein, der frisch eingetroffene Köstlichkeiten aus fernen Ländern verkaufte, zumindest war es die erste heiße Spur seit ihrer Ankunft in Portugal.

„Ich habe Ihnen ja gesagt, dass wir früher oder später einen Treffer landen", knarzte es aus dem Funkgerät. „Vertrauen Sie auf Gott, denn er vertraut Ihnen."

„Hm. Klar doch."

„Können Sie irgendetwas erkennen, Schwarz?"

Carmen sah sich um. Niemand in dem Café beachtete sie. Mit ihrem luftigen Kleid, Sonnenbrille, Rucksack und dem Kopftuch wirkte sie wie eine Touristin. Zum Schein lag ein Buch auf dem wackeligen Holztisch. Sie hoffte inständig, dass die Besitzer des Ladens nicht mit der Sekte unter einer Decke steckten. Für eine normale Touristin war sie in den letzten Tagen einfach zu oft hier gewesen, um die Einfahrten der Villen in Augenschein zu nehmen.

„Nein", antwortete sie leise. „Das Eisentor geht sofort wieder zu, die Security steht trotz gleißendem Sonnenlicht stramm und beäugt jeden, der die Straße passiert. Den Rest erledigen die Mauer und die Bäume." Sie lächelte ihrem neuen Lieblingskeller Dario zu und orderte auf Englisch einen weiteren Kaffee. Obwohl die Nachmittagssonne ihren Lauf noch nicht ganz beendet hatte, war es schon die neunte Tasse. Ihr Herz pochte wie wild, dabei konnte sie nicht sagen, ob es am Koffein oder der erfolgreichen Observierung lag.

Vielleicht war es aber auch Darios spitzbübisches Lächeln, das ihr den Kopf verdrehte. Dieser Junge hatte ein hübsches Gesicht, dazu diese Grübchen und einen Knackarsch. Carmen kniff die Augen zusammen. Der viele Kaffee war nicht gut für sie und ersetzte keinesfalls die fokussierende Wirkung der Modafiniltabletten. „Wie sieht es bei Ihnen aus? Hatten Sie Erfolg?"

„Ich denke schon."

„Was bedeutet das?", wollte Carmen wissen und lächelte. Dario brachte den Kaffee, berührte sie an der Schulter und erklärte ihr in gebrochenem Englisch, dass dieser aufs Haus gehe. Er wollte sich setzen, doch Carmen schüttelte schweren Herzens den Kopf.

In einer anderen Zeit, mein Junge, dachte sie schwermütig. Jetzt gab es Wichtigeres zu tun. „Schwester, was bedeutete das?", wollte sie eindringlich wissen, als er sich entfernte.

Verdammt, warum meldete sich diese Frau nicht? Carmen nahm einen Schluck, verbrühte sich beinahe die Lippen, klemmte zwei Scheine unter den Zuckerspender und verließ das Café. Im portugiesischen Spätsommer blühten die Blumen in voller Pracht. Menschen flanierten über die Straßen, der Duft von frischen Maronen vermischte sich mit dem aromatischen Geruch der einheimischen Pflanzen zu einer Mischung, die alle Sorgen fortwischte. Straßenhändler priesen ihre Waren an, der Fluss Tajo trug eine kühle Brise in die Stadt, mit einer Nuance Meerwasser. Alle Menschen lächelten, lachten und lebten diesen wundervollen Spätsommertag.

Nur Carmen stand nicht der Sinn danach. Im Laufschritt hastete sie zur Klippe und blickte auf den Lissabonner Containerhafen. Am anderen Ufer hatte Victoria ihr Lager aufgeschlagen und beobachtete die Lieferwagen, die nicht den Weg ins Landesinnere nahmen, sondern auf die Ponte 25 de Abril nach Almada bogen.

Eine mühselige Arbeit, die ehemalige Nonne erfüllte sie jedoch mit so viel Eifer und Akkuratesse, dass es Carmen Respekt abverlangte. Das Einzige, was sie zu tun hatte, war, darauf zu achten, welche der Laster tatsächlich die wenigen Villen in Olho de Boi erreichten.

Sie hatten damit gerechnet, dass es Wochen, vielleicht Monate dauern würde, doch bereits nach einer guten Woche war ihnen ein Lieferwagen ins Netz gegangen. Nun galt es nur noch, die Vermutung zu bestätigten.

Dabei hatten sie sich bemüht, vorsichtig zu sein. Weder Busse noch Bahnen waren die Transportmittel ihrer Wahl und ganz bestimmt keine Schiffe oder Flugzeuge. Carmen war einfach bis nach Portugal durchgefahren, den Rest erledigten Mietwagen und billige Hotelzimmer, die man mit Bargeld bezahlen konnte. Den lüsternen Blick schmieriger Hoteliers gab es umsonst dazu. Was die Typen dachten, wenn sich zwei Frauen ein Zimmer teilten, blendete sie aus.

Wenigstens filmten diese Hotels in den seltensten Fällen. Kurzum, sie waren unterm Radar geblieben, und bis jetzt war ihr Vorhaben von Erfolg gekrönt. Mit der Polizei durften sie nicht zusammenarbeiten, wenn ihr Plan funktionieren sollte, nun stießen sie allerdings an ihre Grenzen. Carmen wünschte sich nichts sehnlicher als ein Sondereinsatzkommando, das die Türen der Villen eintrat und überprüfte, ob eine von ihnen tatsächlich das Tor zur Hölle war. Oder zumindest die Verbindung zu Victoria herstellte. Damit würde sie sich schon begnügen.

Carmen drückte das Funkgerät so fest ans Ohr, dass es schmerzte. Schweißperlen rannen ihre Stirn hinab, und ihr Pulsschlag war so heftig, dass ihr schwindelig wurde. „Lescale, bitte melden Sie sich. Ist alles in Ordnung bei Ihnen?"

Die Leitung knackte mehrfach. „Beim Allmächtigen, Schwarz, nehmen Sie die Beine in die Hand und kommen Sie her. Das müssen Sie sehen!"

Carmens Anspannung fiel für einen Moment ab. „Was denn, Schwester? Ist Ihnen der Heilige Geist begegnet?"

„Nein", zischte sie entrüstet. An der Stimme konnte Carmen eindeutig erkennen, dass Victoria nicht zu Scherzen aufgelegt war. „Hier sind noch mehr Lieferwagen dieser Obstfirma." Sie atmete schnell und ungleichmäßig. „Schwarz, es sind fünf Stück."

„Fuck." Sie biss sich auf die Zähne. Diese Schweine verfrachteten die Kinder wie Massenware. „Ich bin schon auf dem Weg."

***

Die ehemalige Nonne hatte ihren Beobachtungsposten um einiges besser organisiert als Carmen. Auf einer kleinen Anhöhe, in der Nähe der Brücke gelegen, wartete sie bereits. In der rechten Hand hielt sie einen Pinsel und malte auf einer Leinwand, während sie das Fernglas in der linken hielt und eine perfekte Sicht auf den Containerhafen hatte. Auf zwei Klapptischen standen Butterbrotdosen, Wasser und Tee, dazu ein paar Kekse.

„Durchdacht", keuchte Carmen, als sie den Posten erreichte. „Wirklich durchdacht, das muss man Ihnen lassen. Zumindest mussten Sie keine fünfzehn Tassen

Kaffee pro Tag trinken, mit aufdringlichen Männern flirten, und es ist absolut plausibel, dass Sie jeden Tag die Bucht malen wollen."

„Sie haben sich nicht wirklich die ganze Zeit in ein Café gesetzt?", wollte Victoria wissen, ohne das Fernglas von den Augen zu nehmen.

Die Ex-Nonne hatte sich perfekt auf ihre Rolle vorbereitet, trug einen mit Farbklecksen übersäten Rock, ein passendes Top und Sandalen, die ihre besten Zeiten lange hinter sich hatten.

„Lassen Sie uns nicht darüber reden. Also, was haben wir?" Carmen stellte sich neben Victoria und fand die Lieferwagen auf dem Hafengelände auf Anhieb.

Diese verdammten …

Wenn Sie an Gott oder eine höhere Macht glauben würde, jetzt wäre der richtige Zeitpunkt für ein Stoßgebet gewesen. Obwohl die Männer penibel darauf achteten, dies zu vermeiden, sahen sie ab und zu tatsächlich ein junges Mädchen oder einen dunkelhäutigen Jungen in zerrissener Kleidung. Einige waren in erbärmlichem Zustand. Und das alles auf einem europäischen Containerhafen! Offensichtlich trennten sie die gesunden Kindern, die sofort zur Villa geleitet wurden, von den kranken, die erst einer Behandlung bedurften.

Es war nichts anderes als grausamer Menschenhandel und erinnerte sie an eine sehr düstere deutsche Epoche. „Eine Ärztin mit Handschuhen, die nach kurzen Kontrollen die armen Waisen einem Lieferwagen zuweist." Carmens Finger umschlossen das Fernglas so fest, dass das Plastik knarzte. „Das kennen wir aus den Konzentrationslagern, oder?" Sie suchte Victorias

Blick, doch die konnte ihre Augen nicht von den Lieferwagen nehmen. „Schwester, alles okay mit Ihnen?"

„Nein." Sie legte das Fernglas auf einen der Klappti-
sche. „Schauen Sie sich diese Grausamkeit an. Junge
Mädchen und noch jüngere Knaben jeglicher Hautfarbe und mit Angst in den Augen werden in Europa
verschifft. Dort ist kein Hafenarbeiter, kein Polizist,
kein Sachbearbeiter, der irgendwelche Fragen stellt.
Sehen Sie sich an, wie sicher sich die Männer fühlen,
wie routiniert ihre Handlungen sind." Ihre Stimme
wurde leiser und vom aufkommenden Wind fortgetra-
gen. „Unzählige Menschen müssen wegsehen, damit so
etwas Grausames möglich ist. Unzählige bekommen
ein Stück vom Kuchen, und das alles zu Lasten dieser
armen Geschöpfe."

Die ehemalige Nonne faltete die Hände und versank
in ein stilles Gebet. Es schmerzte, dass sie erneut recht
behielt. Carmens Herz zog sich zusammen, während sie
das Fernglas wieder ansetzte. In den letzten Strahlen
des Tages konnte sie erkennen, dass nicht nur Jüng-
linge in die Lastwagen geladen wurden, sondern auch
Mädchen zwischen fünf- und sechzehn Jahren. Scheinbar deckte die Sekte das komplette Spektrum perver-
tierter Lust ab und sorgte im Wochenrhythmus für
Nachschub. Zu befürchten hatten sie offensichtlich
nichts. Und wenn, dann wären es die Handlanger in armen afrikanischen oder fernöstlichen Staaten gewesen, die an den Pranger gestellt werden würden. Nichts,
was man nicht mit ein paar Scheinen oder Blutdiaman-
ten lösen konnte. Solange Geld floss, würde dieser menschenverachtende Kreislauf niemals aufhören.

„Wir müssen die Polizei einschalten“, sagte Lescale bestimmt, nachdem sie ihr Gebet beendet hatte. „Wenn die Beamten sie in flagranti erwischen, ist kein Leugnen und kein Verwischen mehr möglich.“

„Und wer sagt, dass die lokale Polizei nicht ebenfalls korrupt ist?“ Zu gerne hätte Carmen ihr zugestimmt, doch es war nicht möglich. „Selbst wenn diese Schweine verhaftet werden, die Bastarde dort drüben sind nur Handlanger. Innerhalb von wenigen Wochen hat die Führungsriege der Sekte neues Personal einge-stellt und die Infrastruktur verändert, glauben Sie mir.“ Sie atmete tief ein. „Manche kriminellen Strukturen sind wie eine Hydra. Schlägt man einen Kopf ab, wächst ein neuer nach. Nur dass der nun weiß, woher der Schlag gekommen ist, und angreift.“ Sie biss sich auf die Unterlippe. „Wenn unser Plan funktionieren soll, dürfen wir nicht mit der Polizei zusammenarbei-ten. Zumindest nicht offiziell.“ Sie ließ das Fernglas sin-ken und starrte auf ihr Handy. „Ein Jammer, dass Tom noch im Krankenhaus liegt.“

„Haben Sie weitere Liebschaften aus Ausbildungsta-gen außer Thomas Bramberg, denen Sie vertrauen?“

„Sie tun gerade so, als wäre ich damals eine Schlampe gewesen.“

Victoria zog eine Braue nach oben. Mehr Reaktion war nicht nötig, um ihre Meinung klarzumachen.

Seufzend stemmte Carmen die Hände in die Hüften. „Ja, ich hatte damals viele Affären, allerdings keine, die uns jetzt weiterhelfen würde. Und Jeanette würde eher lachend in eine Kreissäge rennen, als mir zu helfen.“

„Sie hätten vielleicht nicht mit ihrem Mann …“, die ehemalige Nonne wischte den Gedanken beiseite.

„Gleichgültig. Dann müssen Sie es mit Falkner probieren."

„Sind Sie verrückt? Wir wissen nicht, ob er nicht vielleicht auch korrupt ist."

Victoria lächelte vielsagend. „Dies könnte auch unser Vorteil sein."

„Bitte?" Hatte die Sonne ihr Gehirn geröstet? „Fühlen Sie sich nicht wohl, Schwester?"

„Überlegen Sie doch einmal, Schwarz. Wir haben von Fayola und von Hartup gehört, dass die Sekte in interne Machtkämpfe verwickelt ist. Jedes Land führt einen Grabenkrieg, wahrscheinlich um lukrative Routen, Macht, Immobilien. Mit anderen Worten ..."

„... ein riesengroßer, geheimer Schwanzvergleich", flüsterte Carmen und nickte.

„Ich wollte etwas anderes sagen, aber ja. Wenn Falkner tatsächlich von der Sekte gekauft wurde, gehört seine Loyalität dem Mann, der das Geld bezahlt hat, und dieser wiederum könnte Interesse daran haben, die portugiesischen Konkurrenten auszuschalten."

Verdammt, die Ex-Nonne wusste, wie man Pläne schmiedete. „Und was, wenn er selbst zur Portugal-Connection gehört und nicht zur deutschen Filiale?" Mit den Fingern formte sie Gänsefüßchen. „Oder sich komplett zurückhält?"

„Es gibt nur eine Möglichkeit, das herauszufinden. Sie rufen ihren Ex-Liebhaber, Chef und Ehebrecher an und bitten ihn ausdrücklich um Hilfe." Sie sah zu den Lieferwagen. „Alleine werden wir die Sekte nicht zu Fall bringen."

Carmen senkte den Kopf. Ganz abgesehen davon, dass sich jede Faser ihres Körpers wehrte, seine Nummer zu wählen, konnte der Schuss auch gehörig nach hinten losgehen und sie direkt zwischen die Augen treffen.

Carmen suchte den Kontakt heraus und hielt das Handy ans Ohr. „Wenn das schiefgeht, legen Sie da oben ein gutes Wort für mich ein."

„Wenn es schiefgeht, brauche ich das nicht", erklärte Victoria, lächelte und berührte Carmens Schulter. „Der Herrgott sieht, dass Sie alles versuchen, um ihm gerecht zu werden."

„Hoffentlich", seufzte sie.

Wenige Sekunden später ertönte die Stimme, die ihr immer noch einen Lustschauer über den Rücken jagte. „Falkner." Dieser markige Ton, die effiziente, etwas aggressive Art, bei der man nicht wusste, ob das nächste Wort einen vernichten oder erregen würde.

Irgendetwas musste falsch bei ihr gepolt sein, dass sie das sexy fand. „Ingo, ich bin es."

„Was, zum ...?"

Sie konnte hören, dass er sich umsah und sich eine ruhigere Ecke suchte. Mit Sicherheit steuerte er sein Büro an und überlegte fieberhaft, wie er den Fall alleine lösen oder von ihm ablenken konnte. Das kam darauf an, auf welcher Seite er stand.

„Carmen, meiner Meinung nach war ich sehr deutlich, dass du nicht mehr auf meinem Privathandy anrufen sollst." Nicht schwer zu erraten, es war ihm nach wie vor hochnotpeinlich, dass er mit ihr Kontakt pflegte. „Das war das letzte Mal, dass du ..."

„Ja, ich habe verstanden." Sie war überrascht, wie gut es tat, ihm keine Widerworte zu geben. „Wenn ich dir sagen würde, dass wir das Hauptquartier der Sekte gefunden haben und du sie auf frischer Tat ertappen könntest, was würdest du tun?"

„Dich für verrückt erklären."

„Du würdest keine Einheiten schicken? Deine Kontakte anzapfen, Interpol oder von mir aus die gottverdammte CIA informieren?"

„Nein." Dieses eine Wort war so endgültig wie ein Fallbeil.

„Was stimmt nicht mit dir, Ingo?"

„Ich werde meine Karriere nicht vor die Wand fahren, weil sich eine psychisch labile Kriminalkommissarin wichtig machen möchte und meint, etwas gesehen zu haben."

Eine kaum auszuhaltender Schmerz stieg in ihr auf. „Ingo, die Lage ist ernst. Wir befinden uns in Portugal am Containerhafen am Tajo und sehen gerade dabei zu, wie Kinder in Lkw verfrachtet werden, als wären sie Obst aus Übersee. Diese Schweine bringen sie über die Ponte fünfundzwanzig de Abril nach Olho de Boi und schicken sie von der größten Villa am Flussufer in die ganze Welt."

Eine Pause entstand, die Carmen nicht einzuordnen vermochte. Als der sarkastische Tonfall erklang, wusste sie, dass sie von ihm keine Hilfe zu erwarten hatte.

„Gibt es diese Orte überhaupt, oder denkst du dir das nur aus, Carmen?"

„Ach, fick dich, Ingo!" Am liebsten hätte sie das Gespräch an einem uralten Telefon beendet, bei dem man den Hörer noch mit voller Wut auf die Gabel donnern konnte. Hier musste es reichen, wenn sie auf das Display schlug. Sie stöhnte auf und fing Victorias Blick ein. „Was?"

„Das tut mir leid. Ihr Chef ist ein Widerling."

„Ich dachte, Sie dürfen nicht fluchen."

„Wir sollten nicht fluchen. Das ist ein Unterschied." Sie holte ihr Handy hervor und überprüfte die Kamera. Dann griff sie in Carmens Geldbörse und holte zweihundert Euro hervor. „Wir sollten so vieles nicht."

„Was haben Sie vor?"

Victoria deutete auf den Hafen. „Die Männer sind abgezogen und haben die Kinder und Jugendlichen in die Lastwagen eingesperrt."

Carmen presste das Fernglas an die Augen. Sie hatte recht. Die rothaarige Ärztin aus der Hölle führte die Gorillas in Anzügen gerade von den Transportern weg, dabei schimpfte sie wild gestikulierend und schlug die letzte Tür zu. „Und?"

„Wir werden den Plan in die Tat umsetzen." Sie hielt ihr Uralthandy in die Höhe. „Mit oder ohne die Hilfe der Polizei."

Das konnte nicht ihr verdammter ...

Bevor Carmen den Gedanken zu Ende formulieren konnte, setzte sich die ehemalige Nonne in Bewegung. Ein letzter Blick in ihre Richtung. In ihren Augen glänzte eine wilde Entschlossenheit, die Carmen von sich nur zu gut kannte. Schnell ergriff sie den Arm der Frau und drehte ihn beinahe auf den Rücken. „Warten Sie!"

Mit einem Ruck riss sie sich los. „Ich werde nicht tatenlos dabei zusehen, wie diese Hilflosen im Schlund der Hölle verschwinden und erst wieder freigegeben werden, wenn Alter und Peitsche sie für die Zwecke der Sekte unbrauchbar gemacht haben."

„Wahre Worte, Schwester." Carmen kontrollierte ihre Waffe. „Aber wenn eine gehen sollte, dann bin ich das. Wenn ich mich recht erinnere, bin ich die einzige Polizistin hier."

„Beurlaubte Polizistin."

„Spielt das eine Rolle?"

„Nein." Victoria fuhr sich durchs Haar. Die letzten Sonnenstrahlen zauberten einen rötlichen Ton in das helle Blond. Für einige Sekunden schien sie tief in Gedanken zu sein, in einer Welt, die wohl nur Menschen verstanden, die einen unerschütterlichen Glauben hatten. „Sie werden mir Rückendeckung geben, falls die Männer zurückkommen sollten." Sie hielt ihr Mobiltelefon hoch. „Ich will mich voll und ganz darauf konzentrieren, die Blicke der Kinder einzufangen. Vielleicht ändert sich dann etwas."

„Geben Sie jetzt die Befehle?", protestierte Carmen, in dem Wissen, dass ihre Mühen vergebens waren. „Das kann ich auch machen."

Die Ex-Nonne schüttelte ruhig den Kopf. „Wie Sie schon gesagt haben, Sie sind die einzige Polizistin." Sie nickte in Richtung der Waffe. „Ich würde Sie wahrscheinlich nur selbst erschießen. Und jetzt lassen Sie uns loslegen, uns rennt die Zeit davon."

„Lescale!" Carmen musste ihre Atmung kontrollieren.

„Sie werden mich nicht aufhalten, Schwarz."

„Das habe ich nicht vor." Schnell wechselte sie die Mobiltelefone. „Bei Ihrem antiken Backstein sind die Pixel so groß wie Centstücke. Nehmen Sie meins, damit die ganze Welt die Gesichter der Kleinen sieht." Ihre Miene verfinsterte sich. „Ich will diese Schweine am Pranger sehen."

Herzschläge vergingen, während sie sich anschauten und stillschweigend einen Schwur ablegten. Schließlich nickte Victoria und kletterte die Böschung hinunter. Carmen folgte mit etwas Abstand und gezogener Waffe, dabei behielt sie die Hafengebäude ständig im Auge. Sie war überrascht, wie spontan die ehemalige Nonne ihre Mimik ändern konnte. In einem Moment glühte wilde Raserei in ihrem Blick, im nächsten strahlte sie mit der untergehenden Sonne um die Wette und lächelte den gelangweilten Wachmann an.

Offensichtlich froh über die attraktive Ablenkung, zog er seinen Bauch ein, fuhr sich über den Schnauzbart und warf die Zigarette weg.

Carmen kam noch ein Stück näher, versteckte sich hinter einem Busch und lehnte sich so weit vor, wie es ihr möglich war. Dem pfeifenden Wind war es geschuldet, dass sie kein Wort verstand.

Der Mann bewachte nur einen Nebenausgang zur Straße. Gut möglich, dass auch hier die Sekte ihre Finger im Spiel hatte. Zumindest sah es nicht so aus, als würde sich der Schlagbaum oft heben. Worte wurden gewechselt, ein lautes Lachen drang an ihre Ohren, Victoria touchierte die Schulter des Wachmanns und drückte ihm das Geld in die Hand. Anschließend durfte sie passieren. Sie lachte erneut neckisch, als ihr der Typ zum Abschied auf den Po schlug.

„Nicht schlecht", flüsterte Carmen. Dass sie so etwas draufhatte, war mehr als verwunderlich. Vielleicht unterschätzte sie die Ex-Nonne. Mitunter waren es jedoch auch Wut und Hass, die ihr Handeln mit feuriger Intensität antrieben.

Was es auch immer war, woraus sie ihre Besessenheit zog, es funktionierte vorzüglich und imponierte Carmen. Ihr blieb nichts anderes übrig, als ihren Teil der Abmachung einzuhalten, sich eine höher gelegene Position mit freiem Schussfeld zu suchen und ihr Vorhaben zu sichern. An einem Baum, nicht weit von den Lastwagen entfernt, kniete sie sich hin und setzte das Fernglas an die Augen.

Victoria war bereits tief in das Hafenareal eingedrungen, umrundete den ersten Lastwagen und riss die Tür auf. Durch das Fernglas konnte Carmen gut erkennen, dass der Schock in die Glieder der früheren Schwester fuhr. Einige Momente blickte sie nur in die Gesichter der Kinder, bis sie sich endlich losreißen und filmen konnte. Der Schmerz war ihr anzusehen, und selbst aus dieser Entfernung konnte Carmen die alles auffressende Angst spüren.

Gerade als die Victoria zum zweiten Fahrzeug gehen wollte, stockte sie mitten in der Bewegung und sprang hinter einen der Lieferwagen.

Was hatte sie gesehen, was Carmen nicht erkannte?

Wie eine Verrückte schwenkte sie das Fernglas von der einen Seite der Docks zur anderen. Erst nach einer gefühlten Ewigkeit entdeckte sie drei Männer und die Ärztin. Noch immer fluchte die Frau mit dem kurzen roten Haar und gestikulierte so wild, als würde sie die Männer ohrfeigen wollen.

„So ein Mist!" Nur noch wenige Meter und sie konnten Victoria aufstöbern. Carmen legte den Finger an den Abzug. „Was, zum ...?"

Die ehemalige Schwester schüttelte eindringlich den Kopf. Entschlossen zerriss sie ihren Rock, beschmierte das weiße Top mit Dreck und verrieb sich das Make-up. Sie streifte die Schuhe ab, schleuderte sie unter den Wagen und verneinte noch einmal stumm, als sie auf die Ladefläche zu den anderen Mädchen stieg. Damit war sie außer Sichtweite. Sie würde bestimmt nicht mehr als Fünfzehnjährige durchgehen, aber das war den Häschern wahrscheinlich egal. Bei ihrem jugendlichen Aussehen, der viel zu schlanken Figur und den wallenden Haaren, mit denen sie ihr Gesicht verbergen konnte, würde sie nicht auffallen.

Carmen hob die Waffe. Obwohl der Lauf zitterte, war sie fest davon überzeugt, dass die Kugel ihr Ziel finden würde. Das Schießtraining hatte sie als Jahrgangsbeste abschließen können, unzählige Stunden auf dem Schießstand hatten ihr Auge geschärft, sie gelehrt, wie man die Atmung kontrollierte und den Haltepunkt perfektionierte.

Sie musste nur noch abdrücken.

Warum brachte sich Victoria nicht in Sicherheit?

Sie würde doch nicht etwa …?

Als die Türen von innen zugezogen wurden, waren sämtliche Zweifel ausgeräumt. Carmen ließ die Pistole sinken.

„Du bescheuerter Dickkopf!" Die Fotos von ein paar halbwüchsigen Mädchen und einer Handvoll Kinder würden niemanden zum Handeln zwingen. Sie brauchten etwas, das jeden Zweifel über die Existenz und Grausamkeit der Sekte ausräumen würde. Die ehemalige Ordensschwester hatte das verstanden und riskierte alles, um die Machenschaften ins Licht der Öffentlichkeit zu zerren.

Sekunden später stiegen die Männer in die Fahrerkabinen von drei der Lieferwagen, die Motoren wurden gestartet. Die Kolonne setzte sich in Bewegung. Zurück blieb die Ärztin. Ihr prüfender Blick begleitete die Fahrzeuge des Obsthandels. Der Wachmann hob den Schlagbaum, ohne jegliche Papiere zu überprüfen, und nach einer halben Minute waren die Lieferwagen bereits an der Brücke. Victoria hatte sie vor vollendete Tatsachen gestellt.

Bei Gott, genauso wie sie die Frau immer mehr bewunderte und respektierte, so sehr hätte sie die Ex-Nonne am liebsten geohrfeigt. Es war nur eine Frage der Zeit, bis ihre Maskerade auffliegen würde. Verschmiertes Make-up im Gesicht, zerrissener Rock und jugendliches Aussehen hin oder her. Eine Show wie in Berlin war alles andere als erfolgversprechend – ganz abgesehen davon, dass die Sekte ihre Sicherheitsmaßnahmen bestimmt noch einmal verstärkt hatte. Sie konnte nicht einfach in die Villa einbrechen, Victoria und die Kinder befreien und ganz nebenbei der Sekte das Handwerk legen. Das war unmöglich. Selbst mit noch so viel Wut im Bauch.

Carmen sah den Lieferwagen hinterher. Bald reihten sie sich in die nicht enden wollende Fahrzeugkette auf der Brücke ein. Sie stand auf, lehnte sich gegen den Baumstamm und blickte hoch in den wolkenlosen Himmel. Was sollte sie nur tun?

Ihr Magen zog sich zusammen, als sie ihre Optionen durchging. Eine war schlechter als die andere. Bei der

letzten, die sie wieder und wieder im Kopf wälzte, war
der Würgereiz besonders heftig.

„Fuck!“, schrie sie gegen den aufkommenden Sturm
an. Der Wind schlug ihr peitschend ins Gesicht und
spielte mit den Blättern des Baums. „Fuck! Fuck! Fuck!“

Sie ging in die Knie und schaute vom Hügel auf die
verbliebenen Laster. Dieser perverse Kreislauf von Geld
und Vergewaltigungen musste aufhören. Hier und
jetzt. Dabei sollte ihr jedes Mittel recht und kein Risiko
zu groß sein. Selbst das größte war angemessen.

Carmen suchte sich im Windschatten des Baums einen halbwegs ruhigen Platz und wählte im Adressbuch
die Nummer aus, die sie vor einigen Tagen angerufen
hatte. Zu ihrer Überraschung nahm ihr Gesprächspartner sofort ab.

„Ja bitte?“

„Hartup, Sie mieses Stück Dreck, können Sie reden?“

Einige Sekunden herrschte Stille. „Guten Tag, Kommissarin Schwarz. Wie geht es Ihnen? Ist Schwester
Victoria bei Ihnen in der Nähe? Richten Sie ihr bitte
meine besten ...“

„Beantworten Sie meine Frage!“ Carmen bemerkte,
dass sie vor Zorn kaum zu verstehen war. „Verstehen
Sie? Ich will, dass Sie einmal im Leben ehrlich sind, es
schwören, auf etwas, was Ihnen Ausgeburt der Hölle
heilig ist, wenn es so etwas gibt, und mir einfach die
Wahrheit sagen. Meinen Sie, Sie bekommen das hin?“

Wieder eine Pause, diesmal länger und nur von Atem-
geräuschen unterbrochen. „Ich werde es versuchen.“

„Das reicht mir nicht.“

„Was wollen Sie, Frau Kommissarin? Geht es um unsere Begegnung in Berlin? Falls das der Fall sein sollte,

verspreche ich, gelobe ich und schwöre ich auf meine Liebe zu meinem Land, dass ich Ihre Frage wahrheitsgemäß beantworten werde. Vor allem, da mir bereits vorschwebt, welche Frage das sein wird.“

„Und was denken Sie?“

„Ob ich schuldig bin“, sagte er so klar und deutlich, dass es Carmen fröstelte. „Sie wollen wissen, ob ich tatsächlich pädophil bin, mich an den Kindern vergreifen wollte und der Sekte beigetreten bin.“

Carmen nickte, obwohl es niemand sehen konnte. „Und? Sind Sie? Ist das eine Falle, und begehe ich den größten Fehler meines Lebens?“

„Nein“, antwortete er ruhig und entschlossen. „Ich hasse diese Kinderficker und will ihnen am liebsten einen langen und qualvollen Tod bescheren. Ob ich lüge oder die Wahrheit sage, können nur Sie entscheiden.“

Carmen biss sich auf die Unterlippe, sah erneut in den Himmel und lehnte die Stirn gegen den Stamm. Wenn sie falsch lag, waren ihre Leben verwirkt. Dass Alexander Hartup ein rechtskonservatives Arschloch war, das keine Gelegenheit ausließ, über Geflüchtete, lasche Grenzkontrollen und die innere Sicherheit zu hetzen, stand außer Frage. Aber war er auch ein Verbrecher im klassischen Sinne? Bezahlte er viel Geld, um mit Kindern zu schlafen? Der Mann, der vorgab, in Deutschland wieder Recht und Ordnung einführen zu wollen? Carmens Gedanken überschlugen sich. Der Einsatz war zu hoch, um falsch zu liegen.

„Was ist los, Frau Kriminaloberkommissarin?“, wollte Hartup wissen. „Wie war meine Antwort?“

„Die einzig mögliche“, entgegnete Carmen und schloss die Augen. Wenn es den da oben wirklich gab, wäre jetzt der richtige Zeitpunkt für ein Zeichen, um sie von ihrer grenzenlosen Dummheit abzubringen. Da kein Blitz in den Baum einschlug, fuhr sie fort und hoffte inständig, dass sie das Richtige tat. „Hören Sie zu, wenn Sie die Sekte genauso hinter Gittern sehen wollen wie wir, brauchen wir Ihre Hilfe."

„Alles, was Sie benötigen."

„Gut." Es war nicht einfach, jemandem zu vertrauen. Und besonders nicht, wenn dieser Mann solch ein Scheusal war. „Reden Sie mit Ihrem Busenfreund Falkner. Wir sind in Portugal und haben das Hauptquartier der *Puer Piscis* ausfindig machen können."

„Und Sie haben logischerweise äußerste Skrupel, die Polizei einzuschalten, da Ihnen nicht bekannt ist, wie weit sich der Einflussbereich der Sekte erstreckt."

„So in der Art."

„Smarte Entscheidung." Sie konnte hören, dass Hartup seine Schritte beschleunigte. „Weiß Falkner, wo Sie sich befinden?"

„Er hat alle Informationen und muss nur noch von Ihnen überzeugt werden, dass er seine Kontakte spielen lässt." Obwohl es nicht nötig war, wurde ihre Stimme leiser. „Hartup, ich muss nicht erwähnen, dass ein Schlag gegen die Sekte nur mit äußerster Diskretion gelingen kann."

„Das ist mir durchaus bewusst, Frau Kommissarin. Glauben Sie mir, Diskretion ist mein zweiter Vorname. Nun, eigentlich lautet er Maria, aber das tut jetzt nichts zur Sache. Ich werde alles Nötige veranlassen und hoffe, dass Falkner mir schon verziehen hat."

Für den Bruchteil einer Sekunde flimmerten die Bilder von Hartups spontaner Pressekonferenz vor dem

Düsseldorfer Polizeipräsidium vor ihren Augen auf. „Machen Sie das. Unser Leben könnte davon abhängen."

„Jetzt erlauben Sie mir eine Frage."

Carmen seufzte gereizt. „Bitte."

„Ist Schwester Victoria in Gefahr?", wollte der Mann wissen, und plötzlich war er ganz leise.

Hörte sie da etwa den Hauch von Besorgnis aus seiner Frage heraus? „Ja, ist sie. Gnade Ihnen Gott, wenn ihr etwas angetan wird, denn ich werde es nicht."

„Ich werde alles versuchen, um so schnell wie möglich einen Haufen Polizeieinheiten zu Ihnen zu senden. Mit etwas Glück ist mein Vorhaben von Erfolg gekrönt. Sind Sie unter der Nummer erreichbar?"

„Ja."

„Und, Frau Kommissarin ..."

„Ja?"

„Machen Sie keine Dummheiten!"

Carmen war bereits auf dem Weg zu ihrem Wagen.

Kapitel 17 – Der schlimmste Feind

Lescale

Sie hatte sich einfach hingesetzt.

Als wäre sie schon immer ein Teil der Gruppe gewesen. Victoria versuchte, mit Händen und Füßen zu erklären, dass die Mädchen wegschauen sollten, das brauchte sie allerdings gar nicht. Die Jugendlichen hatten viel zu viel Angst und stierten von sich aus gegen die karge Wand des Lastwagens.

Wenn Victoria doch mal einen Blick erhaschen konnte, waren die Augen der Mädchen leer. Ihre Haut war mit blauen Flecken übersät und die Haare stumpf. Über allem hing ein süßlich fauliger Geruch von entzündeten Wunden und Kot.

Victoria atmete durch den Mund, versuchte, den Mädchen auf Englisch Mut zuzusprechen, filmte ihre Gesichter und erhoffte sich eine kleine Reaktion. Ihre Mühen waren jedoch vergebens.

Wie dressierte Hündchen sahen sie zur Seite und straften den Neuankömmling mit ängstlicher Ignoranz – als würde es Schläge hageln, wenn auch nur eine den Blickkontakt suchen würde. Offensichtlich hatten die Entführer ihre Ware schon jetzt gut erzogen und für den anspruchsvollen europäischen Markt gefügig gemacht.

Mit gesteigerter Intensität bemühte sie sich noch ein paar Minuten, dann gab sie auf. Ihr kam die Galle hoch. Das lag nicht am Geruch, sondern an der Routine, mit denen die Männer ihr grausames Handwerk verrichteten.

Als der Wagen zum ersten Mal zum Stehen kam, zuckten die Mädchen zusammen. Was sie wohl dachten? Würden jetzt wieder die bösen Männer mit den Stöcken kommen und sie verprügeln? Wen mussten sie nun zu Diensten sein? Welchen Qualen würden sie heute ausgeliefert sein?

Die Gedanken kreisten unausgesprochen über den Köpfen der Mädchen, während eine alles auffressende Angst jede Bewegung lähmte.

Sie legte die Hand auf die Schulter einer Dunkelhäutigen von vielleicht sechzehn Jahren. Sie zuckte sofort zusammen und drehte sich weg.

Langsam zog Victoria die Hand zurück. Das war kein Unrecht mehr, sondern Grausamkeit, die Hölle auf Erden, von Menschen geschaffen und nur dafür da, um Seelen zu brechen und die niedrigsten Gefühle zu befriedigen.

Ihr schauderte bei dem Gedanken, welche Odyssee die Mädchen hinter sich hatten, nur um noch größere Pein ertragen zu müssen.

Noch einmal filmte sie alle Gesichter, dann steckte sie das Handy so in ihre Tasche, dass die Kamera immer noch aufzeichnete. Sie musste sich zur Ruhe mahnen und, beim Allmächtigen, vor allem unauffällig bleiben.

Für einen Moment schloss sie die Augen. Der Lastkraftwagen stand wahrscheinlich gerade vor dem undurchdringlichen Eisentor der größten Villa an der Flussmündung. Sie hörte das Quietschen des Metalls und einige Männer scherzen. Zigarettenrauch drang ihr in die Nase und verdrängte für einen Moment den Fäkaliengestank.

Wie von Zauberhand setzte sich der Wagen wieder in Bewegung. Nur wenige Meter, dann trat der Fahrer erneut auf die Bremse. Endstation. Für den Moment.

Zumindest, bis die Mädchen ihren weiteren Verrichtungsorten zugeführt werden würden.

Als die Türen aufgerissen wurden, drängten sich die Kinder in die letzten Meter des Frachtraums. Befehle in englischer Sprache wurden gebrüllt, die Männer in Anzügen packten dünne Arme und zarte Gelenke und zogen sie nach draußen. Victoria versuchte, ihre Brust durchzudrücken, gleichzeitig hob sie die Arme schützend vors Gesicht. Die Monster in Anzügen kannten keine Gnade. Schon öfter hatte sie solche Szenen erlebt. Allerdings nur in Filmen aus dem Zweiten Weltkrieg, als jüdische Bürger wie Vieh in Waggons geladen worden waren. Fest in dem Glauben an das Gute im Menschen, war Victoria der Überzeugung gewesen, dass sich solch ein Grauen nicht wiederholen würde.

Sie lag falsch. So unglaublich falsch.

Waren die Menschen tief in ihrem Inneren nicht gütig und liebevoll, sondern gierig und niederträchtig? Bei dem Gedanken wurde ihr speiübel.

Wieder schrien die Männer, rissen sie an den Haaren und zogen sie von der Ladefläche. Er musste ähnlich dem sein, als John und Fayola Bakare stundenlang hatten ausharren müssen. Mit dem Unterschied, dass diesmal nicht die Hand Gottes eingriff und einen Betrunkenen schickte, der die Höllenfahrt beendete.

Das Herz schlug ihr bis zum Hals, und selbst der plötzliche Duft von Blumen und Meer vermochte nicht, sie zu beruhigen. Die Gruppe wurde weitergeschubst, während sich die Männer wie eine Mauer vor ihnen aufbauten. Nur kurz konnte sie einen Blick auf die Villa erhaschen. Größer konnten die Kontraste nicht sein. Der Komplex glich einem riesigen Chalet, alpiner Stil traf hochmoderne Überwachungstechnik, und die Mädchen wirkten so, als wären sie aus ihrem eigenen Unrat gekrochen. Nun, ein wenig war es auch so.

Sie wurden weitergetrieben, bis sie ein großes Eisentor am Nebengebäude erreichten. Victoria überprüfte die Handykamera, bemerkte, dass einer der Männer sie beobachtete und näher kam. Erst jetzt fiel ihr auf, dass er blaue Handschuhe trug wie Ärzte bei einer Operation. In Verbindung mit dem dunklen Anzug und der roten Krawatte schien er einem dystopischen Film entsprungen zu sein.

Victoria krümmte den Rücken, legte die Arme über den Bauch und verdeckte so das filmende Mobiltelefon in ihrer Tasche. Auch sie wagte es nicht mehr aufzublicken. Selbst als der Mann vor ihr stand und ihr den Weg versperrte, sah sie ihn nicht an, sondern hoffte, dass der Schlag nicht allzu hart ausfallen würde.

Der grobschlächtige Kerl räusperte sich, packte ihre Haare und zog sie nach hinten. Jetzt musste sie in seine stahlblauen Augen schauen. Das Gesicht des Mannes war fein geschnitten und passte nicht zu dem breiten Kreuz und den riesigen Pranken.

„Nette Titten", raunte er und beäugte sie von oben bis unten, während er immer noch ihre blonden Haare gepackt hielt und sie nach oben zog.

Bei Gott, dieser Mistkerl sprach Deutsch. Offensichtlich rekrutierte die Sekte ihre Mitglieder aus Ex-Militärs oder ehemaligen Polizisten. Dem Tattoo an seinem Handgelenk zu urteilen, hatte dieser Mann sein todbringendes Werk bei der Bundeswehr gelernt. Victoria rang sich ein Lächelns ab und versuchte, ihre Brüste zusammenzupressen, damit sie ihn vom Handy ablenken konnte. Jeder Atemzug war schwer, und die lüsternen Blicke trafen sie wie Dolche.

Er wandte sich zu dem Mann neben ihm. „Woher kommt die Lieferung?"

„Keine Ahnung, Wolf", erwiderte der Typ ebenfalls in deutscher Sprache und sah auf einer Liste nach. „Moment, die Schwarzen aus Nigeria, die Weißen wurden in Estland aufgelesen. Warum interessiert dich das?"

„Die hier stinkt nicht so." Noch einmal musterte dieser Wolf sie. „Und sie gefällt mir. Meinst du, ich könnte nach dem Ritual ein wenig Spaß mit ihr haben?" Sein Mundwinkel zuckte bedrohlich.

Victoria musste all ihre verbliebene Kraft aufwenden, um ihr Lächeln aufrechtzuerhalten. Sie senkte die Lider, legte eine Nuance Verführung in ihren Ausdruck und tat so, als wüsste sie nicht, worüber sich diese Kerle unterhielten, obwohl seine Miene keine andere Interpretation zuließ.

„Warum nicht?", antwortete der andere Mann, holte aus, wollte ein Mädchen schlagen und besann sich eines Besseren. „Solange der Boss es nicht mitbekommt und seine Fischlein nicht beschädigt werden."

„Gut so." Dieses Arschloch griff ihr unter die Bluse, direkt an ihren Büstenhalter und zwirbelte schmerzhaft ihre linke Brustwarze. „Sehr gut sogar. Dann werden wir beiden später noch ein wenig Spaß haben."

Victorias Lippen bebten vor Wut und Abscheu. Sie wollte ihn schlagen, schreien, ihm in die Weichteile treten, irgendetwas, doch kein Laut verließ ihre Lippen. Es dauerte Äonen, bis er endlich von ihr abließ und sie durch die Stahltür schob.

Wolf, wahrscheinlich Wolfgang, ehemaliger Bundeswehrsoldat und nun im Dienst der *Puer-Piscis*-Sekte. Diesen Namen würde sie sich merken. Für alle Zeiten und beten, dass sie ihm irgendwann vergeben konnte.

Karges Licht empfing sie im Nebengebäude. Abgesehen von purem Luxus, selbstverständlich. Der Aufbau erinnerte Victoria an die Villa in Berlin. Holzvertäfelte Wände und ein langer Korridor, der sie immer tiefer in ein Labyrinth führte. Sie meinte, Chlor riechen zu können und den Eukalyptusgeruch einer Dampfsauna. Nicht schwer zu erraten, dass die Männer auf keinen Komfort verzichten wollten, wenn sie Kinder missbrauchten und ihren Willen brachen.

Victoria wusste, was als Nächstes passieren würde, und genau das ließ die Angst in ihr wachsen. Wieder mussten sie eine Stahltür passieren, diesmal führte sie in den Keller, und der Luxus endete abrupt, sodass man meinen konnte, das Geld wäre ausgegangen.

Tatsächlich war die Ähnlichkeit frappierend. Wie in Berlin gingen acht Zellen von dem Gang ab. Was, wenn alle Chalets in Europa so aufgebaut wären? Feinstes Interieur und Spabereiche im Erdgeschoss, die Betten in den oberen Etagen und im Keller die Kerker für die Ware.

Bei Gott, das Ganze war ein riesiges Franchiseunternehmen für kranke Fantasien!

Ihr Körper versagte, als die erste Tür aufschwang und den Blick auf einen kleinen Raum freigab. Das Gefühl, das eigene Leben nicht mehr unter Kontrolle zu haben und dass Selbstbestimmung nur eine Illusion war, ließ sie schwer atmen.

Unsanft wurde Victoria in die Zelle gestoßen. Drei Betten, ein Tisch, ein paar Bücher und Spiele, dazu ein Schrank mit allerlei aufreizender und normaler Kleidung, mehr war nicht zu finden. Ein schmaler Nebenraum bot lediglich eine Toilette, ein Waschbecken und eine Dusche mit verschiedenen Shampoos und Duschgels. Natürlich, diese Schweine wollten, dass ihre Opfer gut dufteten, wenn sie sich an ihnen vergingen. Victoria stützte sich an der Wand ab und sah sich um. Kein Fenster, kein Tageslicht, nur meterdicke Wände, die jeden Schrei erstickten. Insgesamt waren es fünf Mädchen, die in die Zelle gesperrt wurden. Dann fiel die Tür ins Schloss, und Victoria fühlte sich unendlich hilflos.

„Alles wird gut", versuchte sie, die Mädchen auf Englisch, Deutsch und Französisch zu beruhigen – und sich selbst. Mit aller Macht wollte sie den Kindern auch in ihrer nigerianischer Muttersprache Mut zusprechen, doch die Worte auf Igbo wollten ihr einfach nicht einfallen. Sie bemerkte, wie sie der Panik anheimfiel. Kalter Schweiß bedeckte ihre Stirn, und die Hände begannen zu zittern.

Sie schickte ein stummes Gebet zum Himmel, und, bei Maria, sie musste ruhig bleiben. Mehrfach atmete sie tief durch, überprüfte die Kamera und filmte den Raum in allen Einzelheiten. Dann schaute sie sich den Film an. Abgesehen von ein paar dunklen Sequenzen, war tatsächlich genug darauf, um die Sekte zu überführen. Sie wollte sich das Video selbst zusenden, stellte dann jedoch fest, dass sie kein Netz hatte.

„So ein Mist!", fluchte sie.

Plötzlich wurde die Tür aufgerissen. Gerade rechtzeitig konnte Victoria das Mobiltelefon wegstecken. Dieser Wolf warf fünf weiße Roben mit dem eingestickten Symbol der Jungfische vor ihre Füße, dann deutete er in das Bad.

„Duschen, jetzt! Versteht ihr?" Er drückte einem Mädchen das Kinn hoch, zog ein zweites an den Haaren und dirigierte das Gesicht in Richtung Toilette. „Shower! Understand? Douche! Now!" Erst als sie nickten, ließ er von ihnen ab. Als Letztes ging er zu dem wimmernden Mädchen mit der ebenmäßigen schwarzen Haut. „Isa! Ghotara? Ugbu!" Sogar ein paar Brocken Igbo hatte er durch seine menschenverachtende Arbeit gelernt.

Hass, Wut und Angst wechselten sich bei Victoria ab. Was sie am liebsten mit ihm gemacht hätte, dafür wäre sie in die Hölle gekommen. Nächstenliebe war bei manchen Menschen nicht möglich. So einfach war das. Ihre Hände ballten sich zu Fäusten.

Dann flog die Tür zu und wurde geräuschvoll abgeschlossen. Sie war diesen Schweinen ausgeliefert und konnte nichts dagegen tun, außer hoffen und beten.

Das erste Mädchen zog sich bereits aus, legte seine dreckige Kleidung fein säuberlich auf einen Haufen und versuchte, das von Narben übersäte Gesicht zu verstecken. Auf der schwarzen Haut waren die weißlichen Stellen besonders gut zu sehen. Victoria setzte sich auf das Bett und wartete ab. Nie im Leben hätte sie gedacht, dass sie in solch eine Situation geraten würde, dass sie so einem perversen Mistkerl gehorchen musste und keine andere Möglichkeit hatte, als seinen Willen auszuführen.

Als das erste Mädchen aus der Dusche stieg, knöpfte Victoria ihre Bluse auf. Tränen liefen ihr die Wangen hinunter.

Welche Wahl war ihr geblieben?

***

War das ein Schrei?

Victoria schaute zur Tür. Wer konnte das schon sagen, bei so dicken und schallisolierten Wänden? Also ließ sie sich wieder zurückfallen. Mit müdem Blick kontrollierte sie immer wieder das Display des Telefons. Wann hatten die Mobilgeräte eigentlich damit begonnen, nach nur einem Tag den Geist aufzugeben?

Die aufkommende Panik kämpfte sie herunter. Noch 57 Prozent Akkuleistung, dazu nach wie vor kein Netz. Inständig hoffte sie, dass Carmen Schwarz irgendetwas tat, ohne dabei ihren Kopf zu riskieren. Vielleicht rief sie noch einmal den Ersten Kriminalhauptkommissar Falkner an.

Wenn sie die Nummer auswendig kannte. Immerhin hatte sie das Handy der Polizistin. Wer behielt noch andere Kontaktdaten im Kopf? Victorias Gedanken kreisten. Es war ein Teufelskreis, aus dem es kein Entrinnen gab.

Wie die anderen Mädchen war auch sie frisch geduscht. Ihre Haut duftete, die Haare waren frisiert, und trotzdem fühlte sie sich so schmutzig wie niemals zuvor. Wie von Wolf angewiesen, trugen sie die weißen Roben der Sekte, doch im Gegensatz zu den anderen Gefangenen hatte sie sich erlaubt, sich aufs Bett zu legen. Mehrfach versuchte sie ein Gespräch zu beginnen, immer wieder zeigten die jungen Frauen die gleiche Reaktion wie im Lastwagen. Die Knute der Sekte musste ihnen unbedingten Gehorsam eingeprügelt haben. Nicht einmal ein flüchtiges Lächeln konnte sie sehen.

Also lag sie bäuchlings auf dem Bett und betete, dass wie durch ein Wunder die Netzanzeige auf dem Handydisplay auftauchte, um das Video zu versenden oder zumindest um Hilfe zu rufen. Eine innere Stimme sagte ihr, dass die Sekte ganz andere Vorkehrungen getroffen hatte und nicht der Keller schuld war an ihrem Funkloch.

Die Uhr im Display sprang gerade auf 22 Uhr um, als sie Schritte vernahm. Schlagartig änderte sich das angestrengte Schweigen in Anspannung. Die Mädchen schluckten trocken, atmeten schneller und kneteten ihre Hände, während Victoria die Beine von Bett schwang und auf ihre Peiniger wartete. Sie hatte ihre

Robe so präpariert, dass die Kamera durch ein Loch filmen konnte. Mit geübten Handgriffen startete sie die Aufnahme.

Gerade rechtzeitig, bevor dieser Wolf den Schlüssel umdrehte und die Tür öffnete. Zufrieden sah er sich um, bis sein Blick auf Victoria hängen blieb. Ein paar Sekunden brannte sich seine Gier in ihre Gedanken.

Den Anblick würde sie nie vergessen. Sie musste sich zusammenreißen, um den Kopf zu senken und ihn nicht in Stücke zu reißen. Ganz abgesehen davon, dass sie gescheitert wäre. Lange würde sie die devote Magd allerdings nicht mehr geben können. Eher würde sie sich die Augen auskratzen und seine gleich mit.

„Ihr seid dran", grollte er in mehreren Sprachen und bedeutete den Mädchen aufzustehen, als ein neuer Schrei ertönte. Er war so voller Pein und Hilflosigkeit, dass es Victoria einen Schrecken in die Glieder jagte.

Wolf, dieser Handlanger des Teufels, lächelte und schien sich an den angstvollen Gesichtern zu ergötzen. Er kam ein paar Schritte auf sie zu, sofort erhoben sich alle Mädchen und senkten die Köpfe. Victorias Reaktion folgte mit einigen Sekunden Verzögerung. Mit federnden Schritten trat er zu ihr, streichelte ihr über die Wange und beobachtete sie mit Argusaugen.

„Du kleine estnische Schlampe wurdest von den Kollegen wohl nicht gut genug erzogen."

Es war, als würden seine Hände brennen, während sie über ihren Körper fuhren. Durch das Gewand spürte sie seine Fingerkuppen und jede Berührung, die sich zwischen ihre Schenkel bohrte. Das Feuer der Hölle brannte in ihrem Blick. Victoria wusste, dass er sie daran erkennen würde, deshalb hielt sie den Kopf gesenkt.

„Gleich bekommt ihr euer Ritual, und während sich die Geschäftsfreunde vom Boss mit anderen vergnügen, landen wir beide wieder hier unten. Was hältst du davon?“ Er streichelte über ihre Haare und packte ihren Nacken. Erst war sein Griff sanft, dann nahm er an Intensität zu. „Ich habe dich gefragt, was du davon hältst?“, brüllte er, und sein Speichel landete auf ihrer Wange.

Victoria wusste nicht, was sie sagen sollte. Das Blut rauschte in ihren Ohren, ein Schwindelgefühl erfasste sie. Also plapperte sie etwas, wovon sie meinte, dass es sich wie Estnisch anhören könnte, und betete, dass er die Sprache nicht verstand.

Zu ihrer Überraschung ließ das Scheusal von ihr ab, gab einer anderen einen Klaps auf den Po und zeigte auf den Korridor. „Los! Go! Allez!“

Mit zitternden Knien setzte sich die kleine Gruppe in Bewegung und wurde auf dem Flur von anderen Mädchen, Kindern und Wächtern empfangen. Victoria konnte nicht glauben, was sie da zu sehen bekam. Alles war generalstabsmäßig durchgeplant, ein richtiges Business, wahrscheinlich mit Dienstplan, Budgetbesprechungen und komplexer Logistik.

Es war klar, dass niemand so etwas auf die Beine stellen konnte, ohne eine gewisse Professionalität an den Tag zu legen, doch das sprengte jede Vorstellung.

Wolf, der Mann, den sie für immer hassen würde, stieß ihr seine Faust in den Rücken, sodass sie nach vorne stolperte und sich gerade noch fangen konnte. Beinahe wäre das Handy auf den Boden gefallen. Ihr

Herz schlug wie verrückt, die Angst wuchs, es könnte
stehen bleiben, als sie aus dem Keller ins Erdgeschoss
traten. Sündhaft teure Leuchter verbreiteten sanftes
Licht, und der Duft von Mandelholz und Kerzen erfüllte die Luft. Surreal glitzerte der Schein der Kron-
leuchter in ihren Augen.

Wie eine Kolonne aus Nonnen wurden sie weiterge-
führt, mit dem Unterschied, dass sie Sklaven waren
und bald unaussprechliche Dinge für die Finanzelite
tun mussten.

Victoria versuchte, sich so viele Räumlichkeiten wie
möglich einzuprägen, drehte sich unmerklich in alle
Richtungen, damit die Handykamera möglichst viel
einfangen konnte. Sie wurden in einen breiten Gang
gedrängt, als ein neuerlicher Schrei durch die Villa
hallte.

Unbarmherzig wurde die Gruppe vorwärtsgetrieben,
bis der Gang endete und sie ein Nebengebäude erreichten. Die Tür und die Wände waren mit weinrotem Stoff
überzogen, goldene Knöpfe verliehen dem Korridor
eine Würde, die nicht zur Situation passen wollte. Victoria war die Zweite in der Reihe. Sie spürte, dass ihre
Füße nass wurden und sah hinunter.

Das Mädchen vor ihr hatte sich vor Angst eingenässt.
Wenn die Männer in den dunklen Anzügen, roten Kra-
watten und blauen Handschuhen das sehen würden,
wäre ihr die Prügelstrafe gewiss. Mit nackten Füßen
wischte Victoria den Urin zur Seite und hoffte inständig, dass im schummrigen Licht keiner dieser gottlosen
Kreaturen die Pfütze bemerken würde. Während sie
versuchte, die Spuren der Panik zu beseitigen, wurde
die Tür langsam geöffnet.

Victoria hielt den Atem an. Ein wahrer Thronsaal erstreckte sich vor ihnen. Banner mit dem Emblem der Jungfische schmückten die hohen Wände, Feuerschalen gaben dem Raum etwas Mythisches. Die weinroten Wände und ihre hellen Roben bildeten einen scharfen Kontrast. Als sie zur ausladenden Bühne blickte, wusste Victoria sofort, welches Schicksal ihnen blühte. Gerade wurde eine andere Gruppe Mädchen von einer Art Altar mit Ketten weggeführt und auf der anderen Seite des Raums aufgestellt. Sie weinten, hielten ihre zitternden Hände schützend über ihre Gesäße oder die Rücken. Die Ärztin, mit einem roten Gewand bekleidet, desinfizierte die Brandwunden oberflächlich, dann mussten sie ihre Roben wieder anziehen.

Das Ritual, von dem Wolf gesprochen hatte – sie hätte es wissen müssen. Die Mädchen warfen im Feuerschein Schatten an die Wand. Sie waren jetzt bereits gebrochene Kreaturen, die sich vor Schmerz krümmten.

In der glühenden Kohle einer Feuerschale warteten mehrere Brandeisen. Der Geruch von verbranntem Fleisch lag in der Luft, während ein halbes Dutzend Männer in roten Roben etwas zelebrierte, das sie nicht verstehen konnte. Ihre Gesichter waren unter den Kapuzen nicht zu erkennen. Das musste die Führungsriege der Jungfische sein. Sie waren für Folter, Entführung und Vergewaltigung verantwortlich. Dämonen auf der Erde, Vernichter der Hoffnung, Antichristen. Mit anderen Worten: verachtenswerte Arschlöcher.

Daneben erbauten sich etliche andere Robenträger auf den Besucherrängen am Schmerz der Mädchen. Sie alle bezahlten bestimmt fürstlich für das grausame Spektakel.

Victoria stockte der Atem. Wenn sie richtig beobachtet hatte, würde bald schon die nächste Gruppe in den Thronsaal der *Puer-Piscis*-Sekte geführt werden. Und auch sie würden das Brandzeichen erhalten. Dabei waren es noch Kinder.

Verstörte, ängstliche Kinder.

Sie drückte ihr Kreuz durch, damit das Mobiltelefon jede Einzelheit der Tortur aufnehmen konnte. Portugiesische Sätze wurden durch den Raum gebrüllt, unterbrochen von einem Singsang, der sie an ein Gebet erinnerte. Sie gaben ihren teuflischen Plänen einen sakralen Anstrich, um ihre Taten zu legitimieren. Victoria wurde mit den anderen vier Mädchen ihrer Gruppe vor die Feuerschale am Altar geführt. Unzählige Gedanken schossen wie Billardkugeln durch ihren Verstand. Hatte sie schon einmal als kleines Mädchen in diesem Raum gestanden? Oder war sie direkt nach Frankreich, in den kleinen Ort L'Escale gebracht worden, wo man ihr das scheußliche Zeichen in die Haut gebrannt hatte? Bei dem Gedanken lief es ihr kalt den Rücken hinunter.

Als die Sechsergruppe ihre scheinheiligen Gebete beendete, sollten sie sich hinknien. Obwohl Victoria wusste, dass es unklug war, sah sie sich um. Sie zählte insgesamt dreißig Mitglieder in roten Roben, dazu zehn Männer in Anzügen. Wahrscheinlich mit Waffen.

Die Feuerschale mit den Brandeisen loderte nur wenige Meter von ihr entfernt. Sie konnte die Wärme auf ihrer Haut spüren, doch das war nichts im Vergleich zu dem Feuer, das in ihr loderte.

Was würde passieren, wenn sie das glühende Metall dem ein oder anderen Sektenmitglied durchs Gesicht zog?

Wahrscheinlich würde man sie bestrafen, vielleicht sogar die anderen Mädchen oder gar alle Gefangenen, die diese Folter über sich ergehen lassen mussten. Für die Frauen und Männer waren Grausamkeiten zur Routine geworden, sie würden vor Kollektivstrafen nicht zurückschrecken, dessen war sie sich sicher. Gleichgültig, wie sehr der Hass in ihr glühte, Victoria musste still sein, jede Tortur über sich ergehen lassen und hoffen, dass sie irgendwann die Gelegenheit erhielt, die Öffentlichkeit mit dem Video zu konfrontieren. 57 Prozent Akkuleistung mussten ausreichen! Mit Sicherheit waren es nun weniger.

Es spielt keine Rolle. Sie musste durchhalten. Für die Mädchen, für die Kinder und für ihren Schwur an Gott. Gerade wollte sie in ein stummes Gebet versinken, als einer der Securitymänner auf die Bühne trat und mit dem mittleren der Männer flüsterte. Der nickte nur, trat nach vorne und hob die Hände.

„Liebe Schwestern und Brüder", sagte er freudig erregt auf Englisch. „Es ist mir eine besondere Ehre, unseren großen Prior anzukündigen. Trotz aller Widrigkeiten ist es ihm gelungen, hier zu sein und die Taufe unserer Jungfische selbst durchzuführen." Er trat zurück und verbeugte sich.

Ein weiterer Kerl in schwarzer Robe begab sich auf die Bühne.

Prior, Taufe, Ehre, diese Menschen benutzten Wörter, die sie nicht in den Mund nehmen durften. Es war

Frevel, Heuchelei und einfach falsch, schöne Begriffe mit ihren Grausamkeiten zu vermischen.

Victoria biss sich auf die Zähne. Ihr Blick fiel auf das größte Brandeisen. Die Spitze mit den beiden küssenden Fischen, ihr Symbol. Der Prior, ein mittelgroßer Mann, dessen Gesicht durch die Kapuze im Schatten lag, würde ein gutes Ziel abgeben. Mit aller Macht versuchte sie, die aufkommende Wut in Demut umzuwandeln, und betete, dass sie die Qualen würde still ertragen können.

Er breitete die Arme aus, stellte sich mit dem Rücken zu ihnen, seinem Publikum zugewandt.

Der Prior der Sekte war wenige Schritte entfernt. Victoria spannte die Muskeln an. Es wäre nur ein kurzer Satz, ein harter Schlag. Mit etwas Glück konnte sie gar zwei oder drei ausführen, bevor seine Handlanger sie aufhalten würden. Doch als er die ersten Worte sprach und seine Kapuze sanft auf die Schultern gleiten ließ, gefror ihr das Blut in den Adern.

„Aufgrund der überwältigenden Anzahl an englischen Mitgliedern, die uns derzeit wegen der Expansion in die Vereinigten Staaten beehren, halte ich es für geboten, unsere heutige Taufe auf Englisch abzuhalten.“

Zustimmendes Gemurmel erklang, Victoria hatte jedoch nur Augen für den Mann. Sie meinte, sich zu irren und irrsinnig geworden zu sein. Ihre Sinne mussten verrücktspielen, denn wenn sie sich nicht völlig irrte, war das die Stimme von niemand Geringerem – als John.

John Bakare.

„Wie viele von Ihnen sicherlich wissen, gab es in jüngster Vergangenheit ein paar Unstimmigkeiten mit unseren Brüdern aus Mitteleuropa", fuhr er leise, aber deutlich fort, sodass die Menschen ruhiger wurden, um ihn zu verstehen. „Ich kann Ihnen, meine lieben Schwestern und Brüder, versichern, dass die Machtverhältnisse mit Verlust des Berliner Tempels wiederhergestellt und, mehr noch, ein für alle Mal geklärt sind."

Kurz brandeten mehrere Stimmen auf, ein junger Mann ließ sich sogar dazu hinreißen zu klatschen. Schnell hob Bakare die Arme, und Ruhe kehrte ein.

„Ich kann Ihnen allen versichern, dass Diskretion weiterhin an erster Stelle steht, dafür sorgt unser heiliger Pakt, und auch die mitteleuropäischen Tempel werden sich daran halten." Er lachte auf. „Dafür habe ich persönlich gesorgt."

Ihr Blick raste von einem Mitglied zum nächsten. Sie konnte keine Gesichter erkennen, die Körpersprache ließ jedoch auf Erheiterung schließen. Wussten sie, dass sie einen Pakt mit dem Teufel eingingen? Dass sie das Leben ihrer Liebsten aufs Spiel setzten für ihre eigene Gier?

Das war der Plan der Sekte, so gelang es ihnen, dass jeder dichthielt. Die Familien waren der Einsatz, und falls doch mal jemand aus der Reihe tanzen sollte, hatte man genug Menschen in wichtigen Positionen, die das geradebiegen konnten.

Es war eine effektive Maschinerie aus Angst, Macht und Verlangen, die vor aller Augen aufgebaut wurde und bereits Jahre existierte. Und jetzt stand John

Bakare nicht weit von ihr entfernt, faselte etwas von einer heiligen Taufe und wirkte weder gebrochen noch verletzt.

Victoria schloss die Lider. Hatte er sie benutzt, um die mitteleuropäischen Tempel zu Fall zu bringen? Waren das die Grabenkämpfe, von denen Hartup geredet und Fayola geschrieben hatte? Musste er seine Macht zementieren, und sie waren seine Fußsoldaten, die die Arbeit erledigten, sich dafür gar noch feiern ließen? Dabei war er in ihrer Wohnung eingebrochen, hatte geweint, um Hilfe gebeten, und sie hatte sie gewähren müssen. Sie waren nichts anderes als Schachfiguren in seinem Spiel gewesen.

Der schlimmste Feind war derjenige, der vorgab, ein Freund zu sein. Ihre Knie zitterten, ein heftiges Pochen in ihren Schläfen kündigte eine Migräne an. Die Mädchen neben ihr verstanden kein Wort. Wer sollte ihnen auch Englisch beigebracht haben? Sie wimmerten leise oder hatten sich mit ihrem grausamen Schicksal abgefunden.

„Noch einmal möchte ich unsere lieben Schwestern und Brüder aus Übersee willkommen heißen und bin frohen Mutes, die neuen Tempel in Amerika mit euch aufzubauen. Aus diesem Grund freue ich mich ganz besonders, eine vielversprechende große Lieferung von Jungfischen aus Nigeria und Estland ankündigen zu dürfen."

Langsam drehte er sich um. Seine schwarze Haut glänzte im Schein der Fackeln, ein gewinnendes Lächeln zog seine Zuhörer in den Bann, und seine Stimme war so perfekt akzentuiert, als hätte er nie etwas anderes gemacht als zu reden. Konnte das sein? Ihr Geist schien nicht mehr richtig zu funktionieren. Etwas setzte bei ihr aus und hinterließ eine schmerzhafte Leere. Victoria senkte den Kopf und streckte gleichzeitig die Brust heraus.

Sie wollte das Schwein in jeder erdenklichen Pose filmen, jedes seiner Worte aufzeichnen und sein ganzes Gehabe für immer auf die Speicherkarte bannen, damit niemals eine Menschenseele Zweifel daran haben würde, wer dieses Scheusal war.

Bakare schien nichts bemerkt zu haben. Seine schwarze Robe flatterte wie eine dunkle Aura um ihn herum, während er sich flüsternd zu Wolf drehte und dann das Brandeisen ergriff. Mit schnellen Schritten entfernte sich der verhasste Wachmann und sprach nun seinerseits in ein Mikrofon am Handgelenk, wie man es vom Secret Service kannte.

Die Menschen wurden unruhig. Victoria blieb keine Zeit, sich weiter darüber Gedanken zu machen. Eine Kette von Explosionen riss sie aus ihren Überlegungen. Die Mädchen schrien, hielten sich die Ohren zu und flehten um ihr Leben, während die Frauen und Männer in den roten Roben fluchtartig das Weite suchten. Innerhalb von Sekunden brach Chaos aus. Blendgranaten zuckten im schummrigen Licht und ließen Sterne vor Victorias Augen tanzen. Die Wachleute schossen in alle Richtungen, Projektile pfiffen durch die Luft und schlugen krachend in die Holzvertäfelung ein. Splitter flogen und bohrten sich in ihre Robe. Sie sah, wie die Wachleute schreiend auf dem Parkett aufschlugen und sich die verletzten Bäuche hielten. Die Rufe der portugiesischen Polizei schallten wie Donnerschläge zu ihr.

Victoria warf sich auf den Boden und verschränkte die Hände über den Kopf. Durch halb geöffnete Lider konnte sie erkennen, dass sich Bakare eine Waffe gegriffen hatte. Rasch lief er zu den knienden Mädchen.

Wollte er unliebsame Zeugen töten?

Victoria atmete tief ein, füllte ihren Brustkorb mit Sauerstoff, bis sie die Angst vertrieben hatte. Jede Sehne ihres Körpers war angespannt, als sie zur Feuerschale hastete und das Brandeisen packte. Mit aller Kraft holte sie aus, wollte es John über sein verlogenes Gesicht ziehen, doch der Mann war schneller. Er wich aus, sodass sie nur die Pistole erwischte und sie zu Boden polterte. Seine Finger umschlossen ihr Handgelenk wie ein Schraubstock. Auch ihre Waffe fiel scheppernd hin, während er sein Brandeisen noch in der Hand hielt.

„Hast du geglaubt, ich hätte dich nicht erkannt?", zischte er durch die schmalen Lippen. „Ihr habt einfach nicht aufgeben können, habe ich recht?"

Victoria spuckte ihm ins Gesicht. „*Wo Unrecht droht, da …*"

„Du weißt nicht, was Unrecht ist, hast es nicht am eigenen Leib erfahren." Bakare berührte ihre Brust, bemerkte das Handy und riss den Stoff auf, um es an sich zu nehmen. „Über Jahre habe ich die Hölle auf Erden erlebt, musste spüren, wie die Finger alter, reicher Männer über meinen Körper wanderten, wie sie ihre Schwänze in jede Öffnung steckten und ich dabei lächeln musste, als wäre es für mich das Paradies." Seine Augen brannten vor Zorn. „Ich kenne das Unrecht, es ist ein Verbündeter, ein Freund der Armen. Letztendlich ist Unrecht nur eine Frage, in welchem Land du geboren wurdest." Er spannte seinen rechten Arm und holte aus. Mit der Linken hielt er Victorias Handgelenk weiterhin fest umschlossen. „Ich werde nie wieder arm sein, nie wieder hilflos! Hörst du? Nie wieder!"

Sie nahm alle Kraft zusammen, zog ihr Bein an und traf ihn mit voller Wucht in die Weichteile. Doch auch ihre Verzweiflungstat konnte nicht verhindern, dass das glühende Eisen sie an der Stirn traf. Es war nur einen kurze Berührung, aber sie reichte aus, dass der Schmerz ihre Nervenbahnen elektrisierte. Blitze zuckten vor ihren Augen, ihr Kopf wurde zurückgeworfen, und wieder war da dieser ekelhafte Geruch von verbranntem Fleisch. Erst dann spürte sie den stechenden Schmerz. Sie brach in die Knie. Alles wurde in Dunkelheit getaucht.

Die Schüsse, die Schreie, Blut auf teurem Parkettboden, Mädchen, die zitternd neben ihr kauerten, dies alles nahm sie nur durch einen Schleier wahr. Die Laute drangen gedämpft an ihre Ohren. Zu ihrer Rechten erkannte sie ein bekanntes Gesicht. Carmen Schwarz trug eine schusssichere Weste mit der Aufschrift der portugiesischen Polizei. Sie schrie etwas, ihre Worte wollten Victorias Verstand jedoch nicht erreichen.

Ihr Körper bebte, als sie auf dem Holz aufschlug. Der Kopf war träge, jeder logische Gedanke wurde fortgespült. Nur der stechende Schmerz an ihrer Stirn überdeckte die anderen Empfindungen. Victoria war dankbar, als die Ohnmacht sie immer tiefer in die Schwärze herabzog und die Qual kleiner wurde.

Immer kleiner.

Immer ...

Kapitel 18 – Am Abgrund

Schwarz

Es hatte ewig gedauert, bis Hartup endlich zurückrief.

Mit knappen Worten erklärte er, dass er Falkner hatte überzeugen können und dieser auf der anderen Leitung gerade mit Interpol sprach. Innerhalb von einer Stunde seien alle rechtlichen Bedenken aus dem Weg geräumt und ein Team würde zur Verfügung stehen.

Eine Stunde.

Eine verdammte Ewigkeit.

Nur mit allergrößter Mühe konnte sich Carmen davon abhalten, das Gebäude alleine zu stürmen. Und natürlich zu scheitern. Als endlich die dunklen SUVs um die Ecke bogen, hatte sie fast eine halbe Packung Zigaretten geraucht und war dem Wahnsinn nahe. Glücklicherweise verwechselte der diensthabende Officer Garcia sie mit einer hohen Nummer beim BKA, weshalb sie tatsächlich eine Schutzweste bekam und mit dem leitenden Beamten den Komplex betreten durfte. Es wunderte sie, dass eine äußert bekannte Stimme in englischer Sprache durch die Gänge hallte. Für den Bruchteil einer Sekunde meinte sie, sie den selbstbewussten

Tonfall erkannt zu haben, wischte den Gedanken jedoch beiseite. Aufmerksam hörte sie zu, während sich die Teams von Raum zu Raum arbeiteten.

Hartup und Fayola Bakare hatten recht gehabt. Die Sekte befand sich in einem riesigen Schwanzvergleich. Und derzeit sah es so aus, als hätte der Redner die Oberhand. Eine Expansion in die USA stand an. Noch mehr Kinder, noch mehr Sklaven, noch mehr gebrochene Seelen, noch mehr alte reiche Säcke, die ihre perversen Wünsche mit Geld und Macht bezahlen konnten.

Carmen packte den Griff ihrer Pistole fester. Sie hätte sich keinen besseren Zeitpunkt auswählen können, um in diese ekelerregende Party zu platzen.

Als die ersten Blendgranaten explodierten, frohlockte sie. Alles war gut, was den Machenschaften der *Puer Piscis* Einhalt gebot. Sie stürzte mit gezogener Waffe in Richtung des großen Saals. Zu ihrer Überraschung war das kein einfacher Zugriff. Irgendetwas schien den Wachmännern ein paar Sekunden Vorsprung verschafft zu haben, weshalb die Kugeln mit tödlicher Präzision um ihre Ohren flogen. Zwei Polizisten wurden zu Boden geworfen, während sie von drei Seiten den Saal stürmten.

Selten hatte Carmen so etwas gesehen. Die Villa war von außen schon beeindruckend, aber im Inneren übertraf sie alle Erwartungen. Der Saal erinnerte sie an eine Kapelle und setzte dem Ganzen die Krone auf. Überall roter Samt, Männer in verschiedenenfarbigen Gewändern. Die erinnerten sie stark an den Ku-Klux-Klan, wobei es diesmal die Sklaven waren, die den weißen Stoff zu tragen hatten.

Mit der Pistole im Anschlag wich sie den Geschossen aus, suchte Schutz hinter einer der riesigen Säulen und spähte durch den Raum. Für eine Sekunde meinte sie, den Verstand verloren zu haben. Kniete da etwa tatsächlich Victoria vor …?

Das konnte nicht sein!

Ihr wurde heiß und kalt gleichzeitig.

Sie ließ die Waffe sinken und hatte nur noch Augen für den Mann, den die ehemalige Schwester ihr in einer dunklen Nacht als John Bakare vorgestellt hatte. Eine dumpfe Taubheit erfasste sie, während ihr Gehirn auf Hochtouren arbeitete. Hatte er sie nur benutzt? Ihnen Brotkrumen hingeworfen, um den Chalets in Europa zu schaden und seine Macht auszubauen?

Wie konnte er den Kindern das antun? Er war doch mal einer von ihnen gewesen, in den Fängen der Jungfische, vergewaltigt, geschunden, gefoltert. Und nun sollte dieser unscheinbare Mann an der Spitze der Organisation stehen?

Sein Lachen übertönte die Geräuschkulisse mühelos. Hart, laut und voller Häme.

Mit weit aufgerissenen Augen erkannte sie, dass er eine Pistole ergriff und in der anderen Hand ein glühendes Brandeisen führte. Er lief auf die knienden Mädchen zu – und auf Victoria.

Verdammt, was machte sie da?

Carmen gab ein paar Schüsse auf den Mann ab, sie konnte jedoch nur unplatziert zielen und wurde von den Projektilen der Wachmänner in Deckung gezwungen. Dutzende Frauen und Männer in roten Gewändern suchten ebenfalls Schutz, hoben die Hände oder kauerten hinter dicken Holzbänken, während das Chaos um sie herum tobte.

„Fuck!", schrie Carmen, versuchte sich vorzuarbeiten und wurde beschossen. Sie traute ihren Sinnen nicht.

Voller Wut rappelte sich Victoria auf, ergriff nun ihrerseits ein Brandeisen und wollte es Bakare über den Schädel ziehen. Gut so! Tapfere Schwester.

Nur leider stand sie damit in Carmens Schussbahn. Wie sie auch zielte, sie konnte einfach keine Kugel auf Bakare abfeuern. Zumindest gelang es der ehemaligen Nonne, ihm die Waffe aus der Hand zu schlagen. Doch es schien, als hätte auch er sie mit dem Eisen erwischt.

Die Ex-Nonne brach zusammen. Die Augen waren nur noch halb geöffnet. Sie war wehrlos. Allein ein Querschläger konnte ihren Tod bedeuten.

„Lescale! In Deckung!" Carmen musste etwas tun. Irgendetwas.

Sie schoss ein paarmal in die Richtung der verschanzten Wachleute, stürzte nach vorne und suchte hinter einer schweren Holzbank Schutz. Kugeln kratzen über Stein, Funken flogen umher, und die nicht enden wollenden Schreie schmerzten in ihren Ohren. Allmählich schienen die Kampfgeräusche nachzulassen. Carmen konnte einen Blick riskieren.

Victoria lag bäuchlings auf dem Boden, von Bakare fehlte jede Spur.

„Scheiße!", brüllte sie und hetzte weiter.

Mit groben Bewegungen drehte sie die ehemalige Schwester um. Das Brandeisen hatte sie an der Stirn erwischt, der Gestank von verbranntem Fleisch verursachte ihr Übelkeit.

„Lescale, sind Sie in Ordnung?“ Hastig tastete sie die Frau ab. Blut bedeckte ihre Augen, das Eisen musste sie hart erwischt haben. „Hören Sie mich, Schwester?“

Als sie die Lider aufschlug, hüpfte Carmens Herz für einen Moment. Bei Gott, sie war am Leben. „Das ... das Handy.“

„Wie bitte?“

„Bakare, er hat das Handy, alle Filme und Beweise.“

„Fuck!“

„Ja, genau. Fuck.“ Stöhnend stützte sie sich auf. „Entschuldigen Sie das Fluchen.“

Carmen stockte, sah sie auffordernd an. „Geht es Ihnen gut?“

Mit spitzen Fingern zupfte sie am weißen Stoff. Blutflecke breiteten sich in Schulterhöhe aus, der Saum starrte vor Dreck. Victoria berührte die Robe, als würde sie Krankheiten übertragen.

„Mir geht es gut.“ Plötzlich wurde ihr Blick klar, der Ton wütend. „Finden Sie Bakare! Alles andere ist unwichtig.“

Carmens schaute sich hastig um. Von der Bühne ging nur eine Tür ab. Dorthin musste er in all dem Trubel geflüchtet sein. Sie erlaubte sich einen kurzen Seitenblick. Die Polizisten erlangten die Kontrolle, waren aber immer noch beschäftigt. Mit einem Ruck zog sie die Ex-Nonne hinter eine Bank. Dort durfte ihr keine Gefahr drohen.

„Bleiben Sie hier. Rettungswagen sind unterwegs.“

„Von wegen.“ Mit blutverschmierter Hand stützte sich Victoria ab und hinterließ einen roten Abdruck auf dem Holz. „Ich komme mit.“

„Das werden Sie nicht, Schwester." Carmen hob die Pistole. „Sie sind fürs Beten verantwortlich, ich für die Festnahmen. Kümmern Sie sich um die Mädchen und Kinder!" Bestimmt drückte sie Victoria zu Boden, dann spurtete sie zur Tür.

Plötzlich schien es, als würde der Gang jeden Ton schlucken. Die Schreie ließen weiter nach, nur noch vereinzelt drangen Schüsse an ihre Ohren. Es klang, als wären sie weit entfernt. Die Sekte musste Millionen in Schallisolation investiert haben, um die Schreie im Gebäude zu halten.

So leise wie möglich wechselte Carmen das Magazin ihrer Waffe und arbeitete sich durch den Korridor. Zu gerne hätte sie jetzt eine ihrer Tabletten eingeworfen, um diese unbändige Angst zu betäuben.

Modrige, kalte Luft begrüßte sie und wurde bald von einer salzigen Brise abgelöst. Ihre Schritte warfen ein dunkles Echo von den Wänden. Es war der perfekte Ort für einen Überraschungsangriff. Das Herz schlug ihr bis zum Hals, als endlich ein Lichtschimmer zu sehen war. Eine weitere Tür führte nach draußen. Frische Luft flutete ihre Lungen, Wind zerrte an ihren Haaren. Vor ihr lag der rauschende Tajo, der Atlantische Ozean öffnete sich zu ihrer Linken. Die Steinklippen waren von einer schroffen Schönheit, und der Mond spiegelte sich auf der Wasseroberfläche. Hierher musste er geflüchtet sein. Irgendwo ...

Rasch hatte sich die Dunkelheit über dem Meer ausgebreitet. Sternenglanz zerschnitt das Firmament. Carmen blickte in alle Richtungen, hörte in das Meeresrauschen, im Halbschatten konnte sie jedoch nur Umrisse erkennen. Ein kleines Bootshaus mit Steg ragte einen Steinwurf von ihr entfernt ins Wasser.

Carmen fluchte, dass sie keine Taschenlampe mitgenommen hatte. Sie zückte das uralte Handy von Victoria. Glücklicherweise hielten die Akkus der alten Backsteine ewig, leider versagte die integrierte Taschenlampe. Der sanfte Schimmer des Displays musste ausreichen, um ihr den Weg zu leuchten. Doch als sich der Schein des Mobiltelefons auf die Steine legte, stockte ihr der Atem.

Den Schmerz an ihrem rechten Arm registrierte sie zunächst gar nicht, dann nahm er mit infernaler Stärke zu, bis er kaum mehr auszuhalten war. Carmen ging zu Boden, die Pistole fiel in den Sand. Erst jetzt erkannte sie, wer sie angegriffen hatte. Das Gesicht der Ärztin hatte selbst im weißlichen Licht eine angsteinflößende Härte.

„Du wirst ihn nicht bekommen. Niemand wird das", fauchte sie, während die Eisenstange bedrohlich schimmerte. „Weißt du, was er erleiden musste, was er durchgestanden hat, um da zu sein, wo er jetzt ist?"

Carmen rieb sich den Arm und versuchte, nicht in Panik zu verfallen. Die Frau mit den roten Haaren musste sich auf den Klippen über dem Ausgang versteckt und sie ungezielt attackiert haben. Diesmal würde sie mit chirurgischer Präzision zuschlagen, dessen war sie sich sicher. Carmen spürte das Salz auf den Lippen, als sie über Steine und Strand kroch. Sie musste weg von dieser Irren. Sofort!

„Du hast keine Ahnung, was in ihm vorgeht", spie die Ärztin aus, beförderte Carmens Pistole mit einem Tritt über die Klippen und stellte ihren Fuß auf den verwundeten Arm.

Ein spitzer Schrei entfuhr Carmen und ging langsam in aggressives Schluchzen über. „Liebst du den Kerl etwa? Einen Kinderschänder?"

„Den Kerl?" Sie erhöhte den Druck. „Er ist der stärkste Mensch, dem ich jemals begegnet bin, hat alle Widrigkeiten überwunden und es bis an die Spitze geschafft."

„An die Spitze einer kranken Sekte, deren Reichtum auf den Rücken der Schwächsten beruht."

„Wie in jeder normalen Firma", schrie sie, nahm den Fuß weg und trat Carmen, sodass sie mit dem Rücken im Sand landete. „Doch wir benutzen nicht das Feigenblatt der Zivilisation. Nur die Starken überleben." Sie packte die Eisenstange mit beiden Händen. „Das sollten Sie am besten wissen, Frau Kommissarin."

Carmen hob die Arme. Was für ein verklärtes Weltbild. Sie musste die Frau am Reden halten, Zeit gewinnen. Irgendwann würden die portugiesischen Spezialeinheiten den Hinterausgang entdecken. Hoffentlich nicht zu spät …

„Und das rechtfertigt Vergewaltigung? Entführung und Mord?"

Langsam hob die Ärztin die Eisenstange. „Es rechtfertigt alles", flüsterte sie und lächelte. „Wir können nur so gut sein, wie die Welt es uns erlaubt." Sie lehnte sich herab, die Silben gingen im Rauschen des Meeres fast unter. „Und die Welt ist sehr schlecht zu uns gewesen. Wenn der Schmerz einmal zum Freund geworden ist, kann einen nichts mehr besiegen. Und, im Namen des Erlösers, John musste unendlich viel Schmerz ertragen."

Der Sand brannte in ihren Augen und knirschte zwischen den Zähnen. Trotzdem konnte sie den Blick nicht von der Frau abwenden. Carmen hatte sie heute zum ersten Mal gesehen, wusste weder ihren Namen noch, ob sie tatsächlich Ärztin war, das spielte jedoch keine Rolle, denn nun würde sie ihren letzten Atemzug tun und durch die Hand einer unbekannten Irren sterben.

Was für eine Scheiße!

Die Frau füllte ihre Lungen, bereit, den Hieb auszuführen. Carmen hielt den Atem an. Wäre sie gläubig, wäre das der richtige Zeitpunkt gewesen, ein letztes Gebet zu sprechen.

Im nächsten Moment war der hasserfüllte Blick verschwunden, die Ärztin klappte so schnell zusammen, als hätte man einer Marionette die Fäden durchtrennt.

„Wenn der Schmerz dein Freund ist, grüß ihn von uns."

„Lescale!"

Die ehemalige Schwester konnte sich gerade auf den Beinen halten.

„Sie sollten nicht hier sein."

„Sie wissen doch, Gottes Wege und so." Sofort ließ sie den Stein fallen, mit dem sie die Frau ausgeknockt hatte, fiel auf die Knie und untersuchte Carmens Arm. „Er ist vielleicht gebrochen." Sie sah sich um. „Wo ist Bakare? Haben Sie das Handy?"

Unter Schmerzen schüttelte Carmen den Kopf und nickte zum Bootshaus. „Seine Geliebte hat ihm Zeit verschafft." Victoria half ihr hoch, obwohl sie selbst kaum in der Lage war zu stehen und gehörig schwankte. „Ob er flüchten konnte, weiß ich nicht. Ich war gerade ziemlich abgelenkt mit Überleben", fuhr sie keuchend fort, hielt sich den Arm und schaute auf die im Sand liegende Ärztin. „Kommt sie durch?"

„Bestimmt." Ihr Tonfall war gleichgültig. Victoria hatte nur Augen für das Bootshaus. „Wir sollten auf Verstärk..."

Die ehemalige Nonne stockte mitten im Satz. Ihr Kopf fuhr so schnell herum, dass ihre blonden Locken tanzten. Motorengeräusche. Kaum zu hören, dennoch setzten sie sich klar vom Wellenrauschen ab. Dann erstarben sie gluckernd.

„Keine Zeit, um … Ah." Carmen sackte beim ersten Schritt zusammen. Mit der Linken musste sie sich an einem Felsen abstützen. Die scharfen Konturen bohrten sich in ihr Fleisch, die Muskeln versagten ihren Dienst. Alles schrie in ihr sich hinzulegen. Doch das erlaubte sie sich nicht. Verdammt, er durfte ihnen nicht entwischen. Er würde seine Kontakte spielen lassen, die Aufnahmen vernichten, untertauchen und seine dreckigen Machenschaften einfach irgendwo fortsetzen. Sie biss sich auf die Zähne und straffte ihr Kreuz. „… um zu warten. Jetzt oder nie!"

Victoria nickte entschlossen. „Ganz Ihrer Meinung, Schwarz."

Gemeinsam humpelten sie zum Bootshaus und stützten sich gegenseitig. Jedes Geräusch war tödlich. Das Überraschungsmoment war ihre einzige Chance, Bakare aufzuhalten.

„Er muss gehört haben, dass ich hier bin. Das heißt, ich spiele den Lockvogel", sagte Carmen dumpf. „Sie bleiben im Hintergrund, und nur wenn es absolut sicher ist, greifen Sie ihn an, verstanden?"

Die ehemalige Schwester nickte. „Wo ist Ihre Waffe?"

„Fragen Sie besser nicht." Ihr Blick fiel auf die glitzernde Wasseroberfläche.

„Auf dem Grund des Tajo?"

„Leider, ja."

„Hat er das Handy ebenfalls dort entsorgt?"

Carmen überlegte eine Sekunde. „Taucher könnten es bergen, IT-Spezialisten die Daten wiederherstellen. Nein", antwortete sie entschieden, „er trägt es bei sich."

Kurz vor dem Bootshaus verlangsamten sie ihre Schritte. Von innen drangen Geräusche an ihre Ohren. Anscheinend versuchte Bakare, eines der Boote ans Laufen zu kriegen. Zu ihrem Glück war es ihm noch nicht gelungen.

„Können Sie gut schwimmen?", wollte Carmen mit leiser Stimme wissen.

„Um ihn von zwei Seiten anzugreifen? Gute Idee." Es war, als könnte Victoria ihre Gedanken lesen.

„Ganz genau." Carmen hob die Hand und drehte sich zu ihr. „Und, Schwester ..."

„Ich soll vorsichtig sein?" Erneut wusste sie, was Carmen sagen wollte. „Sie auch, Schwarz."

Selten hatte sie so eine Verbindung zu einem Menschen gespürt. Selbst nach so kurzer Zeit. Tief in ihrem Inneren wünschte sie sich, dass die ehemalige Nonne es mit der Angst zu tun bekäme, kneifen und auf die Polizei warten würde. Selbst wenn Bakare dadurch flüchten konnte. Zumindest wäre sie dann sicher. Aus irgendeinem Grund glaubte Carmen, dass sich die Schwester das Gleiche für sie wünschte. Es war ein warmes Gefühl und so grotesk, dass Carmen lächeln musste. Victoria erwiderte die Geste schüchtern, bis sich Kälte in ihre Augen schlich.

Carmen räusperte sich und deutete auf die Robe. „Sie sollten sich …“

Die linke Seite ihres Gesichts klebte von getrocknetem Blut. Mit dem weißen Gewand sah sie aus wie eine Figur aus einem Horrorfilm. Die Schwester bemerkte im selben Moment, dass ihre Kleidung zu auffällig war und zu schwer, wenn sie sich mit Wasser vollsog. Im Handumdrehen riss sie sich den weißen Stoff vom Leib. Eine knallenge Jeans, ein weißes Top mit tiefem Ausschnitt und hochhackige Stiefel kamen zum Vorschein.

Carmen nickte. „Chic.“

„War nichts anderes da. Und jetzt konzentrieren Sie sich.“ Ihr Ton war klar und scharf. Sie wollte Bakare in Ketten sehen.

Gemeinsam liefen sie geduckt los und lugten wenig später in den Holzverschlag. Mit dem Rücken zu ihnen zog Bakare am Anlasser des Motors. Im Schein seiner Taschenlampe konnten sie erkennen, dass er aus allen Poren schwitzte. Er fluchte leise, sein Gewand war an einer Seite völlig zerrissen. Nun wirkte er nicht mehr wie der mächtige Chef einer weltweit operierenden Sekte, sondern glich der jämmerlichen Gestalt, der sie geholfen hatten.

Ohne eine weitere Geste glitt Victoria ins Wasser. Für ein paar Augenblicke waren leichte Wellen auszumachen, dann hatte sie die See lautlos verschluckt.

Jetzt lag es an ihr.

Behutsam setzte Carmen einen Fuß in das von beiden Seiten offene Bootshaus. Der Gestank von Öl und Benzin verpestete die Luft und verdrängte die frische Brise. Mehrere Boote stapelten sich an den Seiten, die Stege waren u-förmig angelegt. Bakare befand sich auf einem Boot im Wasser, hantierte am Motor und zog am Startseil, während es gehörig schwankte.

Das Glück schien auf ihrer Seite zu sein.

Er würde nicht hören, dass sie sich näherte. Carmen schlich gebückt über das knarrende Holz, griff einen Holzbalken und fixierte Bakare wie eine Beute. Wo, zum Teufel, war seine Waffe? Trug er eine mit sich? Wenn Fortuna ihnen hold war, hatte er sie auf seiner Flucht bereits verloren.

Ein paar Meter vor ihr stockte er, drückte sein Kreuz durch und arbeitete weiter. „Sie atmen so laut, dass es das Meeresrauschen übertönt."

Carmen erstarrte. Ihre Finger umkrampften das Kantholz so fest, dass ihre Knöchel weiß anliefen. Sie sagte kein Wort, versuchte, nicht zu atmen. Meinte er sie? Oder war er so verrückt geworden, dass er Selbstgespräche führte?

„Haben Sie die Kavallerie gerufen, Frau Kommissarin?"

Damit fegte er alle Zweifel beiseite. Er hatte sie gehört!

Bakare tat, als wäre nichts gewesen. Erst Sekunden später griff er unter seine Robe und legte eine Pistole auf den Sitz des Boots.

„Meine Eltern haben wir nie kennengelernt", sagte er im Plauderton. „Wenn Sie als kleiner Junge in riesigen Villen aufwachsen und die meiste Zeit des Tages in einem Raum verbringen, beginnen Sie automatisch, auf Ihre Umgebungsgeräusche zu achten, Ihre Sinne zu schärfen und jedes Flüstern zu deuten." Er legte einen Schraubenschlüssel zur Seite, zog wieder am Seil. Der Motor gab gurgelnde Geräusche von sich, doch zünden wollte er nicht. „Wenn jeder Schritt in deine Richtung bedeutet, dass dich ein fremder *Onkel* besuchen kommt und du nett zu ihm sein musst, lernt man schnell, was es heißt, ruhig zu sein."

Er hatte ihr weiterhin den Rücken zugewandt. Konnte er gesehen haben, dass sie keine Waffe bei sich hatte, oder redete er einfach, um Zeit zu schinden und den Motor zum Starten zu bewegen?

„Warum, John? Sie waren selbst diesen Qualen ausgesetzt. Oder war das alles eine Lüge?"

„Nein", knurrte er. „Es ist die Wahrheit." Für einen Herzschlag schien es, als würden ihn seine Überlegungen zum Innehalten zwingen. „Alles ist so, wie ich es Ihnen gesagt habe. Fayola und ich wurden aus Nigeria entführt, nach Portugal verschifft, unzählige Male vergewaltigt, geschlagen, gefoltert und gebrandmarkt, bis zu dem Unfall in Berlin."

„Und dann? Fayola ist ins Kloster gegangen. Und Sie?" Die Zeit lief nicht nur für ihn. Es konnte nicht mehr lange dauern, bis das Feuergefecht zum Erliegen kam und es hier von Spezialeinheiten nur so wimmelte. „Sind Sie untergetaucht?"

„Im Gegenteil. Ich bin zurückgekommen."

Carmen näherte sich langsam, hob das Kantholz, bis Bakare blitzschnell seine Pistole ergriff und den Lauf in ihre Richtung hielt. „Ab ins Wasser damit, und bleiben Sie da stehen!" Er lud seine Waffe durch. „Die Schüsse sind sehr laut, ich würde ungerne die Polizei herlocken, wenn es nicht absolut notwendig ist."

„Sie meinen, bis das Motorboot startbereit ist?"

War da ein Lächeln auf seinen Lippen zu erkennen? Carmen wusste, was geschehen würde, wenn Victoria keinen Erfolg hatte. Sie warf das Kantholz ins Wasser, Bakare legte die Pistole beiseite. Falsche Hoffnungen waren jedoch fehl am Platz. Sobald der Motor ansprang, war sie tot.

Sie musste ihn ablenken, am Reden halten, irgendetwas ...

Als er am Startseil zog, gefror das Blut in ihren Adern. Der Motor röhrte. Carmen atmete aus. Ihre Galgenfrist war verlängert worden.

„Sie sind zurückgegangen", schrie sie fast, in der Hoffnung, dass Polizeikräfte in der Nähe waren. „Das Stockholm-Syndrom?"

„Im Gegenteil, ich habe den damaligen Prior und all die fetten, reichen weißen Schweine gehasst, die ihre Hände nicht von meinem Penis nehmen konnten und deren Ärsche ich lecken musste." Er füllte Benzin nach, schleuderte den Kanister achtlos weg. „Und das meine ich nicht im übertragenen Sinne. Sie müssen wissen, manche Menschen haben kranke Fantasien."

Wie paradox, die Worte von den Lippen des Mannes zu hören, der für das größte pädophile Verbrechen der Neuzeit verantwortlich war. Trotzdem musste sie ihre Worte sorgsam abwägen.

„Das tut mir leid", sagte Carmen leise und näherte sich einen Schritt.

„Muss es nicht", erwiderte Bakare sanft. „Sie haben ihre Strafe bekommen." Nicht schwer zu erraten, was er damit meinte. „Wir sind in die Obhut von Schwester Marie gekommen. Sie bot an, dass ich nach München gehen sollte, um mein Leben im Schoß der Kirche zu verbringen. Das konnte ich nicht." Er schüttelte den Kopf. „Ich wollte meine Rache, nie mehr arm sein, nie mehr schwach sein und ausgeliefert. Also verließ ich Fayola und kehrte nach Portugal zurück. Ich war schon alt, fast ein junger Mann. Für das Hauptgeschäft der Sekte uninteressant." Er lachte auf, als hätte er einen Witz gemacht. „Also wurde ich ein Laufbursche der *Puer Piscis* und begann, das Credo der Jungfische zu verstehen." Wieder griff er zum Schraubenschlüssel und beobachtete mit einem Auge Carmens Versuche, sich ihm weiter zu nähern. „Es ist weder Fleiß noch Tugend, die uns mächtig werden lassen, sondern Zufall und Kaltblütigkeit. Ich konnte nichts dafür, dass ich in Nigeria als Sohn eines Bauern geboren wurde, genau wie die wohlhabenden Perversen nichts dafür konnten, dass sie schon als Kleinkinder bessere Chancen hatten, als die meisten sie jemals bekommen würden. Es gab nur eine Möglichkeit, um das zu ändern."

Zentimeter für Zentimeter ging sie vorwärts. „Lassen Sie mich raten: Sie mussten die Regeln brechen und selbst einer dieser verhassten Monster werden."

Für einen Lidschlag hielt er inne, drehte sich zu ihr und lächelte. „Im übertragenen Sinne – ja. Ganz genau. Am Anfang brachte ich noch Kinder zum Kloster, die in die Fänge des Priors geraten waren. Unter anderem Ihre Freundin Victoria." Er zuckte mit den Schultern. „Nun ja, früher hieß sie natürlich anders, als der Prior sie ihren Eltern aus einem kleinen Dorf in Frankreich entrissen hat. Ich befreite so viele, wie ich konnte, aber mit der Zeit erlebte ich, was es heißt, an Macht zu gewinnen." Nur ein paar Sekunden dauerte dieser Ausflug in die Vergangenheit. „Schließlich wurde ich der persönliche Assistent des Priors. Ich wartete im Stillen, ruhig, beobachtend, baute mein Netzwerk aus, erlangte sein Vertrauen und machte mich unabkömmlich. Eines Abends rief er mich zu sich. Mal wieder sollte ich seine Lust oral befriedigen, bevor er zu Bett ging. Eine besonders ekelhafte Routine dieses alten Mannes. Diesmal war es anders", erklärte Bakare und zog am Anlasser. Erneut gurgelte es, diesmal schien er dem Start näher zu sein. „Ich biss zu und nahm ihm, was er am liebsten hatte, womit er mich jahrelang gedemütigt hat. Etliche Minuten lauschte ich seinen Schreien, bis ich es beendete. Wissen Sie, es ist ein magischer Moment, wenn man das Leben eines Menschen nimmt. Gar nicht schmerzhaft. Er lächelte sogar, als ich ihn endlich erlöste. Ganz anders, als würde die Seele über Wochen, Monate, Jahre immer wieder ein kleines Stück mehr brechen."

„Ich weiß, dass Ihnen Unbeschreibliches widerfahren ist." Carmen machte einen weiteren Schritt auf ihn zu. Die Pistole war nur noch ein paar Meter entfernt. Wenn sie sprang, wäre es vielleicht möglich, sie zu ergreifen. „Nur welches Monster tötet seine eigene Schwester?"

„Das war nicht meine Schuld!", brüllte er, nahm die Waffe und drehte sich um. Mit einer Hand zog er am Anlasser. Die Motorgeräusche veränderten sich allmählich. Nicht mehr lange und dieses Mistding würde tatsächlich wieder funktionieren.

Bald war ihre Zeit abgelaufen.

„Sie haben Fayola ermordet", rief sie ihm entgegen.

„Ich sagte Nein!"

Endlich fand Carmen etwas, was ihn in Rage versetzte. Im Schein seiner Taschenlampe bemerkte sie die

Wut in seinen Augen und die aufflammende Selbstsucht, die jemanden Fehler machen ließen. Mit ein wenig Glück konnte sie ihn dazu bringen, dass er noch mehr schrie. Dazu musste sie eine gefährliche Taktik anwenden: jemanden provozieren, der mit einer geladenen Waffe auf ihr Gesicht zielte.

„Der Krebs wird es kaum gewesen sein." Sie sah sich um, breitete die Arme aus und drehte sich um die eigene Achse. „Sie töten mich ohnehin. Also, geben Sie es zu, Sie haben Ihre eigene Schwester ermordet!"

„Fayola hat sich ihren Tod selbst zuzuschreiben!" Er blickte kurz zum Motor, machte einen Schritt in ihre Richtung. „Sie hat nie geraucht, trank keinen Alkohol, lebte gesund, und dennoch fiel sie dieser heimtückischen Krankheit anheim." Der Lauf der Waffe zitterte. „Sie rief mich an, seit Jahren der erste Anruf. Sie wusste alles und wer ich war, wozu ich es gebracht hatte in der Sekte." Ein Lächeln huschte über seine Lippen. „Doch sie konnte ihren Bruder nicht verraten. Zumindest, bis sich ihr Tod ankündigte und sie ihr Gewissen erleichtern wollte."

„Fayola sagte Ihnen, dass sie an die Öffentlichkeit gehen würde, dass sie beichten wollte. Das mussten Sie verhindern."

Bakares Blick wanderte in die Ferne. „Ich konnte es nicht selbst, musste Leute beauftragen. Nicht mit einer Pistole, sondern sanft, von hinten, damit ich der letzte Mensch wäre, den sie sieht, und sie ruhig in meinen Armen sterben konnte." Er senkte die Augen und ebenso den Lauf der Waffe. „Auch wenn ihr Leben gezeichnet war von Folter und Hass, so sollte wenigstens ihr Übergang schön werden." Wieder zog er am Seil. Diesmal sprang der Motor an.

Fuck!

Carmen hob die Hände. Sie musste schreien, um den Lärm zu übertönen. „Die Aussage Ihrer Schwester hatte genug Sprengkraft, um Ihre Machtposition zu schwächen, habe ich recht? Deshalb mussten Sie ein Exempel an den mitteleuropäischen Jungfischen statuieren. Und Sie haben uns benutzt, um die Berliner Dependance hochzunehmen. Nur warum das Rätsel?"

Verdammt, sie brauchte Zeit.

Bakare löste das Halteseil und nickte beiläufig. „Hätten Sie mir geglaubt, wenn ich Ihnen gesagt hätte, wo unsere heilige Sekte in Berlin residiert? Sie sollten davon überzeugt sein, dass es Ihr Verdienst war."

„Dafür musste Fayola sterben", stellte Carmen kühl fest, obwohl sie das Gefühl hatte, ohnmächtig zu werden.

„Alles hat einen Grund." Bakare richtete sich auf und zielte auf ihre Brust. Damit war ihr Schicksal besiegelt. „Sie starb durch eine tragische Erkrankung, nicht durch meine Hand. Ich selbst habe sie hier begraben."

Natürlich. Er war es gewesen, der die Leiche aus der Rechtsmedizin entwendet hatte.

„Es war Mord, kaltblütiger, selbstgerechter Mord, aus niederen Beweggründen", spie Carmen voller Zorn aus. Waren das ihre letzten Worte? Angst vermischte sich mit Zweifeln und hinterließen nichts außer hilfloser Panik.

„Nein." Bakare löste die Sicherung. Seine Stimme war so ruhig, dass es ihr grauste. „Es war notwendig."

„Sie Bastard!"

Carmen zuckte zusammen, als sich Victoria wie aus dem Nichts auf ihn stürzte. Sie musste die ganze Zeit hinter Kisten ausgeharrt haben. Ihre Gesichtszüge waren verzerrt. Ihr gelang es, ihm die Pistole aus der Hand zu schlagen, bevor Bakare ihre Locken zu fassen bekam. Victorias gellender Schrei hallte von den Wänden wider und vermischte sich mit dem Heulen des Sturms, als er sie zu sich zog.

Die Pistole knallte auf das Holz und schleuderte in Richtung Wasser. Ohne nachzudenken, sprang Carmen an den Rand des Stegs. Ihr Arm pochte so heftig, dass sich der Schmerz bis in ihre Brust zog. Gerade als sie über den Rand zu gleiten drohte, bekam sie die Waffe zu fassen. Noch auf dem Boden drehte sie sich um und richtete den Lauf auf Bakare.

Die Bewegungen der ehemaligen Nonne waren vollends zum Erliegen gekommen. Sie sah aus wie eine der steinernen Statuen, die sich im Kloster befanden. Nur ihr von Angst zerfressener Blick zeugte davon, dass sie aus Fleisch und Blut war.

Kein Wunder.

Bakares Klinge ritzte bereits ihren Hals. Ein Rinnsal Blut lief ihre Haut hinab, vermischte sich mit den Tropfen Meerwasser und färbte das Top rot. Schlaff hingen ihre Arme an ihr herunter, während er sie mit festem Griff in ihre Haare kontrollierte.

„Drücken Sie einfach ab", sagte Victoria mit gepresster Stimme. „Hören Sie, Schwarz? Er darf nicht flüchten."

„Und töten Ihre lieb gewonnene Partnerin?" Bakare schüttelte den Kopf. „Nein. Das bringen Sie nicht übers

Herz. Nicht nach allem, was Sie durchgemacht haben. Zwei Außenseiter, die sich fanden und so blendend ergänzen, will niemand auseinanderreißen oder gar töten." Er drückte Victoria einen Kuss auf den Hals. „Vor allem nicht das kleine Mädchen, das ich damals gerettet habe." Sein Lächeln war so kalt wie Eis. „Ein Vorschlag der alten Zeiten willen: Die Frau Kommissarin bleibt hier, legt ihre Waffe weg, und ich mache mit Schwester Victoria einen kleinen Ausflug mit dem Boot. Ich erzähle Ihnen, was mit Ihren richtigen Eltern geschehen ist, und setze Sie fünf Minuten von hier ab." Er machte eine taktische Pause, in der nur das Rauschen der Wellen zu hören war. „Sie haben mein Ehrenwort."

„Das Wort eines Killers ist nichts wert", giftete Carmen und suchte sich eine freie Schussbahn. Die Waffe zitterte wie Espenlaub. Selten hatte sie mit der Linken geschossen, doch ihr rechter Arm war nicht mehr zu gebrauchen. Es musste einfach funktionieren.

Obwohl sie ein Messer an der Kehle hatte, lehnte sich Victoria zur Seite und riskierte, dass die kalte Klinge tiefer in ihr Fleisch schnitt. „Töten Sie ihn einfach!"

„Nein." Carmen verlagerte das Gewicht, es war jedoch unmöglich einen finalen Schuss zu platzieren. „Wir verhaften ihn. Er ist und bleibt ein Mensch."

„Er ist ein Monster." Ihre Augen glühten vor Hass, wie sie es noch nie getan hatten. „Töten Sie ihn", forderte die Ex-Nonne erneut.

„Sie haben selbst gesagt, dass wir eine Verantwortung haben gegenüber den Menschen und jedes Leben schützenswert ist."

Victoria fletschte die Zähne. „Er hat seinen Schutz verwirkt." Mehr Blut floss. „Dieses Monster hat Fayola kaltblütig ermordet! Er hat Kinder versklavt und sie an den Höchstbietenden verkauft. Dafür verdient er den Tod!"

Die Worte schienen Bakare in Rage zu versetzen. „Ich habe sie nicht ermordet." Etwas Verletzliches schwang in seiner Stimme mit. „Es war ihre Entscheidung, sich an die Öffentlichkeit zu wenden. Sie war ihr eigener Scharfrichter."

Glaubte dieses Monster seine eigenen Lügen? Über Jahrzehnte der Folter hatten ihn verrückt, machtbesessen und kalt werden lassen. In seinem Kopf musste er sich diese Geschichte wieder und wieder zurechtgelegt haben, um nicht daran zu zerbrechen. Und schließlich war er sogar fähig gewesen, seine eigene Schwester zu töten. Zu gerne hätte Carmen ihm den Tod übergeben. Aber das wäre falsch und würde sie zu dem machen, was sie zu bekämpfen versuchten.

Carmen tropfte der Schweiß in die Augen.

Victorias Lippen waren zusammengekniffen, doch ihr Blick war klar, als hätte sie mit etwas abgeschlossen. Kaum merklich nickte sie. Carmen verstand, was sie meinte. Sie verband etwas, was sie weder sehen noch verstehen konnten.

Auch ohne Worte und große Gesten.

Victorias Lippen formten sich zu einem knappen Lächeln, dann streckte sie an der herabhängenden Hand drei Finger aus.

Carmen hielt den Atem an und zählte innerlich mit. Jeder Muskel ihres Körpers war gespannt, das Blut rauschte in ihren Ohren. In dem Bruchteil der Sekunde, in dem sie bei null angekommen waren, sprang Victoria zur Seite. Die Zeit schien in diesem Moment langsamer zu laufen. Carmen konnte sehen, wie die rasiermesserscharfe Klinge in das Fleisch der ehemaligen Schwester drang und sie sich trotzdem aus den Fängen des Mannes befreite. Victoria prallte mit voller Wucht gegen einen Bootsrumpf und sackte zusammen.

Sofort drückte Carmen ab. Der pfeifende Wind machte den Schuss zu einem Flüstern. Der Ausdruck in Bakares Gesicht war verzerrt, zu einer Fratze verkommen, als er das Messer fallen ließ und seine blutende Schulter hielt. Dort wo die Kugel eingedrungen war, färbte sich die Robe dunkel. Die Verletzung zwang ihn in die Knie.

Das war ihre Chance!

Während der Wind an ihren Haaren zerrte, als wollte er sie zurückhalten, stürzte sie sich auf ihn. Sie trat das Messer ins Wasser, packte ihn mit der linken Hand am Nacken und drückte ihn auf den Boden. Konnte sie dieses Monster wirklich verhaften?

Er keuchte, brüllte vor Schmerz, schimpfte in einer Sprache, die sie nicht verstand, während sie zu den Kabelbindern an ihrem Gürtel griff. Gerade als sie ihm die Fesseln anlegen wollte, traf sie ein Donnerschlag.

Bakare drehte sich so schnell, dass sie neben ihn auf den Boden geschleudert wurde, und rammte ein zweites Messer in ihre Schulter. Erst auf dem feuchten Holz spürte sie den Schmerz an ihrer Schulter. Ein Schrei entfuhr ihrer Kehle, sie wollte um Hilfe rufen, sich wehren, doch die Pein lähmte ihre Bewegungen. Carmen sah an sich hinab.

Das Messer in ihrem rechten Arm glänzte im hellen Schein der Taschenlampe. Wie ein Splitter stach es aus ihrem Arm heraus. Mit zitternden Fingern berührte sie das Heft und zog im nächsten Moment ihre Hand zurück. Zu stark war der Schmerz, zu groß die Qualen.

Der Erschöpfung nahe, ließ sie den Kopf auf das Holz fallen, ihr Körper erbebte. Hilflos musste sie mit ansehen, wie sich Bakare aufrappelte.

„Ihr werdet uns nicht aufhalten", sagte er keuchend und hielt seine Schulter. „Niemand kann das. Wir sind überall. Wir sind mächtig. Wir sind Tausende."

Ihr blieb die Luft weg, als er sich auf sie setzte.

„Fick dich!" Carmen versuchte, ihre verbliebenen Kräfte zu sammeln, schlug mit der linken Hand gegen seine Schulterwunde, doch bald schon versiegte ihre Energie. Gerade noch spürte sie einen Gegenstand in seiner Brusttasche. Durch die zerrissene Robe ergriff sie das Mobiltelefon und versteckte es unter sich.

Das Gesicht zu einer Fratze verzogen, ballte sich seine Hand zur Faust. Er holte aus und traf mit voller Wucht ihr Ohr. Blitze zuckten durch sie hindurch. Carmen spürte, wie Dunkelheit sie überkam und sie nur mit Mühe die Lider offen halten konnte.

Ohne Gegenwehr legte er die Finger um ihren Hals und drückte zu. „Man kann nur so gut sein, wie das Leben zu einem war. Sie hatten es einfach, Ihr Leben war leicht. Sie können nicht verstehen, was es heißt, im Dreck zu kriechen."

Sie spürte seinen heißen Atem auf ihrer Haut. „N-nein", röchelte Carmen. „Das kann ich nicht. Aber Sie können es und es damit besser machen."

Er lehnte sich weiter zu ihr herab. „Ich tue es bereits. Wenn man etwas will, muss man es sich nehmen, verstehen Sie? Es gibt keinen Gott, der entscheidet, was gut und richtig ist. Hier unten sind nur wir Menschen, und wir sind schlecht. Das Geheimnis ist, diese Tatsache zu erkennen.“

Der Druck auf ihre Augen nahm zu. Sie hatte das Gefühl, als würden sie aus den Höhlen treten. Ihre Lippen bewegten sich, doch kein Laut verließ sie. Eine alles auffressende Angst lähmte ihren Verstand. Sie wollte nicht sterben. Nicht so, nicht hier, nicht in dem Wissen, dass dieser gottverdammte Typ überleben würde.

„Die Welt besteht aus Regeln, wir halten uns daran, sonst funktioniert das alles nicht. Sie sind nicht bereit, die Regeln zu brechen. Sie nicht.“ Bakare zog die Hand zurück, ergriff das Messer in ihrer Schulter und zog es mit einem Ruck heraus. „Aber ich bin es! Alles ist Zufall.“ Er holte aus.

Den Schmerz nahm Carmen fast nicht mehr wahr. Ihr ganzer Körper schmerzte, als würde er im Fegefeuer brennen. Mit letzter Kraft konnte sie die Linke heben, ein Teil von ihr wusste allerdings, dass ihn das nicht aufhalten würde. Die blutige Klinge glänzte im Schein der Lampe, es war jedoch sein wütendes Gesicht, das sich in ihr Gehirn fraß.

Noch einmal holte Bakare Luft.

Das war’s. Endgültig.

Ihr kam es so vor, als würde sich der Schuss weit entfernt lösen. Plötzlich entspannte sich sein Blick, als wäre eine Last von seinen Schultern gefallen. Sein Körper schlug neben ihr auf. Es war sein Blut, das ihr übers Gesicht lief. Carmen wandte hustend den Kopf und schaute in Victorias erschöpfte Augen. Noch immer lag sie auf dem Steg, ihre Stirn und Wangen von frischem Blut gezeichnet.

Die Pistole fiel zu Boden, sie lächelte einen Moment, dann schloss sie die Lider, als würde sie sich schlafen legen. Carmen wollte zu ihr, doch auch sie wurde von Dunkelheit umhüllt. Sie brauchte nur Ruhe, einen kurzen Moment, einen Herzschlag, den Bruchteil einer Sekunde.

„Alles ist Zufall", hatte Bakare gesagt.

Carmen hoffte inständig, dass er falsch lag.

Ein Windstoß vertrieb den öligen Gestank, sodass sie ihre Lungen mit einer frischen Brise füllen konnte.

Nur kurz Kraft tanken.

Ganz kurz ...

Epilog – Die Nachthexe und die Nonne

Lescale

Nur langsam kämpfte sich ihr Verstand durch Schichten düsterer Träume, bis er endlich die Grenze zur Realität durchbrach. Ihr Kopf fühlte sich an, als hätte sie ein Güterzug gerammt.

Dreimal.

Victoria öffnete allmählich die Lider. Sofort drang der Geruch von Desinfektionsmitteln in ihre Nase. Sie blinzelte in das helle Licht und stöhnte auf. Zu gerne hätte sie eine Hand zum Schutz über ihre Augen gehalten, doch etwas ließ sie nicht los. Victoria verzog das Gesicht und atmete einmal tief durch. Der Raum war riesig, und obwohl sie instinktiv wusste, dass sie sich in einem Krankenhaus befand, erinnerte sie die Einrichtung an ein Hotelzimmer. Ein Teppich bedeckte den Boden, und an den Wänden hingen richtige Bilder, keine Nachdrucke. Geteilt wurde der Raum von einem Vorhang.

Die Zeit verging träge, als hätte sie keine Lust zu verstreichen. Victoria sammelte all ihre Kräfte, ignorierte den pochenden Schmerz in ihrem Kopf und richtete sich auf.

Etliche Schläuche und Kanülen machten ihre Bewegungen schwer. Nach und nach kehrten die Erinnerungen zurück. Schwarz, Bakare, die Kinder. Wie lange hatte sie geschlafen?

Vorsichtig befühlte sie ihre Kopfwunde und ihren Hals. Jede Stelle schmerzte. Sie räusperte sich und stellte erleichtert fest, dass die Klinge offensichtlich nicht ihre Stimmbänder verletzt hatte. Die Finger glitten über den Verband an ihrem Kopf. Für einen Moment spürte sie die Hitze des Brandeisens. Mit hastigen Bewegungen löste sie die Bandage und fuhr über die Wunde auf ihrer Stirn. Mit viel Glück würde nur eine kleine Brandnarbe zurückblieben, die sie mit ihren Haaren verdecken konnte.

Und dafür war nur einer verantwortlich ...

Ihre Gedanken wurden von einer grauenhaften Erkenntnis überrollt. Allmächtiger, sie hatte ihn erschossen. Es war das Letzte gewesen, was sie gesehen hatte. In Rage musste sich der Teufel ihrer Gefühle bemächtigt haben. So sehr hatte sie sich seinen Tod gewünscht, und am Ende, als er das Messer gehoben hatte, bereit, Carmen Schwarz den Todesstoß zu versetzen, hatte Victoria alles verraten, was ihr heilig war, und abgedrückt.

Sie spürte, wie sich eine klirrende Kälte in ihrer Brust ausbreitete.

Sie. War. Eine. Mörderin.

Die Hölle war ihr gewiss. Nichts würde das Jüngste Gericht umstimmen. Das Fegefeuer würde ihr Schicksal werden. Reflexartig sah sie sich um, suchte ein vertrautes Gesicht, wenn sie ehrlich war, eigentlich ein ganz bestimmtes. Ärzte und Schwestern liefen draußen über den Flur, die sie durch die angelehnte Tür sehen konnte. Niemand schien ihr Beachtung zu schenken. Sie war wie eine Unsichtbare, wie ein Wandbild, das schon immer an derselben Stelle hing.

„Entschuldigung", krächzte sie. Ihre Kehle schmerzte. Hastig trank sie das Wasser auf dem Beistelltisch, hustete und versuchte es erneut. „Verzeihen Sie bitte?"

Victoria erschreckte sich, als eine Krankenschwester den Kopf durch die Tür steckte. Sie lächelte und warf ihr schnelle Sätze in portugiesischer Sprache an den Kopf. Routiniert löste sie die Bremse ihres Betts und schob sie aus dem Abteil.

„Wo bringen Sie mich hin?" Ihr Herz schlug noch schneller, als die Frau einfach weiterredete, sich an den Kopf griff und mit der Hand eine Spritze imitierte.

War sie etwa mit Drogen vollgepumpt? Victoria konnte sich nicht erinnern, wie sie hierhergekommen war. Erst allmählich kehrten ihre Erinnerungen zurück.

Sie mahnte sich zur Ruhe, als die Krankenschwester ihr Bett zu einem anderen Vorhang schob, breit grinsend ihre Schulter tätschelte und irgendetwas von „De Luxe" faselte.

Ihr Herzschlag erhöhte sich noch einmal, als die Schwester den Vorhang zur Seite riss. „Schwarz!"

„Lescale!"

Die Kommissarin flirtete gerade leise auf Englisch mit einem jungen, attraktiven Arzt, berührte wie zufällig seine Hand und schickte ihn fort. Ihre Betten wurden nebeneinander geschoben.

„Sie haben es geschafft", stellte Victoria fest.

Auch Carmen Schwarz sah mitgenommen aus. Ihr rechter Arm war eingegipst. Genau wie ihren Kopf zierte ein Verband die Stirn der Polizistin. Trotzdem strahlten ihre Augen wie das Leben selbst, und sie fühlte, dass es ihr genauso erging.

„Sie wissen doch, Unkraut vergeht nicht", erwiderte die Polizistin und löffelte ihren Joghurt.

Wie auf Kommando wurde auch Victoria eine Vielzahl an Köstlichkeiten auf den Beistelltisch gestellt. Sie sah zu ihrer Freundin. „Lassen Sie mich raten, Premium-Privatpatientin?"

Sie zwinkerte ihr zu. „Gilt auch im Ausland. Ihren Service habe ich dazugekauft." Sie leckte genüsslich den Löffel ab. „Keine Ursache übrigens."

„O danke." Victoria drehte den Joghurt in den Händen. Trotz aller Freude trübten dunkle Gedanken ihre Überlegungen. „John Bakare ist ..."

„Tot", sagte Carmen Schwarz schnell. Ein verstehendes Lächeln erschien auf ihren Lippen. „Das ist nicht Ihre Schuld."

„Nicht meine Schuld?" Sie lachte hysterisch. „Ich war diejenige, die den Abzug gedrückt hat."

„Und mich damit gerettet hat." Die Kommissarin lehnte sich zu ihr, fasste ihren Arm. „Mich, unzählige Kinder und Jugendliche, denen unaussprechliche Qualen erspart geblieben sind." Ihr Blick brannte sich in sie hinein. „Glauben Sie mir, auch Ihr Gott weiß, dass es Notwehr gewesen und seine Welt jetzt eine bessere ist."

„Wir werden sehen", flüsterte Victoria und starrte auf den Flatscreenfernseher. „Irgendwann werde ich es herausfinden."

„Im Gegensatz zu anderen Sachen“, erwiderte Carmen Schwarz, widmete sich wieder ihrem Joghurt und schlug die Augen nieder. Ihre Stimme war geprägt von ruhiger Anteilnahme. „Dass Sie nun nichts mehr über Ihre Eltern in Erfahrung bringen können, tut mir leid.“

Das hatte sie beinahe vergessen. „Meine Eltern.“ Sie bewegte den Kopf zu schnell, dass ein dumpfer Schmerz aufblitzte. Victoria verzog schmerzhaft das Gesicht. „Meinen Sie wirklich …?“

„Nein“, unterbrach die Polizistin sie sofort. „Er wollte sie verunsichern. Dieser Mistkerl hatte Angst, belog und betrog, wo er nur konnte.“ Sie knallte den Joghurtbecher auf den Tisch. „Glauben Sie kein Wort, was dieses Arschloch gesagt hat, hören Sie?“

„Ja. Ist vielleicht besser so.“ Victoria faltete die Hände, wie sie es oft getan hatte, kein Gebet wollte jedoch über ihre Lippen kommen. Es war, als wäre eine Verbindung gekappt worden, von der sie glaubte, sie würde ewig existieren. Nur wie konnte sie weiter an Gott glauben, nach allem, was sie gesehen hatte, was sie hatte tun müssen? Würde John Bakare, dieses Scheusal von einem Menschen, am Ende doch recht behalten? War alles Zufall?

„Wissen Sie, eine letzte Aufgabe bleibt.“ Carmen Schwarz stöhnte auf, drückte ihr Kreuz durch und griff mit der Linken unter sich. Zum Vorschein kam ihr Handy.

„Sie haben es!“, jubilierte Victoria. „Hat die Polizei es schon ausgewertet?“

„Hat sie.“ Sie grinste breit. „Ich konnte kurz mit Falkner und seinen Verbindungsleuten von Interpol reden. Sie haben eine Datenkopie gemacht und sichten zur

Stunde die Informationen und Videos. Ihre Aussage können Sie später machen.“

Victoria schärfte den Blick. Ein trotziges Funkeln in den Augen der Kommissarin ließ nichts Gutes ahnen. „Das reicht Ihnen nicht, richtig?“

„Es reicht *uns* nicht.“ Carmen Schwarz warf das Handy im hohen Bogen auf Victorias Schoß. „Immerhin ist es Ihr Plan, dass die ganze Welt die Schandtaten der Sekte sehen muss.“ Sie atmete durch, nickte in Richtung des Mobiltelefons. „Sie hatten recht, wir können niemandem vertrauen und wissen nicht, in welchen Positionen die Sekte noch einflussreiche Mitglieder sitzen hat. Es gibt nur eine Möglichkeit, dafür zu sorgen, dass die Verbrechen niemals vergessen werden.“

Victoria sah auf das Display. Im Betreff der E-Mail war lediglich der Link zu einer Videoplattform zu lesen. Nicht schwer zu erraten, was die Kommissarin da platziert hatte. Die Empfänger der Mail waren die eigentliche Überraschung. Unzählige Zeitungen, Blogger, Sender, Radiostationen und Influencer standen in der Adresszeile.

„Bei Gott, Sie haben großartige Arbeit geleistet.“

„Ich bin ja auch schon einen Tag länger wach als Sie.“ Mit der freien Hand öffnete sie umständlich einen zweiten Joghurtbecher. „Außerdem wollte ich auf Sie warten. Ihnen gebührt die Ehre, die Nachricht abzuschicken.“

Das Display zog ihren Blick magisch an. „Meinen Sie wirklich, wir sollten das hier in Gang setzen?“

„Lescale, wir brauchen die Menschen, die Presse, die vierte Gewalt. Ansonsten wird die Sekte weiter existieren. Das waren Ihre Worte."

Zitternd schwebte Victorias Finger über dem Gerät. *„Wer aber Unrecht tut, der wird empfangen, was er Unrecht getan hat"*, flüsterte sie mehr zu sich selbst. Diese Grausamkeiten mussten aufhören, und sie würde ihren bescheidenen Beitrag leisten. Selbst wenn sie dafür in der Hölle schmoren würde. Das war es ihr wert. Das musste es ihr wert sein.

Es war eine unendliche Genugtuung zu sehen, wie lange das Handy fürs Versenden brauchte.

Die Polizistin grinste zufrieden und lehnte sich ins Kissen zurück. „Und? Was haben Sie jetzt vor? Wie ist der weitere Werdegang von Schwester Victoria Lescale?"

„Zuallererst würde ich gerne einer befreundeten Kriminalbeamtin erklären, dass ich keine Schwester mehr bin."

Sofort lehnte sich Carmen Schwarz wieder nach vorne. „Wir sind befreundet?"

„Nun ja, ich ..." Ihre Blicke trafen sich. „Ja, ich denke schon."

Es dauerte, bis die Polizistin glücklich nickte. „Ich auch." Zufrieden ließ sie sich zurücksinken. „Also, werden Sie jetzt Detektivin? Immerhin müssen Sie dafür keine Prüfung ablegen."

„Vielleicht. Vielleicht gründe ich aber auch eine Sicherheitsberatungsfirma", erwiderte sie und lehnte sich ebenfalls zurück. *„Lescale Security.* Wie klingt das?"

„Professionell. Ich würde Sie engagieren."

Minutenlang lagen sie da und starrten an die Decke. Der Schrecken über die Taten der Sekte wich einer tiefen Genugtuung. Aus Abneigung gegen einen Menschen war Respekt und schließlich so etwas wie Freundschaft geworden. Viel Schreckliches war passiert – und etwas Schönes. Trotzdem war beiden klar, dass die Sekte längst nicht besiegt war.

Victoria sprach den Gedanken als Erste aus. „Ist es beendet, Schwarz?"

„Ich weiß es nicht", gab die Kommissarin leise zurück. „Hoffentlich."

Gerade als Victoria etwas entgegnen wollte, wurde die Tür geöffnet. Die dauergrinsende Krankenschwester trat hinter dem Vorhang hervor, redete ununterbrochen, packte sich an den Kopf, als hätte sie etwas Wichtiges vergessen, und überreichte ihr schließlich einen roten Umschlag.

„Bekommen Sie schon Genesungswünsche?" Amüsiert stocherte Carmen Schwarz in ihrem Essen. „Oder vielleicht ein Verehrer, der ... Moment mal." Sie wandte den Kopf, griff blind zum Beistelltisch und hob ebenfalls einen roten Umschlag in die Höhe. „Er lag auf meinem Bett, als ich von einer Untersuchung zurückgekehrt bin."

Sofort breitete sich ein ungutes Gefühl in Victorias Magengegend aus. Sie öffnete den hochwertigen Umschlag und las die wenigen Zeilen laut vor. *„Für Schwester Victoria die besten Genesungswünsche. Auf bald!"*

„Ihre neue Hausärztin", ergänzte die Polizistin.

Victorias Gesicht war weiß wie Schnee, kalter Schweiß bedeckte ihre Stirn. „Diese rothaarige Ärztin. Sie muss geflüchtet sein, bevor die Polizei getroffen ist."

„Fuck! Unter Umständen musste sie mit ansehen, wie ihr geliebter John Bakare gestorben ist."

„Wie er starb ..." Die Bilder seines sich entspannenden Gesichts, als die Kugel aus seinem Hinterkopf trat, fluteten ihre Erinnerungen. Noch einmal las Victoria den Brief. Wieder und wieder und wieder.

Carmen Schwarz tat es ihr gleich. „Ich möchte meine Antwort korrigieren: Es ist noch nicht beendet."

„Gut." Ruhig faltete Victoria das Blatt und steckte es zurück in den Umschlag, während eine wilde Entschlossenheit in ihren Augen glühte. „Dann beenden wir es."

Nachwort

Das Wichtigste zuerst: Ich hoffe sehr, dass euch das Buch so viel Freude beim Lesen bereitet hat wie mir beim Schreiben. Das Zusammenspiel der ehemaligen Novizin Lescale und der hartgesottenen, vom Leben enttäuschten Kommissarin Schwarz wollte ich schon lange Zeit zu Papier bringen. Es dauerte etliche Entwürfe, bis das ungleiche Duo endlich die Ermittlungen aufnehmen konnte.

Dafür möchte ich mich beim Verlag und bei meiner Agentin ganz herzlich bedanken.

Als Fan von Hardboiled-Krimis wollte ich nichts beschönigen und, gerade was diese spezielle Thematik angeht, die Dinge beim Namen nennen. Der Stoff des Buches ist, obwohl vor einiger Zeit geschrieben, leider aktueller denn je. Nur ein weiterer Grund, diesen offen und ungefiltert anzusprechen.

Als Autor ist es mir eine Herzensangelegenheit euch schöne, spannende und vielleicht auch traurige, emotionale Momente beim Lesen zu bescheren. Ich hoffe, dass es mir gelungen ist und ihr eine gute Zeit hattet. Über eure Meinung würde ich mich sehr freuen. Schreibt mir gerne über meine Webseite oder direkt dem Verlag.

Die beiden Hauptfiguren sind mir ans Herz gewachsen und so hoffe ich natürlich, dass es für euch ein Wiedersehen mit Schwarz und Lescale geben wird. Immerhin gibt es noch viele Geschichten zu erzählen. Wie weit reicht die Verschwörung noch? Welche menschlichen Abgründe gilt es zu erkunden und wem kann man trauen?
So viel sei gesagt ... es bleibt spannend um die Novizin, die Kommissarin und ihre dunklen Fälle!